花開時節

楊双子——著

目錄

推薦序

這個年輕小說家筆下的世界，總讓我覺得像是雷諾瓦或那些晚期印象派的畫：樹木的光影、蟬鳴如暄、港口、移動的火車、壓抑的，美麗的，有教養的穿著洋裝的女性。這是一種偏執的昭和風，太平洋戰爭時期，台灣的「南方的憂鬱」。作者對殖民地的女校景致、流行雜誌、服裝、文人酬酢、日人與台人社群微妙的邊界，這些史料的蒐集，以及轉換成一個謎樣的小說時空，讓我佩服。她在這個復刻的世界裡，寫出只有川端、夏目漱石，或井上靖，才有能力寫出的，瘋狂、空幻、決絕的女子的愛情。這個造幻若夢的才氣，讓我著迷。

小說家／駱以軍

《花開時節》帶領讀者穿越回到大正和昭和時期的臺灣社會，藉由交織著現代風華光彩和豐富傳統習俗的過往歷史，細膩地刻劃出女性在層層疊疊的性別權力運作的環境中的掙扎、韌性、情感與情誼。

國立中興大學台灣文學與跨國文化研究所副教授／高嘉勵

小說家中島京子在《東京小屋的回憶》裡，藉由女傭多喜婆婆的記憶，寫下平井一家人的故事，也記錄二戰前東京的繁華摩登，到戰爭興起的困頓與衰退。我們應該如何記憶過去？《東京小屋的回憶》一書與戰後日本人的集體記憶有極大落差，透過年輕的健史和多喜婆婆的對照，一邊傳達男性普遍認知的「正確」歷史，另一邊則用女性和庶民的眼光來反駁，多喜婆婆用細微且準確的記憶，描繪一個小家庭在食衣住行育樂的生活細節，見證了時代的美麗與哀愁。

而明顯向作家楊千鶴於一九四二年作品〈花開時節〉致敬，双子的《花開時節》同樣描寫一群日本時代的女學生，自台中高等女學校畢業之際，對於世界有無限的想像，卻又無法掌握自己身為女性的命運，而隱隱覺得不安和迷惘。主角楊雪泥（雪子）個性獨立，思想勇於跳脫常規，她觀察且明白女性在父權社會中的困境，但仍然尋求女性自我意識和實現的可能，並用這樣的信念，去影響身邊的朋友。在小說裡，雪子和摯友小早有這樣一段對話：

「唉！生為女人太吃虧了。要比男人付出更多努力，才勉強可以到達同樣的地方，叫人怎麼甘願呀？」

雪子說完，發現小早一臉若有所思的樣子。

「對小早來說，我想說的事情可能太難了。」

「小雪果然腦袋很好。」

小早眉宇間展現出早慧的思索神情，「女人要當大學教授很困難，對不對？父親、母親的朋友們也是，沒有女人是大學教授的。內地、本島，全世界，都是同樣的，只要生為女人就會成為第二等的人。原來就是小雪說的這樣。我不知道怎麼說這件事情，可是小雪很簡單的就說出來了。」

小早侃侃而談。

「女人的命運沒有辦法改變嗎？我心裡也有小雪說的，感到很不甘願。這個世界，肯定有什麼奇怪的地方。」

雪泥（雪子）不只是一個出身於王田楊家的富千金，她是現代「穿越時空」至日本時代的女子。穿越雖稱不上新意，但双子用的謹慎，也有其反思的力道。一個現代女性穿越到過去，能否改變世界？楊馨儀倏地穿越，帶給她自身極大的困惑，我為何而來？又要往哪裡去？但是遇到小早，「唯有看著小早的光芒，雪子才能夠胸口鼓動，點滴蓄積舉步前進的力氣。」

小說裡每一處用文字細細雕琢，呈現昭和時代台中的庶民生活，飲食、民俗、建築、服裝、音樂、閱讀等等，本島人和內地人日常往來，傳統與現代亦各自閃耀。若我們提到日本時代的台灣人，一定會想到台灣人的國族和民族認同，但《花開時節》的主角卻是一個小女孩成長至青少女階段，她所經歷和在意的事情，會是什麼？一樣是國族和民族認同嗎？我想，双子絕不這樣認為。

除了本書寫雪子和小早之外，另也可找短篇小說來看，〈木棉〉是春子姊的故事、〈竹花〉

寫的是秋霜倌……是一系列以日本時代的少女們為主角的「百合歷史小說創作計畫」，呈現日本時代下，從女性視角觀看的台灣，以及寫那些過往在歷史上不被看見的女性。

梓書房／曾淯慈、蔡佳真

主要登場人物

【楊家】

楊雪泥　一九二一年生。人稱「雪子」，是王田楊家的屘千金。

楊玉壺　一八六六年生。雪子的阿嬤，王田楊家實質的火車頭。

楊耀宗　一八八三年生。雪子的阿爸，王田楊家的大老爺。

廖素卿　一八八五年生。雪子的阿母，王田楊家的扞家夫人。

廖春生　一八九〇年生。雪子的屘舅，素卿的弟弟，王田楊家前任家長（管家）。

楊春泥　一九〇七年生。人稱「春子」，雪子的大姊，王田楊家的大小姐。一九二六年嫁入大稻埕茶商張家。

楊惠風　一九一一年生。雪子的大哥，王田楊家的大少爺及繼承人。

郭獻文　一九〇八年生。雪子的表哥，鹿港富商郭家的三房長子，王田楊家的現任家長（管家）。

郭獻彰　一九一四年生。雪子的表哥，鹿港富商郭家的三房次子，與惠風一同在東京求學。

陳耀隆　一八八八年生。雪子的二叔，王田楊家的二老爺，從入贅之父的姓氏。

張秋霜　一九〇〇年生。人稱「秋霜倌」，雪子二叔的細姨，藝旦出身。

陳恩　一九一二年生。人稱「恩子」，雪子的堂姊，雙胞胎中的姊姊。王田楊家二房的大小姐。一九三三年嫁入學田小商戶許家。

陳好　一九一二年生。人稱「好子」，雪子的堂妹，雙胞胎中的妹妹。王田楊家二房的二小姐，二房實質的領導人物。

林美蘭　一九〇六年生。人稱「阿蘭」，雪子三姨婆的養女，王田楊家的女性使用人頭領。

劉來寶　一九一四年生。雪子二叔的秘書，雙胞胎的遠房表弟，王田楊家二房的使用人頭領。

【松崎家】

松崎早季子　一九二一年生。日本華族出身的「灣生」，松崎家的屘千金。

雪子的摯友。

松崎幸長　一八八九年生。早季子的父親。日本華族出身，植物學家。

松崎清子　一八九一年生。早季子的母親。日本士族出身，上級藩士後裔。

【朋友】

黃花蕊　一九二一年生。雪子的同班同學兼好友。霧峰富商黃家的屘千金。洋裁手藝出眾。

簡靜枝　一九二一年生。雪子的同班同學兼好友。南投茶商富紳簡家的屘千金。游泳隊選手。

井上弓子　一九二一年生。雪子的同班同學兼好友。九州福岡資本家井上家的屘千金。擅長西洋油畫。

序幕、孤挺花

雲集本島台中州十四歲到十七歲的優秀女學生，台中高等女學校以栽培優秀皇國女子為目標，期許卒業生為國家撫育精良健全的下一代國民，漫步校園的女學生們儀態優雅，水手領制服線條筆挺，臉龐上展露純潔的微笑。

三年花組的雪子便是其中一員，而且還有個「女校長」的別號。

紮成單辮的頭髮符合校規，儀容從來不顯一絲凌亂，言行舉止有條不紊。有別於本島常見的九州腔，雪子講得一口標準國語，語尾間或帶一點京都腔。可是，標準國語並非雪子獲得別號的關鍵。

昭和九年的苦楝花盛放的季節，台中高等女學校入學式典禮結束，雪子發出「高女的校長竟然不是女人啊」的感言，最終引來高年級生們的特意探訪。

「想要當校長的楊學妹，是哪一位呢？」

那時花組的少女們如同圈養的羊群一樣安靜，只有雪子從座位悠悠站立起來，清純臉龐上有輕鬆的笑容，以標準國語說道：

「高女的校長也好，帝大的總長也好，是女人這件事一點也不奇怪。大家都這樣想的日子，會來臨的哦！」

想必是這番豪語令眾人張口結舌，包含高年級生在內，現場沒有任何人發出笑聲，教室一片靜默。從那天開始，女校長的別號便像是勳章一樣釘在雪子的胸前。

本名楊雪泥，雪子出身王田楊家，是同級生裡七名本島人之中的一名。

皇國政府倡議女子教育旨在栽培優秀的日本女性，不論內地人與本島人，台中高等女學校全部一視同仁。儘管如此，雪子的同級生內地人和本島人比例懸殊，本島人七名，內地人九十七名。皇國所謂的一視同仁，沒有展現在數字上面。

雪子的摯友簡靜枝一年級獲選加入游泳隊，連年奪得全島高等女學校游泳大會比賽的入門票，二度為游泳隊抱回冠軍寶座。本島籍的靜枝凱旋回校，全校同學無不微笑讚嘆，低年級生經常投以仰慕的目光。靜枝私下對雪子說，只要足夠優秀令內地人服氣，那樣就沒有隔閡了。

可是，雪子也不是標準的優秀學生。

對核心課程的裁縫、家事一點也不感興趣，國民科、家政科、體鍊科、藝能科的表現都在平均水準的邊緣，雪子僅僅在理數科及外國語科在成績單上有亮眼的數字，而國語發音精確，外國語的英語發音也與其他人截然不同，無論是R還是L，雪子都能輕鬆地發出好聽的捲舌音。

外國語的課堂上，教授英語的鹿島老師或許是人生首次聽見女學生流暢地朗讀約翰．濟慈的〈夜鶯頌〉，瞠目結舌之餘，居然讓她將整首詩朗讀完畢。

「雪子同學真是不負其名呢！難道說，未來要讀帝國大學，以帝國大學的總長寶座為目標嗎？」

面對同學的調侃，雪子也是臉色不改地予以回應。

「儘管說是遠大的志向，如果自我設限就永遠無法達成了，推動這個世界前進的不就是野心嗎？」

雪子發出豪語，讓身周的同學睜圓了眼睛。

在這座靜謐高雅的校園裡，楊雪子是宛如孤挺花一樣的存在。

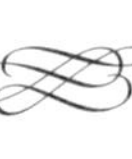

啊，再這樣下去，會不會出現女信長之類的稱號呢？

雪子不由得心生感慨，對朋友簡靜枝、黃花蕊和井上弓子傾訴了這番心聲。

「可是，織田信長並沒有改變世界吧！要說的話應該是蒸汽火車和飛行機才對，裁縫機應該也可以算一份。」花蕊說。

「那麼就是女史蒂文生或女萊特了。裁縫機發明者是誰？說到推動世界前進的，還要算上居禮夫人吧。」靜枝說。

「加上『女』和『夫人』這樣的字眼，就等於略遜一籌了不是嗎？居禮夫人本名是瑪麗亞．斯克沃多夫斯卡。如果能夠被稱為斯克沃多夫斯卡女士就好了。」弓子說。

「斯克沃多夫斯卡這個波蘭姓氏太難讀了，稱呼為瑪麗女士不是比較親切嗎？」雪子說。

「女人畢竟要結婚，如果考量到這一點，即使是以居禮夫人的名字為人所知，我認為也是一件幸福的事情。」花蕊說。

微笑起來右臉頰上會出現一個可愛的酒窩，花蕊說出的話卻並沒有可愛到讓另外三人點頭贊同。

「儘管不是立刻就會發生的事情，可是女人結婚也好、不結婚也好，能夠隨心所欲由女人決定婚約，而且受到世間眾人所接納的時代，會在我們有生之年出現的。」雪子說。

「出現了，女校長的論調！」弓子笑嘻嘻的說：「我也想過單身不婚的女人終有一天會出現吧，可是想像不出來會是什麼樣的情景。雪子為什麼能夠充滿自信的說出這些話呢？」

「作為朋友，只好張大眼睛等待那一天的到來了呢。」靜枝微笑說。

「唉，大家都是理想主義者，可是做人必須務實，才會獲得幸福呀！」花蕊說。

「現實主義者也講究幸福嗎……？」雪子說。

「好壞心，以後不幫雪子做裁縫作業了！」花蕊急說。

「哎呀，那可不好了。」

雪子一說，朋友們忍不住都笑起來。

雪子與朋友們的共通點是思想上的特立獨行。

或許是她們同樣身為「老來女」的緣故。不僅是家中排行最小的孩子，與父親年齡差距都在四十歲左右，誕生之際便備受呵護，才會養育出思想跳脫的女兒們。

靜枝加入游泳隊，以出色的表現成為游泳隊的中流砥柱，目標放眼帝國的明治神宮體育大會。卒業後的規劃是赴內地升學，本島女性的最高學府台北女子高等學校，竟然淪落為就讀學校名單裡的最後一個選項。

花蕊熱衷學習洋裁，展現獨特的設計天份，教授裁縫的大須老師說花蕊絕對能夠成為專業的洋裁師，當事人卻無意到內地攻讀裁縫。花蕊自言：「畢竟不可能嫁到需要我做女紅的家庭嘛，可是沒有一兩樣好手藝，女主人會被底下的傭人瞧不起呢。」果然不負花蕊的現實主義者之名。

她們當中唯一的內地人弓子，宛如沒有考慮職涯和婚嫁似的，心思全部放在西洋畫。畫圖課的白子老師專攻東洋畫，也給予「驚才絕艷」的評價，弓子當場笑問：「這種水準能夠去巴黎的法蘭西國立美術學校留學嗎？」嚇得白子老師緊捉手帕猛擦汗水。

說起來，要是沒有這份不相上下的獨立性格，想必就不會結為摯友了。

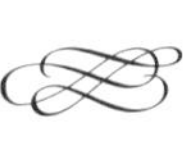

高女的課程全天是六節課。下午第二節課的下課搖鈴聲響起，艷陽仍然高懸天際。再過兩個禮拜便是中秋節，天候絲毫不見秋意。

學生們分為住宿生和通勤生，放學後按照固定的路線移動。只是日頭下走幾步路，雪子就看見花蕊取出手帕揩去鬢邊的汗珠。

內地人說本島四季並不分明，可是夏天漫長，令人難以消受。

皇國初初接管本島的明治年間，內地人因為島嶼的炎熱而頭昏腦脹，一到夏天就衣衫不整。男人打赤膊僅著兜襠布，女人只穿腰卷就敞開大門乘涼，嚇壞保守的本島人，連幹苦力的本島男人都直呼這輩子沒看過這樣多赤條條的人肉。

當然那是過去的事情了。

關於明治時代的往事，雪子是從家裡的老嫺銀花婆那邊聽來的。銀花婆回憶昔日說，彼時人講日本來的女人全是賺食查某，老夫人命令兩個少爺上街都要遮住眼睛啊。

明治天皇的，大正天皇的時代都過去了，如今是日新月異的昭和時代。

昭和十一年的台中州城，內地人美稱小京都。

直行往台中車站的新盛橋通有兩排鈴蘭燈夾道，尚未點燈的鈴蘭燈玻璃罩在日頭照射下流轉光芒，在城內與水光粼粼的綠川比肩，雙雙閃耀光輝。這個城市經歷許多事情，如今不分內地人與本島人，已經能夠融洽地共同生活在閃閃發亮的台中城裡。

雪子和朋友們揮別之際，弓子忽然故作高雅，以名媛口吻說著「哎呀，多麼期待明日的相見呀，祝您平安」，惹得友伴們笑到彎腰捧腹，引來旁邊同學們的側目。

雪子沒有立志成為皇國的優秀女性，進入高女讀書只是升學的必經道路，意想不到在校園裡邂逅志同道合的朋友。雪子偶爾會想，內地人和本島人，肯定也是在各種各樣的際遇裡逐漸走上結伴同行的道路吧。

四人道別。靜枝與花蕊住校，沒有社團活動的日子徑直走回學寮。

弓子住在地段昂貴的柳町，可是由於校規的緣故，不能乘坐自家的人力車，而是散步回家。據本人所說，可以在通勤途中停步寫生，那才有樂趣呢，只是必須留意學校老師的眼線，一遭捕獲就要聽上半天的教訓，說什麼女學生怎麼可以獨自在街市逗留、是想當不良少女嗎？

雪子則是世居王田車站一帶，距離學校十數公里遠，若非鐵路交通發達，理應也是住宿生的一員。

相較漫無目的的弓子，雪子放學後的行程相當固定。從校門口步行五分鐘抵達州立圖書館，雪子會在那裡與世交的密友小早會合。有時兩人在婦女閱覽室或開架書庫瀏覽圖書，度過悠閒的閱讀時光，有時交換書信便微笑道別。雪子每回都是算準時刻表，離開圖書館後悠閒地前往台中車站。

與悠哉的腳步相反，通往王田車站的鐵軌上，機械怪獸汽笛長嘯，氣勢洶洶地向前奔馳。蒸汽火車銳聲鳴笛的時候，雪子小小的胸腔會因為震動而回響，卻又興味昂然地含笑聆聽。

馳向王田的縱貫鐵道位於駁坎之上，穿越車窗能夠俯瞰台中城。

車窗如映畫框，框裡景色重重。雪子初來乍到那時，只能目不轉睛地注視著湧到眼前來的映畫，深受震撼，如今她熟知每一片景色，閉著眼睛也可以想見窗外的模樣。自台中車站啟程，方正筆直的街道倏忽閃逝，隨後便是平房阡陌，是油綠的香蕉園和水稻田，是遠山環繞，橫越綠川、柳川，橫越犁頭店溪與筏子溪。

通過筏子溪不久，火車就要鳴笛抵達王田車站了。

雪子彷彿睡去，王田車站會有人力車伕等候，將她拉回楊家的三合院知如堂，如同早晨人力車將她自知如堂拉向車站。

……不，這天早上雪子搭乘的不是人力車，是她二叔的美國雪佛蘭轎車。

「二老爺最近常常說起這件事啊，說想換一台流線型的福特車。」

說話的人是雪子二叔的秘書劉來寶。

知如堂的外埕停著車，來寶將手掌放在反射光芒的雪佛蘭車頂，方正的臉龐上流露可惜之色，不過很快地又對雪子露出笑容。

「三小姐說福特車太貴了，這台雪佛蘭不是還很好嗎？老夫人那關過不去的！二老爺又說，很快就要做五十歲了，買來給自己祝壽，這樣還不行？所以啊，我想不用到年尾，三小姐、屘千金肯定就有新車可以坐了。」

「沒有幫忙勸著就算了，不是你自己想坐新車，鼓吹買福特轎車的吧。」

旁邊傳來年輕的女性嗓音。

那是來寶叫作三小姐的，雪子的堂姊好子。

「三小姐，我哪裡敢做這種事情呀，畢竟賣掉我十個劉來寶，也買不起福特車的嘛！」來寶笑說。

來寶和好子都比雪子年長許多。來寶二十三歲，好子二十五，放在別人家應該是丈夫坐金交椅的年輕夫妻，現下只是一對冤家。來寶熱情，好子冷淡，村庄風傳來寶總有一天給好子招贅做上門女婿。

好子自幼生有肺疾，情緒與身形都比一般人清減。在知如堂，好子負責三天輪一次的廚房中饋，再多就做點針黹，通常待在房裡。

「好子姊是找我，還是找來寶？」

好子伸手去捏雪子的耳朵。

雪子連忙躲開，對堂姊露出討好的笑容。

「知道知道，是要講圖書館的事情對吧？我書都帶好了。」

好子積年的體弱，仰賴讀書寫字、聽聽曲盤打發時間。雪子就讀高女開始，每隔幾天為她借還圖書。州立圖書館押金五圓，能一次借兩本，借期十天。好子讀完書便差雪子跑腿，有這個理由，雪子才能天天上圖書館。

這天的早晨有來自內地東京的信件，全家人上桌後由雪子翻譯朗讀，耽擱了平日的出門時間，便也忘記向好子報備。

雪子趕到外埕等候車伕拉來家裡的人力車，恰好聽見來寶捎來的二叔新聞。正是等車這小半晌，好子找到外埕來。

「館報上說要進的書，怎麼一直沒有上架？幫我多問一聲。」好子說。

「什麼書？叫什麼名字？要是喜歡，我去書局買回來。」來寶說。

「既然如此，順便買本雜誌，《少女之友》或《婦人畫報》什麼的，圖書館都不進書。」雪子笑說。

「什麼書都買，哪裡放得下這些閒書。」好子說。

「是是，說的對，都不買。」來寶忙說。

好子交待完畢，摸摸雪子的頭顱說「出門小心」就往回走。來寶精神一振，迅速尾隨在後護送。大門矮牆前玉蘭花樹下，好子剛剛停住腳步，來寶已經伸長了手摘落花朵，遞送到好子手裡。恰巧二叔的皮鞋跨出稻埕，當場遇個正著，來寶嚇得連連退開好幾步。

雪子在旁看得忍耐不住笑意，發出吃吃笑聲。

儘管人力車已備妥，因為二叔要赴員林街參與一場漢詩人聚會，說了順路而捎帶上雪子。

楊家唯一的轎車是二叔名下所有，二叔節目多，司機忙得成天四處驅馳，雪子和家裡其他人一樣不常搭乘。雪子更喜歡人力車，速度慢，看見景致更多。只是炎夏拉車，車伕一定滿頭汗水，那時雪子又見著不忍。最好就是走路或騎車，雪子喜歡走路，也喜歡自轉車，可是怎麼也沒辦法步行、騎車十公里上學。

雪佛蘭車在王田車站的魁星商店停下來。

雪子瞇著眼睛看見商店的鐵製招牌折射日光，招牌上「魁星」兩字在光芒間看不分明。魁星商店只販賣枝冰，如果能進雪糕就好了。雪子心想到那時，就約來王田……

正想著，嗚——嗚——的汽笛聲驟然鳴響。

啊，車要到王田了。

雪子揉著眼睛醒過來，火車窗外日頭已見斜西。

遠方有林木，樹冠上融融的紅光點點。

王田不比城內熱鬧，獨自看著遠山能品得幾分蕭索。

雪子凝望得癡了，感覺到天地間所有人都消失了那樣的孤獨。

楊雪泥，大正十年生，現年足歲十六，台灣歲十七，台中州立台中高等女學校三年級花組，知如堂楊家耀宗老爺的閨千金。

楊家是王田望族。此處原為大肚山平地蕃的聚落，膀胷地名得之蕃語。清國道光年間楊氏一族自漳州遷徙，於此落地生根，膀胷地方多為楊姓人家。

楊家三合院祖厝知如堂，乃是清國同治年間博得秀才功名的楊魁星所興建命名，名稱取自杜甫詩句「丹青不知老將至，富貴於我如浮雲」，並暗合楊氏「天知地知你知我知」四知堂的堂號。

楊魁星是雪子的阿祖，功名傍身而且經營有成，從清國到皇國保全一家無災無難。時至今日，楊家有山林土地數十甲，輕工業的精米所，茶葉貿易投資，以及昭和年間初初涉足經營旅館與商店，年收入三萬圓以上，能排進台中州富豪榜。論富有，烏日庄還有學田的聚奎居陳家如雙珠輝映，論好命，必由膀胷的楊家獨占鰲頭。

再論當前楊家心尖上惜命命的第一人，非閨千金楊雪泥莫屬。

緩緩步出王田車站，雪子因為充實地度過一天而精神旺盛，一眼便看見魁星商店前自家的人力車。再細看，發現人力車旁邊站著一個高挑的白色身影，那是楊家的家長，雪子的表哥郭獻文。

獻文是雪子大姑的長子，鹿港富商郭家出身，台中第一中學校卒業後進入楊家擔任使用人，去年接棒成為統籌楊家庶務的家長，一色潔白的西裝、吊帶褲和中折帽是標準配備。

「來的正好，獻文哥你說進口美國雪糕可行不可行？」

「內地來了電報。」

獻文答非所問，雪子一愣。

「什麼事情這麼要緊？」

獻文把電報遞過去。

雪子接來看了一眼，再看一眼。

電報只有短短一行片假名文字：

惠風呑藥未遂　速至東京

一、玉蘭花

漫步在狹小的巷弄，最心喜是八月的箱根不時相遇紫陽花。綠色，藍色，紅色，紫色，顏色變化萬端的紫陽花令人心醉神迷。儘管說是應黑田君之邀，原先我並不情願，造訪後卻完全改觀了。早雲山上所見的遼闊景色，是安靜凝定的富士山，騰騰冒煙的大涌谷，閃閃發亮的蘆之湖。多好的箱根啊，還有那使人身心舒暢的溫泉，以及細雨裡鮮艷美麗的紫陽花，直到我返回東京俯案執筆的此刻，始終難以忘懷。腦海裡浮現家人同遊的景象，期盼有朝一日能夠實現。勿念。

楊惠風

西曆一九三六年八月二十日　東京一貫齋

雪子取出早晨的信件，白紙上是黑藍色的鋼筆墨跡。

這天早晨雪子在正廳飯桌前朗讀的信件，是惠風哥哥暑假返回內地東京以後寄來的第一封平安信。

哥哥信件的收件人處通常只寫「知如堂」，信首也不署名，肯定是相當清楚信件會在家人環繞的飯桌上朗讀出來的緣故，而知如堂上下也都明白，哥哥語氣輕鬆、日文書寫的信件，只會是寄給雪子。

落款日期是新曆的八月二十日，雪子可以推測哥哥返回內地，很快便應邀去箱根旅行了吧。也由於性格閒散，並沒有立刻寄出信件，所以收到信件展讀的今日，距離寫下信件的那天已經將近一個月了。

惠風哥哥的眼睛裡，總有溫柔的水光。

那樣的惠風哥哥是會自我了斷生命的人嗎？

雪子難以想像。

「何須松崎家關照，雪子安心等著，哥哥一定帶妳去內地。到了東京，妳想做什麼，就做什麼。」

那是兩年前的春天，夜裡燈光暖暖，光芒在哥哥的眼睛裡流動。

惠風哥哥甫結束為期一年的休學，預備第二度赴早稻田大學讀書。

兄妹道別的前夕，雪子說了高女卒業後的規劃，想要投考同樣位在東京的日本女子高等商業學校。對雪子來說，考上日女高商並不困難，學校距離早稻田大學也不遠，可以依附落腳東京的哥哥，只是擔心人生變數，不知道能否如願。

那時惠風哥哥便給予了雪子這樣的允諾。

「所以不要煩惱，雪子安心的讀書吧！」

雪子注視著哥哥眼中的水光，心裡浮起異樣，可是沒有機會釐清細微的感受，哥哥微笑起來說：「不過，雪子比較喜歡跟小早在一起吧，那麼其實妳心底想讀京都的學校嗎？」惹得雪子只記得對這番調侃發出抗議了。

在那之後，惠風哥哥在東京度過許多平安無事的日子。復學早稻田的這兩年餘，假期較長的夏天哥哥返回本島生活，其餘固定時間寫信，最少兩個月捎信報平安。

早稻田大學的暑假結束在九月中旬，今年哥哥提早一個月啟程，八月便提起行囊赴基隆搭乘內台連絡船。

雪子無法想像，從寫下這封信的日子起算，僅僅不滿一個足月的期間，遠在東京的哥哥身上究竟發生了什麼樣的事件。

兄妹本來說好的，哥哥來年春天修畢早稻田大學法學部課程，會在東京的一貫齋為雪子佈置屬於她的房間，預備帶領雪子遊歷帝都東京……如今怎麼會發生這種事情呢？

人力車一路拉進庭院，繞過半月池，雪子在知如堂外埕跳下車。

「屘千金細膩！」

人力車伕大勇叔急喊了一聲。

雪子伸手撐在牆邊的玉蘭花樹枝幹，穩穩站住沒有跌倒。也是這時，獻文哥從另一輛人力車落地，來扶雪子的手肘。

「按怎樣？」

「無打緊。」

馥郁濃烈的玉蘭花香鑽入鼻端，雪子反而定下心神。

在東京，哥哥的同居人是大姑的小兒子，也就是獻文哥的弟弟，雪子叫作獻彰哥哥的。哥哥與獻彰哥哥同時入學，分別讀早稻田大學與東京帝國大學。當初楊家與郭家為求彼此照應，共同置辦房產，就選在兩個學校之間的神田區，是一棟外觀樸素、內部整潔寬敞的兩層樓建築，以知如堂的書齋之名命為一貫齋。

沒有詳盡理由的電報，正是由獻彰哥哥拍來。惠風哥哥自戕這樣的大事，電報只有隻字片語，顯示獻彰哥哥不明就裡，又說「未遂」和「速至」，可見哥哥人還安在，但有必須協助處理的後續事情。

雪子透出一口長氣。

「雪子，連妳也緊張，接下來可怎麼辦？」

這回獻文哥說的是國語。

雪子這一輩堂表手足都是接受新式教育成長，講話混用國語及台灣話，只有雪子與大家的年齡差距大，自小便是國語環境，平輩兄姊對她都以國語交談。偶爾如同剛才那樣一時驚乍，獻文哥和雪子會脫口溜出台灣話。

「這件事，最糟糕是什麼情形？」

「這，家裡，可是要亂了吧。」

「這樣，現在著急也沒用。」

雪子回想，獻彰哥哥拍來的是蓋著「至急私報」戳印的至急電報，這類電報郵便局會送到知如堂，不是魁星商店。然而，獻文哥沒有立刻通報阿爸，卻在魁星商店等她放學回家。

雪子一轉念就知道獻文哥這麼做的理由。

獻文哥是新官上任一年的家長，雪子是集萬千寵愛在一身的屘千金。不說阿嬤已經年邁，連阿爸阿母做五十大壽都是幾年前的事情了。惠風哥哥發生這樣一件大事，該怎麼開口？該由誰開口？

雪子終於鬆開扶著玉蘭樹的手，重新理了一下制服裙襬。轉頭看見身周站著獻文哥、大勇叔和臨時招來的人力車伕，輕輕頷首為禮。

「勞煩獻文哥請阿爸阿母到正廳，我去請阿嬤。」

「外嬤年事已高，這樣好嗎？」

聽見這話，雪子忍不住從嘴裡透出一點笑聲。

「阿嬤見過的風浪，知如堂上下哪個能比嗎？」

獻文哥沉默。

雪子穿過稻埕門口的矮牆，腳步穩穩地邁入內埕。

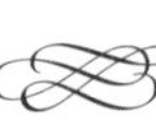

說到勝腎的知如堂，自皇國時期以來，聲名遠播第一人是秀才魁星，第二人就是雪子的阿嬤。阿嬤閨名玉壺，娘胎帶來雙手食指尖尖的紅色胎記，早年鄉人奉承是手裏大紅綢緞出世，有仙女指路之說。年紀及長，因家族子嗣艱難，風聲一變，耳語她前世有虧，那雙指是閻羅王紅仁硃筆點染的印記。再後來，她誕下二子二女，知如堂人丁興旺，人又稱她那是一雙胭脂手，天賜福祿雙全大好命。

知如堂的正廳主位，阿嬤一身玄色大襟衫，毫無珠寶配飾，閉目養神看起來有點憊乏，一睜雙眼卻目光炯炯。雪子的阿嬤就是這樣，扞家一世人，人生幾番周折不見動搖，有堅毅的豪氣。

知如堂現任掌家的是阿嬤的長子，雪子的阿爸耀宗，家中主持中饋的是雪子的阿母素卿。阿爸沒有娶妾，跟阿母膝下共有長女春子、長子惠風，以及老來得女的雪子。大姊春子大正十五年出嫁，長房兒輩十年來只有惠風哥哥與雪子。

惠風哥哥正是即將繼承知如堂家業的長房獨子。

阿嬤、阿爸、阿母、獻文哥、雪子齊聚正廳，負責管理內宅使用人的阿蘭姑攜著幼嫺盼弟，親自端來白開水與剛沏好的熱茶。或許是氣氛使然，平日溫和愛笑的阿蘭姑臉色嚴肅，小小的盼弟更是繃緊臉蛋。

「參詳重要代誌，暫時不准使用人出入。」獻文哥交代說。

「阿嬤，暗飯請好子姊主持敢好？」雪子徵詢。

主位的阿嬤微微頷首，阿蘭姑小聲應是，攜著盼弟退出正廳。

雪子留意到阿蘭姑離開前，瞥了一眼正廳八仙桌上的電報。

電報上的片假名只有雪子和獻文哥識字，可是傳來的是那樣的消息，儘管看不懂，任誰也都想多看一眼吧。

「獻彰自東京拍來電報，下晝三點送到知如堂，我都合欲去魁星看帳，就佮雪子會合才通報。」獻文哥說。

「無妨，是難為你。講起惠風這戇囝，是欲怪罪誰人？」阿爸說。

「母啊，老爺，是我無教好這囡仔！」阿母衝口說。

稍早阿母在灶間主持晚餐，聽見消息是按捺到進了大房才哭起來。扶阿嬤入正廳後，雪子還轉進大房裡為阿母擦淚。可是阿母哭完倒振作了，一臉忿忿，火氣直冒。

「當初料想伊學乖了，才予伊回去內地讀書，想不到是一個不受教的！喊死就死，敢講是想欲予楊家無傳斷種？攏是我無教好！」阿母說。

「大人大種了，誰會當教去。」阿嬤淡淡說。

「全是內地傷風敗俗，閣無人約束！講到那獻彰也實在是，這款代誌應當搖通電話才著。」

阿爸說。

「獻彰知輕重，既然毋是搖電話，惠風穩當是平安無事。」獻文哥說。

「這話講的也無錯。」阿爸說，說完了又搖頭。

「唉，叫人趕緊去東京，恐驚是惹著啥物沒辦法解決的。」阿母說。

「煞煞去，總講人是好好的。」阿爸說。

「老爺講的，我敢不是想同款？」阿母說，別開頭去擦眼淚。

正廳頓時一陣寂靜。

雪子在旁聆聽，凝視著正廳戶蹬上的夕陽斜影。

一般人家輪不到年輕女兒入正廳論事，儘管知如堂不比一般家庭，雪子也深有自覺，沒有輕易發言。

直到寧靜得足夠久，雪子抬首看向主位的阿嬤。

也是同個時刻，阿嬤慢悠悠地看了雪子一眼。

雪子低聲地回應一句「阿嬤」。

阿嬤嗯的一聲，「阿雪想啥物？」

「毋想啥物。」

「講，無要緊。」

「……厝裡派人去東京，一逝也愛半個月、一個月。我是想講，若是獻文哥去，厝裡內外生意無夠人手，阿爸去，閣煩擾舟車勞頓，對阿爸身體無好。」
「自然是阿爸去。搭飛行機去，一日就到。」阿爸說。
「阿爸，不如予我去。」雪子說。
「亂來！查某囡仔人，一個人欲去內地！」阿爸喝斥。
「雪子遮好大膽，規日欲嚇驚老爸老母。」阿母按著胸口說。
「大舅大妗莫緊張，舊年雪子學校修學旅行就是去內地，閣定定看松崎一家伙仔歸去京都，才會毋知影出外人的艱苦。毋過講到底，是雪子真心體貼。」獻文哥維護說。
「好矣。」
阿嬤一開口，眾人齊將目光調回主位。
「自然予阿雪伊阿爸去。阿雪留落，代汝阿爸料理生意帳目，拄好驗收這幾年敢有認真學做帳。厝裡有汝阿母，有獻文，閣無好勢，就請妳屘舅轉來。」
「外嬤！」獻文哥低喊。
「外嬤無欲加講，汝做家長，膽量敢會當不比阿雪？」
獻文哥便一整臉色，安靜下來。
「攏去吧。」阿嬤說，逕自低頭喝水。
阿爸、阿母、獻文哥各自起身去安排工作。
雪子過去接下阿嬤手裡的茶杯。

阿嬤扶著雪子的手臂慢慢起身，又在雪子手背上輕輕拍了兩下。

「無按怎，免驚惶。毋知影暗頓吃啥物？」

阿嬤語氣平緩，好像天塌下來也不是大事。

抬頭能看見霞光滿天的時候，晚餐上桌了。

知如堂的慣例是長房、二房在正廳共進早飯及晚飯。二房能上桌的只有雪子的二叔耀隆、堂姊好子，再來便是二叔的秘書來寶。用餐時間，正廳原來的八仙桌下首要增添一張八仙桌，才夠全家人入坐。

按本島漳州人習俗，男女分桌，唯獨阿嬤仍然坐男桌首位。

二叔與來寶剛從員林街返回知如堂，簡單梳洗後直接上了飯桌，還沒有機會知悉長房發生惠風哥哥的這場風波。

可能是聚會相當盡興，二叔笑容滿面，一坐下來就滿口好香好香的稱讚。

雪子留意了一下菜色。

米飯、白糜，胡瓜菜心蘿蔔各色醬菜不計，有五菜三湯。

枸杞子絲瓜、醬油燒茄子、蔥花煎蛋、綠竹筍炒鮮香菇、切片鹽醃肉，湯是白菜赤肉羹、菜絲豬血湯、桂圓紅棗銀耳蓮子四色甜湯。

本島漳州菜本來就偏湯水，比起往日，今天是又多加了一道甜湯的。桂圓補脾，紅棗安神，銀耳益氣，蓮子去心火。好子姊安排的這道甜湯真有深意。

「攏講是夫人手藝好！詩社中畫開桌，也無厝裡的飯菜好食。」來寶笑說。

「今暗毋是我的手筆。」阿母說。

「菜色袂穤，是阿好有用心。」阿嬤說。

「哦！想講按怎樣攏是我愛食的，原來是阮查某囝疼惜老爸佇外口走整天！看這肉羹配飯，會當食兩碗，閣有甜湯，止嘴焦！」二叔連聲稱讚。

好子姊在旁輕喊了聲「阿爸」，謙稱說都是廚師的好手藝，不忘給阿嬤夾一筷子筍片香菇，再給二叔盛一碗赤肉羹。

二叔微笑，連帶唇上的鬍子也彎彎翹起。

「人講治大國若烹小鮮，就知三小姐是大丈夫啊。」來寶笑說。

好子姊淡淡看過去一眼，來寶便急急抿直嘴唇。

若放在平常，來寶這模樣一定引起笑聲，可是今天餐桌寂靜，只有二叔露出笑容。

作為二十五歲卻尚未出閣的好子姊的父親，面對秘書對女兒毫不掩飾的好感這件事，二叔的態度算得上是高深莫測。這一點，雪子始終沒弄懂。

說起來，二房什麼時候會知道那張電報捎來的消息呢？這件事對長房和二房的意義不同，飯桌上長房沒有人開口，獻文哥也不主動提起，雪子想，應該不只是考量這個消息會令人胃口盡失吧。

如同往昔，知如堂一家子的晚飯步調相當緩慢，天際的霞光完全消逝，轉為藍紫色黑幕的時候才宣告結束。

長輩們先離席，獻文哥、來寶各自散了。此時幫傭、長工悄然入廳，勤快地收拾碗盤與桌椅，預備在廚房裡擺第二輪晚飯。第二輪是使用人的晚飯時間，雪子負責留意菜色是否充足，飯後都要走一趟廚房。

好子姊拉住了雪子。

「啊，一時間忙忘了，稍後我就把書送到好子姊房內。」

「書都借到了？」

「問了司書，說有一艘貨船耽擱，許多書還沒入館呢。」

「嗯。」好子姊附耳低語，「是大哥出事了？」

雪子不驚奇，也不問好子姊消息靈通的原因。

「剛才安排好了，阿爸明天搭車去台北，搭後天清晨的飛機，晚間就到東京一貫齋。」

「什麼事情？」

「哥哥吞藥自殺，沒提到原因。獻彰哥哥拍電報來，只教人早點去東京。」

好子姊沉默了片刻，最後伸出手輕輕地撫摸了雪子的鬢髮，但她說話的聲音更輕，像是消失在夜幕中的彩霞。

「雪子，接下來要艱難了。」

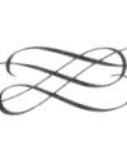

這件事，最糟糕是什麼情形？

玉蘭花前，雪子曾經這樣自問。

好子姊知道有來自內地的壞消息，可是不清楚電報的內容。即使如此，乍聽到惠風哥哥的自殺訊息，也沒有絲毫慌亂。好子姊相當冷靜，大局當前並沒有過問任何人的心情，只是沉著地作出判斷。

接下來要艱難了。

雪子俯在和室桌，將手上的書簡再翻過一頁。

書簡發出細細的紙張翻頁聲。

兩年前的春天，惠風哥哥赴早稻田大學復學。

因著早先出過紕漏，由阿母訂下規矩要哥哥遵守，一是每年夏天都要返回台島度假，二是固定寄送家書，若非如此便不匯款給予生活用度。哥哥天生優柔浪漫，不受約束，卻也禁不住缺衣少食，這一招相當奏效。

哥哥的來信充滿個人風格。有時連日寫信，一次捎來厚厚一封信件，有時兩個月來一封薄薄信紙，紙片上只有短短的和歌。

雪子將兩年多以來的哥哥來信細心保存，信紙穿洞後，像是卷宗一樣，以堅固的細繩依照時間順序裝訂起來。

就是桌案上的那份書簡。

雪子正巧翻到那頁短歌，看著竟不由得笑出來。

就連遙遠的神代裡
也不曾聽說過
龍田川上
鋪滿了鮮豔的紅葉
潺潺河水在紅葉之下流動

雪子當初看到信件時摸不著頭腦，心想「這是哪國的日本語啊？」還是到了圖書館，小早一眼便看懂，「是《百人一首》喲，玩歌牌不是會讀到嗎？」那個時候，雪子叫苦的說：「那該怎麼跟家人解釋才好，根本意義不明嘛。」

可不是嗎？

雪子翻看書簡，發現竟然沒有真正理解過哥哥。

惠風哥哥誕生於明治四十四年，整整年長雪子十歲。自大姊春子出嫁以來，哥哥便是雪子血緣最親的手足。

缺乏決斷的魄力，性格纖細，充滿同情心，這樣的惠風哥哥並不是理想的知如堂繼承人，這件事雪子心裡有數。

知如堂年收入三萬圓以上，年支出約一萬圓。阿祖楊魁星時代家產五萬圓，在烏日庄已很顯赫，昭和年間增加到二十萬圓之譜，責任不可同日而語。

收入財源主要來自地租，早年以農地為主，近年大幅增加農用以外的建築與土地。精米所、旅館、商店以及茶葉貿易，在整體收入之中的比重也日漸提升。論財產，知如堂是富豪榜上有名，論養家活口，知如堂主人手下佃農、幫傭豈止百餘人口。

雪子知道很多事情。可是，雪子沒有理解過惠風哥哥。

哥哥休學的起因，復學兩年多來的心情變化，以及為什麼選擇自殺的動機，雪子全部都不明白。

最糟糕是什麼情形？

雪子闔上書簡。

從自殺方式是吞藥來看，哥哥的死意或許並不堅決。這個年頭報紙雜誌上可見的自殺方法，流行的跳崖、跳河、臥鐵軌，甚至是千里迢迢登山跳火口湖的，都可以窺知其中的堅定死志。

所以，哥哥應該會好好的從東京返回本島吧，年近而立，想必接下來就是成家立業，正式掌家了。

可是雪子呢？

雪子嘆息了又嘆息，深感原定的計畫全部遭到毀滅。

「就算可以預知未來也沒有用啊——這個時代！」

雪子忍不住發出心聲。

未來五十年，台灣全島人民將會遭遇悲慘的命運，大東亞戰爭，中華民國政府來台，二二八衝突，白色恐怖……。雪子能夠預知未來，想要保全知如堂楊家上下度過各種可能的劫難。為了能夠做到這些事情，雪子需要更高的學歷，取得經濟獨立的條件，致力永遠留在知如堂。赴東京讀書是其中重要的一個環節。

雪子想過，若無法對抗時代的巨輪，那麼至少能逃遁吧！以兄妹倆都在東京為理由，舉家遷到安全的日本本州鄉下地方躲避風頭。只是躲到何時呢？這點雪子還沒想到。即使如此，雪子為此竭盡全力，做了許多規劃盤算。

十年過去了，不料擊碎計畫的不是戰爭，而是惠風哥哥。

越過竹節窗的縫隙，雪子凝望著深邃的夜色。

「上帝也好，媽祖也好，哪怕是阿拉……」

只有在這種時候，能夠流利使用四種語言的雪子，口裡會隨著嘆息溜出當前人們所謂的北京話。

二、鳳凰木

「十年前」，她還不是眾人愛稱雪子的楊雪泥。

她是楊馨儀。復甦過來發現自己成為楊家屘千金雪泥小姐，勉強以幽默感發出感慨，啊，至少是同姓氏的本家姊妹。

馨儀生長的那個時代，鳳凰木一到夏天就會如同火焰般盛放花朵。

或許不是那麼多人知道吧，無數植物都跟鳳凰木一樣，要到日本時代才引入台灣，落地生根了，就如同本地原生的沒有兩樣。

馨儀起先也不知道。更精確的說，大學管理學院出身的馨儀，一輩子也沒想過會知道這些跟自己毫無關連的花草知識。她出生於西元一九九四年的舊台中縣，在美國華盛頓州度過中學六年，返回國門後就讀位在台中的國立大學，二〇一六年取得學士學位。

取得學士學位的那一年，就是馨儀的「十年前」。

畢業前夕，台中盆地鎮日炎熱，走完校園中央的湖泊一圈，頭頂熱燙能冒煙。一下雨就是暴雨，騎機車輾過水窪簡直像在衝浪。多日不下雨的時候，天空有嚴重的霧霾，那是空氣汙染，細懸浮微粒無所不在。那時馨儀的心比霧霾昏暗，比暴雨和烈陽都要狂躁。

同班同學有一小半備考公務人員，也有許多人投考碩士班。殊途同歸，大家想的是同一件事，未來要怎麼溫飽，獲得小而確實的幸福，俗稱小確幸。

走得比較近的同班同學老貓說：「真羨慕星星的英文這麼強，找工作比我們輕鬆多了。」小汪笑說：「各人有各人的命。妳怎麼不去羨慕連勝文？」老貓便嘆氣：「啊啊，畢業以後我是要當多久的尼特族啊。就學貸款是什麼，能吃嗎？」小汪推推老貓說妳夠了啦。

馨儀留意到小汪的目光，努力擠出一點笑容。

「星星妳，工作還好吧？」小汪細聲問。

馨儀搖搖頭，還沒說話，老貓叫起來：「什麼，不是說好給妳轉正職？該不會妳推掉了吧？我說妳人在福中不知福，套句中國大陸的說法，飽漢不知餓漢飢！多少人領22K，機會來了要把握，別以為人家隨時等著妳耶！」

「毛羽薇妳好了，星星剛經歷過……」

「我怎麼不知道妳想說什麼，只是悲歡離合不是正常的嗎？星星阿嬤過世半年了。我奶奶不也在我高三下學期走的，咬著牙我照樣考大學，還考上國立中字輩的，這才叫給長輩交代！星星，振作點啊，我這個尼特都沒絕望了。」

馨儀想扶一下青筋跳動的太陽穴，結果碰歪了學士帽，乾脆取下來托在手心。

「都不知道說什麼好了，我有說不去工作嗎？八月起正式上班，老闆還留一個月讓我享受長假。」

「咦！那妳幹嘛搖頭？」

馨儀忍不住又搖頭。

「三言兩語說不完，我內心憂鬱。」

「憂鬱個頭啦，沒事就好。來，繼續拍照，接著去圖書館！」

老貓搶過馨儀手裡的學士帽，蓋在她腦門上。

學士帽的穗帶一下子垂落，從眼前晃過去又晃過來。

馨儀是阿嬤一手帶大的。

爸爸是獨生子，青年喪偶的阿嬤傾注心力栽培，得以拿獎學金留學美國，攻讀博士期間與美籍台裔的馨儀媽媽戀愛結婚，畢業前夕生下馨儀。爸媽是年輕的雙薪家庭，不請全職褓母三個月就吃不消。外婆說願意扶育，開價比職業褓母還高，爸爸一氣之下把馨儀送回台灣，獨居的阿嬤歡喜得說不出話來。從此阿嬤更像母親，將女嬰馨儀搖抱成一個少女。

小學畢業的那個鳳凰木盛放的季節，媽媽說青春期少女需要母親引領，強迫馨儀赴美同住，一去就六年。爸媽很少回台灣，她寒暑假自己買機票搭飛機。第一次獨自研究交通路線、購票、整理行李，從西塔科機場飛向桃園機場，那年她十四歲。回到台中老厝，阿嬤流著眼淚把她抱在懷裡，像小時候抱她那樣，把她長程交通的疲勞全部消解了。那時候馨儀就決心回台灣讀大學，要跟阿嬤過下半輩子。

這件事情不算困難，美國六年生活，馨儀和爸媽都感覺到親子之間化解不開的隔閡。馨儀說要回台灣讀大學，親眼看見爸媽毫不掩飾地鬆了一口氣。

爸媽照樣支付馨儀的大學學費及生活費，可是她代阿嬤去刷存款簿，發覺爸爸減少了匯入阿嬤戶頭的款項。

「爹地也有難處，」越洋電話裡媽媽說，「我們剛換新房子，貸款比銀行事前說的更高，真是難以置信。對了Cindy，新家有一個粉紅色的房間是給妳的，比起以前的房間寬敞多了。」

馨儀正值空堂日增的大學三年級，投遞無數封履歷出去，很快以語言優勢覓得律師事務所英文秘書的兼職工作，薪水全數拿來貼補家用。升上四年級的那個暑假，國際業務越見穩定，事務所老闆開金口，讓她畢業後以正職員工敘薪。

她跟阿嬤一起慶祝，八吋的蛋糕她切了好大一塊放到阿嬤面前。阿嬤笑吟吟說：「敢有食遮多，毋過芋仔餡閣真芳。」她笑嘻嘻回應，「阿嬤闊嘴吃四方，還要吃百二！」阿嬤笑說：「咱馨儀台語講得真穩，闊嘴食四方是按呢用的？」

一口氣吃半個蛋糕下肚，馨儀撐著肚子，大字型躺在鋪著涼蓆的阿嬤床上直說難受，阿嬤哭笑不得，擰了毛巾幫她擦臉。

「毋使吹電風，腹肚會閣卡疼。」

阿嬤說，拿起扇子為她搧風。

馨儀看著扇面花花綠綠的選舉標語，候選人一臉橫肉擠出笑容。

「阿嬤妳不要投給這個人喔，他全家都賄選。」

「囡仔人講啥物。」

阿嬤笑開臉，把扇面輕輕地拍在馨儀頭上。

就是同一張床。冬天那一夜溫度陡降，馨儀確認足夠溫暖了才去隔壁房間睡覺，半夜卻聽見阿嬤呻吟而驚醒。混亂而模糊的一夜，救護員在那張床上判斷施救無效。「心肌梗塞，是天氣太冷引發的。」混亂間有人對她說，她聽不見後面的話了，耳朵裡都是自己的哭聲。

律師事務所英文秘書正職工作在畢業後一個月才開始，她原都想得周全，趁阿嬤健朗，祖孫倆有時間四處走走，慢慢的走。去馬來西亞，去泰國，也去日本，如果不暈船，就搭遊輪……。

馨儀被推了一下，回過神來。

大太陽底下老貓和小汪看著她。她們已經在圖書館前拍完照，再一次繞回了湖畔。

「不要發呆了，拍一張美美的照片，燒給妳阿嬤看。」老貓說。

「對啊，阿嬤一定想看妳穿學士服的樣子。」小汪說。

馨儀搖頭，眼裡含著的淚水竟然滾落臉頰。

老貓看一眼，揪住馨儀的手臂。

「中興湖傳說，畢業生跳湖會有好運喔！」

馨儀嚇了一跳，「騙人，我沒聽說過。」

「別亂來，那是學長姐整人的。」小汪忙叫道。

「沒事，中興湖抽乾了我看過，又不深，不然跳那個台灣形狀的。」

老貓說著，反手推落馨儀。

馨儀咚一聲摔入小湖，耳朵裡湧進水花聲，接著又咚一聲，還有老貓的聲音遠遠的，「星星妳看我也一起共患難……」

共患難個頭！

馨儀嗆到水而無法發出怒吼，湖水讓人刺痛張不開眼睛。

忽然間，有人一下子提她起來，鼓足力氣似的拍她的背脊，痛得她「啊」一聲叫起來。

「好矣！清醒矣！」

馨儀顧著咳嗽，試圖把喉嚨裡的水都嗆出來，直到一雙手把她擁入懷抱，頭頂有婦人的驚慌哭聲。

「夫人，免著急，厝千金這陣敢毋是好好的。」

婦人收住哭聲，使勁地摟緊馨儀。

馨儀猛地顫抖了一下。

不是因為痛或者遭受冒犯，是驚覺自己的身軀極小，能牢牢實實地被抱在哭泣婦人的懷中。努力掙動身軀低頭去看，身上穿著的不是黑色學士服，而是溼透的湖水綠的寬鬆衣衫，衣襟有一片粉紅色的花草紋路，襟口上兩個花形盤扣。再抬頭，看見一個中年婦人白皙的、線條優美的側臉，正有淚水從下巴滴落。

馨儀的異樣讓婦人放鬆懷抱，摸著她的臉小聲喊「雪子」、「雪子」。

「可憐，屘千金嚇驚著，轉去的時陣就愛記得去收驚喔！」旁邊的人說。

收驚？

馨儀還真的是需要收驚了。

抱著她的美貌婦人，以及在旁邊圍觀的人們，全部都講台語。馨儀從小到大都沒有見過這麼多人同時使用台語交談的場面。

眾人的穿著也很驚人，所有人，都穿著她在「戲〇台灣」之類的電視劇才會看見的台灣古裝。是的，就像她身上穿的那樣……。

目光越過圍觀的人群，馨儀看見平整卻疏朗的街道，街道兩側有林木錯落，有畦畦相連的水稻田，平矮的建築，有人力車和腳踏車往來，有輪子輾過道路輕輕飛揚起的塵埃。有，藍色的天空。對，乾淨的、澄澈的藍色天空，沒有台中火力發電廠和六輕造就的 PM 2.5，或許就會是這個顏色的天空吧。

而河水潺潺流動的聲音近在身邊。

馨儀想故作輕鬆地說「好吧至少可以確定一件事，中興湖應該是不會發出這種聲音啦」，可是話卡在喉嚨裡一句都說不出來，因為一個恐怖的念頭，正緊接著降臨腦海。

——我該不會是穿越了吧？

所謂「穿越」是個簡稱，全稱是「穿越時空」。

以穿越時空為主題的電影、電視劇和小說，二十世紀末開始流行，馨儀曾經與阿嬤連日守在電視液晶螢幕前面，收看中國電視劇「步步〇心」，也循線去讀了網路上無數同樣主題的愛情小說。那個由幻想所編織的浪漫世界，有許多女人「穿越」到古代，與英俊瀟灑又位高權重的男人談戀愛。

以前馨儀總是心裡嘀咕，中國女人穿越回到中國大陸土地上的古時候，或許能夠理解為是地理空間的時間倒轉，那麼台灣女人穿越以後還是在中國又是為什麼？同樣的邏輯，回到台灣土地上的古時候更合理吧？

不過，這並不是一個需要嚴肅看待的問題。也有許多小說直接令人穿越到完全屬於空想的架空世界，不是嗎？就算馨儀腦海中曾經浮現「還真是沒有看過穿越到台灣的日本時代的小說呢」這樣的念頭，那也只是比一秒鐘更短暫的電光石火罷了。

現在好了。

距離馨儀數回嘗試捏痛自己、再三確認不是夢境大半天以後，她還沒有想到哪一部小說有讓女主角回到原來的時空。

在這期間，馨儀稍微釐清了幼童身軀主人的落水始末。小女孩與母親從娘家返回夫家，半途休息的片刻，小女孩調皮玩耍而失足落水，幸好由青年車伕救起——當然，現在她就是那個幼童。

馨儀一度掙開婦人懷抱，奔到河岸望著流水裡模糊的小小倒影，努力想辨識自己的模樣，儘管下一秒就被捉回尖叫起來的美貌婦人身邊，也相當足夠馨儀再次確認又再次驚嚇於這個「穿越」的事實了。

美貌婦人攜著馨儀，由渾身滴水的青年車伕拉車，直驅市街某間可能是成衣店的鋪子。一進去，鋪子裡幾個婦人簇擁上來，驚呼著「楊夫人」、「屘千金」，隨後迅速剝下馨儀溼透的寬衫、擦乾身軀、套上簇新的襯衫和裙子。有人拿來熱茶點心與數雙木屐和平底布鞋，那楊夫人挑選了一雙寶藍色不知道什麼花樣繡面的布鞋，親自給她套上。

馨儀一時間沒有辦法回神，結果只能任人擺佈，並隨手將一小塊糕點放進嘴裡，再喝一口熱茶。糕點甜甜鹹鹹，熱茶又辣又甜。食物入胃熱熱的沉沉的，很壓驚。

可是，眾人面帶笑容的注視著馨儀一舉一動，害她想笑又想哭。

等到馨儀絕望的想起某一部小說女主角「回去」的方法是落水淹死，那已經是她和楊夫人從店鋪轉乘一輛外型方正簡約、就像在說「汽車剛發明時差不多就長這樣喔」的黑色轎車上路許久之後的事情了。

可能是驚魂未定的緣故，馨儀的時間感變得模糊了。更精確的說，不只是時間感，所有知覺可能都遲鈍了，彷彿夢中飄浮，楊夫人似乎對她說話，可是她不確定。自從黑色轎車駛離店鋪以後，略有些簡陋的城市街景，迅速轉變為郊野般的鄉間風貌，馨儀望著窗外飛逝的景色啞然無語。

感覺有人撥動額頭瀏海，馨儀才發現自己睡去，腦袋躺在楊夫人的腿上。

「欲到厝矣。」楊夫人說。

馨儀直起身子，穿越車窗看見遠遠一座紅磚色的宅第，閃現在樹木的縫隙之間。

車程期間，絕大部分道路並非由水泥或柏油鋪成，馨儀猜想那是夯實的泥土地，因此不時有細細沙塵飄揚，也有坑洞凹凸。馨儀並不是立刻意識到這件事，而是隨著接近宅第，轎車行駛越顯平穩，才發現轎車已經駛在暗灰色的石板道路之上。

車速並不快，馨儀的心跳卻又開始加快頻率了。

車子順著石板道路轉彎，筆直向前便是一汪碩大的水塘。

驅往水塘的道路兩旁，各是一片造景庭園，其中又各自錯落一、兩棟紅色的磚造建築。左右兩旁的庭園稍遠處有草木扶疏，如同圍牆般夾道，內外分界忽然清晰地區隔出來。作為圍牆的林木高大，只有正結著果實的，可以分辨出是芒果樹和龍眼樹。

馨儀沒空細看庭園，轎車已經駛近水塘。靠近才清楚了，水塘是完整的半月型，滿滿一片綠意，伸出白裡透紅的朵朵蓮花，隨風捲來清爽的水氣與芬芳。也是在這個時候，道路顏色改變，紅色石板取代原來的灰色石板，延伸出去的盡頭正是馨儀稍早在樹影間看見的紅色宅第。

眼前出現的紅色宅第，就是傳說中的三合院嗎？

轎車繞過半月型的水塘，來到寬敞的空地。空地再向前有一道矮牆，右半面矮牆前種植玉蘭花，左半邊是還沒開花以致無法辨認種類的小喬木。

矮牆和花樹掩不住後面那座建築的萬鈞氣勢。

馨儀不曾知曉關於建築的任何欣賞要點，然而眼前的屋子每一片磚瓦都宛如散發出寶石光暈，令人不禁由衷地發出感嘆：這真是此生首見如此華美、壯觀又動人心魄的閩南式建築啊！

車已經停了。楊夫人牽起馨儀的手，說著「來，落車矣，慢慢仔行」。下了車，轎車外頭一個壯年男人、一個青年女人前後迎上來。

男人微笑對兩人頷首便去跟司機談話，女人過來笑說：「咱雪子這身新衫誠婧。」

「唉，拄即險險淹死，入去講。」

楊夫人這話讓女人嚇了一跳，連忙上下打量馨儀。

馨儀仰著頭不知道怎麼回應，想著自己是不是有點像《紅樓夢》裡面逛大觀園的劉姥姥？或者說，更像一隻突然掉進人類世界的猴子……？

矮牆裡面的建築環抱一塊空地，她們直入正中央的那一間。馨儀以僅有的、對三合院的理解辨識出來，這是三合院的正廳，也是神明廳。抬起小腿跨過門口高高的木檻，沒有適應光線明暗的眼睛感覺一黑，再看見時果然有一座氣派的、色澤含光的神明桌，後方並有一幅精緻彩繪的神仙畫像，而廳內正上方匾額寫著「四知傳芳」。

楊夫人將馨儀安置在神明桌下首的木椅，轉頭自去對女人吩咐什麼。

——然後，馨儀真像隻稀罕的猴子遭到圍觀了。

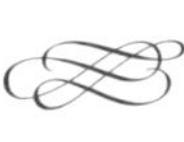

從窗縫隱約可見正廳外面人影晃動，可是聲響不大，許多人是走過窗外停頓了幾秒鐘又匆匆走開。首先跨過門檻入正廳，走到馨儀面前的，是一對長得一模一樣的少女。

兩個少女看起來只有十四、十五歲，纖瘦的樣貌和燦然有光的眼睛完完全全是一個樣子的，也同樣綁著兩條長辮子，身上穿著同個款式的寬衫，唯獨衣襟繡樣顏色一個是桃紅的、一個嫩黃的。嫩黃的那個皮膚更蒼白一些，臉龐隱約有青色的血管浮現。

「雪子落水了，嚇傻了是嗎？」

問這話的桃紅衣襟少女眼睛彎彎，帶著笑意來摸馨儀的腦袋。

馨儀半晌才回神聽懂，這是第一個不是講台語的人，講的是日本語。

「來，好孩子，說句話呀。可知道教訓了吧？」

馨儀頓了頓，搖搖頭。

「嚇得忘記怎麼說話了，真可憐。」嫩黃衣襟少女說，「按呢，敢會曉講台灣話？」

馨儀無語。

由於在美國長年居住，馨儀大學期間選修日文當第二外語，連修兩年課程並考取檢定證照，加上收看日本戲劇與綜藝節目的習慣，相當程度維持了日語能力。至於台語——馨儀留意到她們稱呼為「台灣話」——非常悲慘，中英日台四種語言，馨儀都能聽懂，唯獨不擅長講台語。

可是現在也並非語言的問題，是不知道該說什麼。

既然如此，馨儀只能默然的望著兩個少女。

「哎呀，連人都不認得了。」桃紅的說。

「我是好子姊姊，這是恩子姊姊。知道嗎？」嫩黃的說。

馨儀搖頭。

「以前是壞的，現在倒變傻的了。」桃紅衣襟的恩子笑說。

「又愛胡說。」嫩黃衣襟的好子說。

在雙胞胎出去之後，進來的是一個臉型圓潤的年輕女人，後面跟著一個梳著油頭的年輕男人。與雙胞胎所穿的台灣傳統寬衫正好是對比，這兩人是西服裝扮。女人一身天藍色的連身短袖長裙，鮑伯短髮俐落颯爽，令人眼睛一亮。男人是短袖襯衫與白色西裝褲，搭配醒目的黑色吊帶，一副紈褲子弟的模樣。

細看能發現兩人的臉龐肌膚光滑，五官帶一點稚氣。馨儀忽然領悟，就像是那對雙胞胎早熟的說話神態，這個時代的人成熟的更早，眼前這兩人放在二十一世紀，頂多是大學新鮮人。

「聽恩子說不認得人了，總不會親姊姊也不認得吧？」短髮女人笑咪咪的，語氣十分親暱。

「假鬼假怪。」吊帶褲男人用台灣話罵了一句以後彎起嘴角，「雪子還是這麼頑皮，撿什麼稀罕石頭能掉進水裡，幸好命大，否則講出去要笑裂別人的嘴巴了。現在扮可憐相，是想要博取同情了吧？」

「那有什麼？春子姊姊今天晚餐給小雪子加菜，煎兩條香腸，好不好？」

「呵！不如給雪子買兩塊糕點，都說人嚇壞了，也不忘記要吃鹹糕仔。」

唉，真是冤枉。

馨儀苦著臉，沒想到反而讓兩個人笑起來。

「可不要哭呀！」那個自稱春子的說，「現在就吩咐去買，綠豆糕、鳳片糕，還有什麼，都教妳獻文哥哥買回來。」

「春子姊，還真把我當跑腿的了。」被稱作獻文的笑說。

說話間，再一個穿著日本中學立領制服的瘦高少年入來。

馨儀已經累了，閉起眼睛假裝睡去。

「阿母正跟阿嬤、姨婆商量，說要找人給雪子收驚呢。」

制服少年聲音溫潤好聽，馨儀忍不住慢慢撐開眼睛，看見高中生模樣的少年正從旁端了一張矮凳過來，在她腳邊坐下。

前幾位姊姊、哥哥也彎著腰與她平視說話，可是坐下來的，少年是第一人。

「雪子，真的不會說話了？」

馨儀數不清今天第幾次搖頭。

「平常一副傻膽，肯定還是害怕的吧？沒關係，哥哥跟妳講個故事，那是一個叫阿麗思的小女孩去奇境遊玩，就像妳一樣，噗通掉下去一個地方，她冒險、玩樂，最後還是回到家的故事。雪子的魂魄現在嚇飛得遠遠的，不過玩樂夠了，也就會一樣的回來了哦。」

瘦高的少年笑起來說，眼睛裡有溫柔的水光。

猴子圍觀秀持續了大半天。

除了前面五個應該是同輩分的少年少女們，馨儀一時之間記不清後面所見的太多人了。青年到中年的女人就七、八個，壯年男人三、四個。這可是個大家庭啊！

趁眾人談話間釐清誰可能是誰，馨儀總算挑重要的記住，阿嬤、阿爸、阿母——不幸中的大幸，她早記住楊夫人是她這個身體的媽了，可以少記一個。其中還能辨識出來的，馨儀下車時與司機交談的男人是「厝舅」，迎她和阿母楊夫人進屋的女人是「阿蘭姑」。

被圍觀的猴子身心俱疲。

從正廳望出去彩霞滿天的時候，正廳有人魚貫而入，有條不紊的排放桌椅，依序上菜。兩張桌子看起來是男女分桌，馨儀被挪到介於阿爸阿母中間的位置，隨後有無數雙筷子給她佈菜。

不只是春子說要加菜的香腸，醬色酥爛的豬腳，鮮香撲鼻的豆鼓魚片，入味的什錦蔬菜是綠金針、藕片、筍片和乾香菇。飯點尾聲又單獨給馨儀上了一碟甜點，綿密柔軟的是綠豆糕，有糯米製品咬勁帶點香蕉油香的可能是鳳片糕，切成半圓型的小塊糕點一入口才知道是鳳梨酥，又有早先在成衣店吃過的鹹糕。

為求表現，馨儀配合地將放到眼前的東西全吃了。埋頭苦幹後抬起臉看見全桌子人都張大眼睛，忽然覺得有點不妙，連忙雙手端起湯碗喝了口熱湯，試圖宣告用餐完畢。然而更不妙的是，熱湯下肚，馨儀發覺自己嚴重錯估了這個小小身軀的胃容量。

斟酌半天，馨儀終於細聲地說出降臨此身的第一句話。

「我、腹肚疼……。」

闔家大笑，笑聲差點沒把正廳的屋頂掀翻過去。

果然是被當成猴子看嘛！

猴子被阿爸抱起來，本來往正廳右邊方向走，阿嬤一句話又讓阿爸轉到左邊方向去，裡頭是一間寬敞的臥房。猴子被放在一座架得高高的木頭紅眠床上。阿爸出門之前語帶愛憐地說，「雪子，汝就小歇睏一下。」

室內昏暗，有光從門口和窗縫透進來，猴子藉光望著紅眠床三面木架，架上有繁複華美的雕飾。

人生，容易嗎？馨儀抱著肚子感嘆。

大半晌過去，正廳聲音漸少，人影一一向外散了。有人進來點燈，接著是銀花婆扶阿嬤入房，坐到紅眠床上的馨儀身邊。

「老夫人，敢欲開扇風機？」

「這時陣毋使𠞩風，囡仔人腹肚會閣卡疼。」

阿嬤說著，執起床沿的蒲扇輕輕地搖起來。

馨儀仰躺，感覺微風輕輕地撲在臉上，這個角度正好望見阿嬤的側臉，還有蒲扇扇面在燈下反射淡淡光澤。

蒲扇搖動，遮得燈光一明一暗。

隱約間，彷彿看見那張扇面有個醜怪微笑的肥胖候選人。

「咦，屘千金是按怎樣矣？」

馨儀連忙把身體側到另一邊去，臉上溼漉漉的。

阿嬤平靜的聲音跟蒲扇的搖動聲一起從身後傳過來。

「予伊哭，驚著矣，哭煞就好矣。」

三、金銀花

一碗熱騰騰的雙色丸子湯上桌。

香氣撲鼻而來。白皙小巧的是魚丸，深色略大的是肉丸，兩色丸子都捏得只有指頭大小。湯是豬大骨熬成，上桌前再略擱一些芫荽與白胡椒提味，連鹽巴都不需要多用。丸子滑入嘴裡，咀嚼有勁卻不費力，頓時嘴裡齒間都是鮮香。

這是馨儀今天的早點。早點不是早飯，是介於早飯與午飯之間的點心。

馨儀吃得舌底生津，忍不住感嘆這算是投了好胎嗎？

知如堂厝千金落水後失了魂魄，這件事沒幾天便傳得勝腎家喻戶曉。

據說厝千金宛如換了一個人，先前成天調皮搗蛋，現在鎮日若有所思。據說不但不認得家裡的路，竟然連家人都認不周全了。據說豈止不認得人，連台灣話都講不順暢了。據說少了魂魄人會癡呆，知如堂請來絳衣道長，結果收驚完畢，道長說大智若愚又有何不可，掀起一場風波……

儘管如此，作為當事人的馨儀，接收到的傳聞全是二手消息。

二手消息勝過沒有消息。馨儀無數次確認「穿越」不是自己精神錯亂的幻覺以後，勉強打起精神，花了一番工夫認識這個小小身軀的原先主人。

本名楊雪泥，愛稱雪子，知如堂長房最小的女兒。不計幫傭長工，知如堂以阿嬤為首，由長房老爺夫人、也就是雪子的雙親扞家；二房只有雪子的二叔，沒有二嬸，倒有個細姨。知如堂長房、二房的孩子共同排序，大小姐春子、少爺惠風，二小姐恩子，三小姐好子，屘千金雪子。

惠風的稱呼是「少爺」而不是「大少爺」，因為早先二叔的長子誕生在惠風之前，正是原來的「大少爺」，然而不足歲早夭；長房在惠風之後有個次子，是雪子的二哥，七歲那年夭折，如此一來「三少爺」也沒了，何必只留「二少爺」的稱呼呢？

除卻血親，知如堂裡另有幾個遠親與姻親。

首先是阿嬤的妹妹，雪子稱呼為三姨婆，因無子又喪夫，住進知如堂依附自己的長姊，抱了個女孩到膝下作養女，這養女就是阿蘭姑了。阿蘭姑在知如堂內是女性使用人的頭領。若論排輩，阿蘭姑是雪子阿爸耀宗、二叔耀隆的表妹，所以春子等人以姑姑稱呼。論年紀，阿蘭姑僅僅稍長春子一歲。

再來是雪子的屘舅，眾人口中的「春生家長」，簡單的說是知如堂使用人當中的總管，出入總戴著一頂鴨舌帽，西裝整潔體面，派頭跟知如堂少爺、老爺幾乎無異。

屘舅這個詞對馨儀來說有點困難。畢竟媽媽的兄弟，無論是年長的 Bill 還是年幼的 Dylan，馨儀都叫作 Uncle。後來馨儀理解了，屘舅跟屘千金的「屘」，都是指輩分中最年幼者的意思。屘舅是雪子的母親最小的一個弟弟。

最後是獻文。人稱「表少爺」，獻文是雪子的表哥。由於是姑表之親，沒有隨著長房、二房排序，獻文只比春子略小，除了春子會直呼獻文本名，長房二房的孩子一律稱呼獻文哥。

獻文中學畢業就進知如堂當使用人，做春生屘舅的幫手。說是幫手，獻文倒比屘舅的姿態更高，白色西裝搭配黑色吊帶，一頂白色麥桿帽，衣襟裡面還有一支金懷錶，只差沒有扛著紈絝少爺的招牌橫行。畢竟獻文家裡殷富，不缺吃穿，入知如堂是專程向春生屘舅拜師來的。

零零總總，馨儀差點沒有被繞暈了，又無從筆記，只能努力在腦海中把人們的臉龐、身分及關係一一拼湊。幸好「屘千金雪子」年紀小又剛剛掉了魂魄，狀若發呆也無所謂。

就像現在。

端來丸子湯的是阿蘭姑。阿蘭姑不算漂亮，一雙垂眉和寬厚的下巴看上去溫吞親切，可是眼睛明亮，給人聰敏能幹的印象。每見馨儀順利咀嚼吞嚥，阿蘭姑就笑得眼睛微瞇，好像鮮美的丸子是吃在她嘴裡一樣，對馨儀的神遊太虛毫不見怪。

阿蘭姑對待失了魂魄的「雪子」充滿耐性，伺候到位。若非馨儀堅持自己拿湯匙，肯定能夠體現「飯來張口」的真義。阿蘭姑又對「雪子」講解那些知如堂裡大大小小的事情，好像跟幼童回味往事是多有趣的事情，輕鬆說笑之間，幫助「雪子」的記憶復健，馨儀因而逐漸熟悉了知如堂。

馨儀吃完最後一顆小小的肉丸子，阿蘭姑的繡帕隨後就過來她嘴邊輕輕擦拭，附帶一句聽起來誠摯無比的讚嘆：「雪子真乖。」

唉，真正是投了好胎了。

——可是，這到底是什麼地方、什麼時間點呀？

大致認清楊家上下人口的這個時候，馨儀降生雪子已經五天。受限於小小的身軀，能夠看見的世界終究只是知如堂一方天地。確切的年代？地理位置？馨儀還是滿腦子問號。

阿蘭姑抱馨儀到正廳，再三囑咐不可亂跑才端著湯碗離開。

馨儀閒著無事，端詳起正廳的神明桌。除了佔滿牆面的一幅彩繪神仙像，桌上還擺著兩個木製的神龕。神龕跟阿嬤的紅眠床架子一樣有繁複的雕飾，猶有過之，簡直是雕樑畫棟的屋宇縮小版，左右雕著兩尊迷你小巧的石獅子。二十一世紀那時，馨儀可沒有看過這麼漂亮的神龕。

神桌正中央的神龕裡頭坐著的是觀音像，靠左邊那個裡頭是塊色澤漆黑的神主牌，描金字體寫著「堂上楊姓歷代祖考妣之神位」……

「雪子！認清家裡樣子了沒有？」

清朗的聲音從旁邊傳來。

馨儀轉頭看見是獻文哥走入正廳，正摘下白色的帽子。

戴著帽子，那就是剛從外邊回來了。馨儀逐漸掌握到她所不熟悉的、這個時代的生活習慣。男人習慣戴帽，也熱愛蓄鬍。時尚流行這回事，似乎在此時就很有國際化的趨勢。

或許是沒有立刻獲得回應的緣故，獻文哥嘴角彎彎地翹起。

「不要緊，至少知道怎麼上廁所了，對嗎？」

聽到這話，馨儀不得不奉送一個白眼過去，卻引來對方裂嘴笑得連牙齒都露出來。

馨儀作為二十世紀末出生的半個歸國子女，別說踏入三合院了，連有沒有同學朋友住在三合院都很存疑。那天晚上內急找不到廁所，被拉進阿嬤那張高大紅眠床後面、看見僅僅用布簾隔開的一高一矮兩個木桶，不能立刻瞭解怎麼上廁所也是理所當然的。誰知道銀花婆和阿蘭姑左一聲「雪子」右一聲「按怎樣袂曉放尿矣」，害馨儀再度成為被圍觀的猴子。

獻文哥的調侃，戳痛馨儀成年人的心靈。

原・國立大學畢業、即將成為堂堂的社會人士，遭受到連上廁所都有問題的懷疑，實在太悲哀了。

先前的小雪子養在阿爸阿母所在的大房——這裡說的「大房」跟長房不同，是房間位置的稱呼，又稱為左間。可是如果人面向正廳門口，左間其實在右手邊。馨儀再次腹誹，三合院實在太複雜了，想逼死誰！

那天阿爸親自將馨儀抱進阿嬤所在的二房、也就是右間以後，馨儀起居便主要在右間。馨儀倒沒有因此整天都與阿嬤共同生活，更接近事實的是，馨儀日常生活所見，主要是幫傭，以及一半算是幫傭的人們。

對了，他們把幫傭叫作「使用人」。這也是馨儀頭一次聽見的詞彙。

知如堂很大，這個時代又不如二十一世紀便利，大部分維持生活的物事都還是仰賴人力完成，於是使用人就很多了。裹著小腳的阿嬤總由銀花婆隨侍在側，四處走走看看，可以忙上整天。春子、恩子、好子三個姊姊正值學習家務的年紀，平日由阿母帶領教學。哥哥惠風是中學生，假日大多時間在房內讀書，偶爾搭火車入城，不時給馨儀帶些小東西玩耍。阿爸、二叔是大老爺，出入巡視莊稼產業，交際應酬，白天不常在家。

如此一來，馨儀經常相處的對象反而是阿蘭姑、屘舅與獻文哥，以及那些使用人們。

「咱雪子是淑女矣，才無愛回答獻文哥哥討厭的問題。」

又一個聲音從門口方向傳來。雖然故作嚴肅，還是隱隱透出笑意。

「春生舅仔。」獻文哥換以台灣話打招呼。

「雪子汝講著無？」屘舅笑笑的，眼睛有神。

馨儀點點頭。為強調不屑獻文哥的取笑，起身越過獻文哥爬上矮凳，雙手捧起八仙桌上重重的茶壺，只倒了一杯茶水，親自端到屘舅面前。

屘舅和獻文哥領悟這用意，同時笑了出來。

「要是給阿蘭姑看見，肯定會被妳嚇壞。」獻文哥發出嘖嘖聲。

「雪子誠乖，多謝。」

屘舅接了馨儀的茶杯，「攏講收驚毋效，我看未必然，雪子親像開竅同款。」

馨儀置若未聞。

「雪子」確實換了一個人，說是「開竅」吧，卻又似是而非。

馨儀不會跟任何人表白說「我是穿越過來的喔」，可是也還無法拿捏偽裝學齡前小蘿莉的分寸，最終選擇的是多觀察、少說話。至於眾人怎麼看待換了一個人以後的「雪子」，實在沒有餘力理會。

「隔轉日是半年節，明仔早起屘舅帶雪子去犁頭店媽祖廟拜拜，包穩雪子歡喜。雪子敢想欲去？」

馨儀想了想，「為啥物會歡喜？」

獻文哥笑起來，「雪子不知道嗎？祭祀媽祖會有好吃的供品喔！」

「……。」

馨儀無語問蒼天。

也不知道是原先的雪子就這樣，還是馨儀初來乍到那時的表現使然，總之知如堂的人全把她當愛吃鬼。

屘舅低聲笑，又對獻文哥搖頭。

「古早人講六月六開天門，六月六就是半年節。天門開矣，人會當趁這時陣補運。自今仔暗過子時開始，四界宮廟就滿滿攏是想欲補運的人，透天光人抑袂散，遐是偌鬧熱啊。嗯，補運又復用啥物物件來拜呢？」

屘舅把眼睛對上馨儀，「予雪子臆看覓？」

馨儀搖頭。

「春生舅仔，囡仔人敢聽有捌？」獻文哥說。

「雪子臆看覓。」屘舅和氣說，還看著馨儀。

屘舅對待「雪子」的態度跟其他人有點差異。

阿蘭姑成天巡頭看尾，獻文哥只知道逗弄稚童，唯有屘舅嘗試溝通，把馨儀看作成人似的。

「啥物攏毋知影，我勿臆。」

馨儀回應了，看見屘舅眼睛裡笑意更深。

「好，雪子巧矣。提示是愛剝殼的物件。」

「……雞卵？」

「聰明。有雞卵，抑閣有龍眼乾。」屘舅笑說，「補運用米糕、龍眼乾及雞卵祭拜。剝殼表示脫去歹運，提轉厝，逐家食了才算補運。雪子上愛食米糕，閣會使出去外口迌迌。按呢，雪子敢想欲共屘舅去拜拜？」

馨儀微笑點頭。

光是屘舅這份對待小孩不厭其煩的耐性，就令人由衷尊敬。根據馨儀這幾天見聞所知，屘舅確實是傳奇人物一名。

雪子的阿母、屘舅出身大里庄廖家。廖家略有田產，卻不算殷富，屘舅年幼便獨身在犁頭店的鐵匠鋪子當學徒，少年時期發現喜歡買賣生意，入城找了茶葉店鋪的夥計工作，直到雪子阿母嫁至知如堂，轉進來當使用人。短短五、六年時間，時年二十歲的屘舅受前任家長託付，接下了知如堂家長的棒子。自那時起，雪子的阿爸與屘舅合作無間，十多年來數椿土地買賣，令知如堂初初搆上富豪榜的邊緣。

「如果明天要跟著出門，那可要相當早起呢，因為祭拜必須要在天沒亮的時候出門才行。起不來，我們就要丟下小雪子囉！」

獻文哥嘻笑逗弄，渾然不覺馨儀心生鄙夷。當年的屘舅和現在的獻文哥，真是不能相提並論啊……

隔天，尚未破曉的半年節清晨，馨儀還揉著眼睛半睡半醒，阿蘭姑早早備妥食籃裡各樣祭品，還有空閒一湯匙一湯匙吹涼了綠豆湯餵到馨儀嘴裡，一面安撫說拜完了回家再吃早頓，要用祭拜的米糕給雪子煮米糕糜。

屘舅牽馨儀上轎車，車都遠走了，回頭還看見阿蘭姑目送的身姿。

「汝阿蘭姑對待汝，真正沒話講。」屘舅笑嘆。

「阿蘭姑袂使嫁翁生囝，應當的。」獻文哥輕笑說。

屘舅清喉嚨似的咳了兩聲，獻文哥立刻安靜下來。

「為啥物阿蘭姑袂當嫁翁生囝？」馨儀問。

「囡仔人有耳無喙！」獻文哥說。

馨儀忍耐沒有甩去白眼。這獻文哥，分明才是囡仔人，小屁孩！

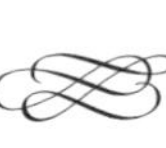

半年節也過去了好幾天以後，馨儀終於親自走過知如堂前前後後，認清宅邸的整體輪廓。

那天坐車入府，看見的只是三合院前方庭院，後方深處還有豬舍、牛舍，綠意盎然的菜園邊緣養著雞鴨鵝一圈家禽。三合院也不是只有一個院落，而是兩個院落，聽別人口中的說法，前面的是第一進，後面是第二進。

四周的林木有圍牆的作用，劃分出知如堂內外的地界。林木圍牆之內，環繞三合院建築的牆緣也是綠意繁茂。知如堂前方的半月池有一塘蓮花，知如堂矮牆前是玉蘭花和山茶花，面向知如堂的右手邊（那個叫「左護龍」）起第一進牆側是茉莉花、第二進牆側是桂花，左手邊（對，這叫「右護龍」）第二進牆側是七里香……

那右護龍第一進牆側的是什麼？

馨儀仔細端詳。那是灌木，有藤蔓卷鬚纏繞，香氣淡淡，朝天揚起的花苞是綠色，飛揚綻放的花朵卻是黃白兩色，像是兩種花纏繞一片。

「是金銀花喔。」

馨儀回過神來。

一個窈窕的身影款款趨近，木屐踩在地面的聲響清脆，尚未到馨儀要抬頭的距離便彎身下來，以便雙方平視。

「屘千金怎麼跑到這裡來玩？」

對方妝容精緻的年輕臉蛋上露出笑容。一頭黑亮的短卷髮、淡紫底色搭配粉紅桃花的合身和服，與美麗笑容十分相襯。

馨儀沒見過，卻幾乎能夠依靠直覺判定這是二叔的細姨。

知如堂裡的女性使用人全都穿著素色的大襟寬衫。能穿又敢穿和服的人不多，要既富有、又習於日本文化的年輕女人，才有機會做一身這樣年輕活潑的和服。知如堂長房長女有這個資格，不過春子姊畢業自台北的女學校，向來作風洋派，平日穿的都是洋裝。

沒有記錯的話，這位人稱秋霜倌。年輕貌美的特徵相當合乎某種既定想像，馨儀意外的是秋霜倌藝旦出身卻能說一口流利的日文。就著這條線索推測，或許這個年代距離日本殖民之初已有一段時間了。

儘管有點後知後覺，馨儀仍然點點頭顱作為回應，附帶小小聲一句：「花開了，來看看。」

秋霜倌的笑容驀然添增了一絲驚訝。

「呵呵，怪不得大家都說屘千金換一個人了，以前可不會正眼看我呢。驚險走一遭，一夕之間懂事了，真是神明大人保佑。」

馨儀尷尬，決定跳過有關雪子的話題。

「這個，說是金銀花嗎？」

「是呀，正好是花開的季節，最近家裡使用人就會摘下來泡茶了，也許會找屘千金來當幫手哦！」

「可以喝嗎？」

「可以喝，夏天喝最好，屘千金以前也喝過的，熱天的時候用來解暑。曬乾了儲藏起來，那樣冬天也有得喝了。」

「冬天也解暑？」

秋霜倌掩著嘴笑，「清熱解毒，能消火氣。人嘛，什麼季節都有生出虛火的時候呀。」

這話到底有沒有企圖令人想歪的意思？

馨儀不想計較細節。

「不是兩種花種在一起？有黃色的、也有白色的。」

「剛開的時候是白色，隔日就變黃色。白色是銀，黃色是金，所以是金銀花。是不是很美？」

秋霜倌嗓音清亮，語音還有勾人的餘韻，「昆千金沒有聽過吧？金銀花有個傳說故事，說一對名叫金花、銀花的雙胞胎姊妹，感情非常要好，一次姊姊生了傳染病，妹妹不離不棄，最終一起病故了。後來，她們墓地上長出了這樣的花，人們就用她們的名字命名，叫做金銀花。」

秋霜倌笑起來，手指將髮絲綰到耳後。

「妳二叔特意請人種的，在二小姐、三小姐出生的那年。明明這花裡面是不吉利的故事，果然一直是欠缺思量的男人呢！」

這是能在小孩子面前說的話嗎？

馨儀一時不知道該做什麼表情才好，可是隨即又想，也難怪如此，藝旦嫁入豪門，既不是傭人也不是主人，能跟誰交朋友、跟誰說話？秋霜倌不上正廳的餐桌，是等主人家用餐完畢、使用人在廚房用餐的時候，單獨一份餐點送進房內吃的。

秋霜倌輕輕牽起了馨儀的手。

「屘千金見笑了。我呢，剛才在屋裡見屘千金一個人到後面來，又沒有阿蘭跟著，趕緊出來看看。天氣正熱，屘千金不如跟我進去，我屋裡剛差人買了點心進來，是日本麻糬，喜歡嗎？」

……好了，又一個把她當貪吃鬼的。

儘管如此，馨儀還是尾隨而去。

知如堂第一進的三開間右護龍，用二十一世紀的說法是兩房一廳。右護龍屬於二叔所有，正中央是二叔的私廳，用來接待二叔個人的賓客。比較接近正中央那列屋子——對了，那個叫「正身」——的是二叔的房間，秋霜倌住在比較靠近山茶花矮牆的那個房間。恩子和好子兩個姊姊年幼時跟二叔二嬸同房，二嬸過世後抱到阿嬤房內住過一段期間，十歲才移入第二進正身的右間。阿蘭姑說過，等雪子長大了，也會有自己的房間。

馨儀與秋霜倌走右護龍的後門入私廳，右轉入房便有一股香水氣息迎面。房間裡家具不多，陳設雅致，一座書櫥和一張書桌則稍微有點出乎預料。桌上擺有一本《八州詩草》，題名是寄鶴齋。二叔是漢詩人，不知道這是妾室迎合丈夫的喜好，還是秋霜倌本人的興趣。

秋霜倌給的日本麻糬味道很好，只是大約買來還耽擱了一點時間，表皮略略有點發硬。這樣一來，馨儀不免想起半年節參拜返家，阿蘭姑早早等著迎接，一進家門，送上來的也是日本麻糬。那麻糬分割小塊，咬進嘴裡柔韌還帶溫度，回憶了才領會，想必是阿蘭姑算準時間蒸起來的。那時怕她噎著，手邊還備著杏仁茶和冷開水。

屘千金小雪子現年六歲，吃穿用度全是富家千金的待遇，不因為年齡而受到輕慢。

「好吃嗎？」秋霜倌問。

「好吃。」馨儀說。

秋霜倌那張漂亮的臉笑起來，眼睛亮晶晶的。

「屘千金要是喜歡花，以後什麼花開了，我指給妳看。小的時候，我有個姊姊也教我認花，我不認真聽，只想知道什麼花結的果實可以吃……」

秋霜倌的眼睛，馨儀看著竟然感覺那跟阿蘭姑的相當神似。明明這兩個人論外表和性格，根本南轅北轍。忽然間，馨儀就想到了屋外剛看見的，開得燦爛的金銀花。

麻糬沉沉墜入胃袋，令人的心也被拉得沉墜下去。

馨儀領會了知如堂內裡的階級等差。

屘舅、獻文哥儘管受雇於知如堂，身分地位仍然放在那裡。秋霜倌、阿蘭姑相對來說階級更低一層，但即使地位微妙，也還擁有自己單獨使用的房間。

等而下之，這個時代的長工幫傭並不算是「奴僕」，有時候卻也給人相去不遠的感覺，有些人甚至沒有資格到屘千金面前講兩句話。

二十一世紀資本社會又何嘗沒有階級差異。公職考試、研究所考試，教育與就業的終極目標，說穿了是在尋求向上流動的管道。老貓抱怨 22K，不也是對階級流動困難的不平之鳴嗎？

可是知如堂作為一個傳統階級社會的時代縮影，那樣堂而皇之的展現出來，直直逼到馨儀眼

四、牡丹

「真奇怪哪，雪子最近總是有氣無力的樣子。」

「不是因為少掉一條魂魄了嗎？」

「胡說，妳明明就不相信。」

好子姊這麼一說，恩子姊就從鼻子發出笑聲，低下頭將含笑又銳利的視線射向馨儀。

「雪子自己說呢？是身體哪裡不舒服嗎？」

馨儀想了想，「沒有哪裡不舒服。」

「我就說嘛，每天都還能吃很多飯，一定沒什麼毛病呀！」恩子姊說。

「儘管身體沒有哪裡不舒服，也不是說全部都好了吧？」好子姊說。

馨儀抬起頭來，牽著她左手的是恩子姊，牽右手的是好子姊。

馨儀還沒有辦法立刻分辨雙胞胎，必須等到她們講話才能看出差異。態度溫和、語調平穩的是好子姊，態度散漫卻偶爾顯露銳利性格的是恩子姊。

回到最初好子姊的困惑，馨儀總是一副有氣無力的樣子。

沒有感冒，沒有吃壞肚子，關鍵果然是不知道怎麼面對穿越以後的世界吧。

即使認為面對現實是唯一的解方，可是馨儀降生幼童身軀，格外感覺日子緩慢難熬。這時代學齡前的孩子，要是在一般務農人家已經可以幹活了，然而屘千金雪子除了吃吃睡睡，就是睡睡吃吃。這樣的人生，有意思嗎？

說到娛樂，不必奢想網路、電視，知如堂雖然有一台收音機，卻由於台中州還沒有放送局而形同擺設，只有惠風哥哥屋裡一台可以聽曲盤的、喇叭看起來像百合花的機器，偶爾在假日晚飯後放曲盤來聽。

那個所謂「曲盤」跟黑膠唱片並不相同，三、五分鐘就轉完一張。哥哥的收藏多是古典音樂和日語歌曲。要是古典樂，一首曲子要換好幾張曲盤才能聽完。要是日語歌曲，歌聲多半尖銳高亢，聽著血壓節節上升。共通點是錄音粗糙。馨儀不禁望天興嘆：流行文化這種事情，果然難以跨越時代啊！

知如堂倒是闊氣地訂了兩種報紙。《台灣日日新報》每天送來，是日文報紙，略有些篇幅是漢文。《台灣民報》則是漢文報紙，從發刊期數及發刊日來看，一周刊行一號，屬於周刊報紙。

剛發現報紙那時，馨儀熱血澎湃，但隨即發現看不懂這個時代的報紙，像兜頭一盆冷水下來，瞬間整個人都鎮定了。靜心細看，日文與二十一世紀學習的五十音略有出入，漢文半文言半白話，標點符號拼拼湊湊，勉強可以讀懂三成。再看最新一份報紙的日期，大正十五年八月一日。

——我的耶穌基督，大正十五年是西元幾年？

馨儀自己都數不清是第幾次望天興嘆。

穿越到這裡要做什麼？能做什麼？全部都跟大正十五年一樣不可理解。所以說，這教人怎麼提得起勁來！

小小身軀彷彿反映了馨儀的厭世心志，即使夜間早早上床，隔天仍然睡到日上三竿。阿蘭姑說，「若毋是逐日攏食三頓飯閣兩頓點心，掠準講阮雪子是著病矣。」

話雖如此，對於「雪子」活動力下降、不再調皮搗蛋的這個變化，大家都說是「雪子」懂事安份了。阿蘭姑似乎也因此寬心，有時就任她獨自玩耍片刻。

因為這樣，馨儀才有機會遇見兩個姊姊。

雙胞胎還在讀書，暑假結束就會再赴彰化高等女學校住宿。

阿母趁著雙胞胎放暑假，引領這對喪母的姪女兒學習家事，怎麼殺雞烹飪、採購日用雜什、怎麼辨識財貨、怎麼做帳，怎麼待人接物和進退應對，十八般武藝都要學。通常上午忙碌，下午則清閒一些。雙胞胎午後遇見馨儀在翻報紙，便一人一手牽著她回第二進。

「哦！我懂了。」

恩子姊忽然像是靈光乍現似的發出呼聲。

「最近沒有熱鬧看，不好玩了，雪子覺得沉悶了吧？六月有端午節和始政紀念日，七月只有半年節，那也不是全家都去的，半年節到現在又過很久了。這麼說起來，五月也是，硬要跟人家內地男兒節湊熱鬧，放什麼鯉魚旗。幸好附近沒住內地人，否則肯定被取笑的。」

好子姊聽著，嘴角浮起一絲微笑。

「對了，那時雪子鬧著要鯉魚旗，還一定要最大的，不給還哭呢，如今可乖巧許多了。」

「呵呵，現在可難說，七娘媽生、中元普度、鬼門關……那都太好玩了，雪子會不會露出原形呢？」

馨儀嚴肅搖頭。

「真是一副小大人的樣子了。」好子姊笑說。

「老子很早就說過的嘛，禍兮福之所倚，福兮禍之所伏。」恩子姊說。

「不是《呂氏春秋》？」好子姊說。

雙胞胎互相對看一眼，同時笑了起來。

一模一樣的臉蛋，好子姊笑的時候眉頭抬高，形成溫柔的八字狀；恩子姊則是眉尾上揚，帶出一股神氣。無論哪一個，都是以這個年紀來說，不得不令人感到秀異的文學少女。

就在馨儀心生「這個年代的文學少女是走漢學路線的嗎？」這樣的疑惑時，她們一同跨過了第二進正廳的門檻，左轉入右間。

這是馨儀第一次踏入雙胞胎的房間。

書桌以及櫥櫃佔去整面牆。

紅眠床高大寬闊。

阿嬤的紅眠床已屬寬敞，雙胞胎的紅眠床卻大得可以當通鋪，睡四、五個人也不是問題。雕工雖不比阿嬤的紅眠床精細繁複，床上鋪著的那張暗紅色反光發亮的竹製涼蓆，光看著就令人生出清爽涼意，想必也是不便宜的東西。

雕花的鏡台、上漆的櫥櫃。桌面擱著白瓷茶具，周邊散放夾著書籤的書冊。

唯獨窗邊桌面上一對通體晶瑩的鮮紅色玻璃花瓶，午後光照，紅豔色澤點亮了整個房間。瓶身華美的浮雕牡丹花樣在日光下流動水光，凝望的時候彷彿有水流沁潤過來。瓶裡只插幾枝野薑花，有花香浮動。

馨儀感受到一種微妙的趣味。

二十一世紀的商業市場確實便利又快速，可是商品多數相似。全球化是同質化的開始，馨儀住過台灣、住過美國、曾經旅行加拿大、日本，如果說得深了，城市以及城市中的各種商品都相差無幾。然而，在尚未完全進入商品工業化的這個時代，卻在一些日常生活的家具中就能看見鮮明的性格。

譬如二叔的私廳，質樸素雅，很有文人風格。惠風哥哥的私廳則展現完全不同的樣貌。

左右護龍一樣是「兩房一廳」。左護龍靠近正身的那間是惠風哥哥的住所，靠近玉蘭花矮牆的那間住著獻文哥。比起接待客人，兩個少爺的私廳作用更接近起居室，兩面側牆是四門玻璃的大書櫥搭配矮櫃夾道，中央放置成套的西式皮面沙發。矮櫃上擺著喇叭花蓄音器，收藏曲盤的木箱疊得整整齊齊，還有一個像是男士帽子形狀、時間一到會有音樂聲響的機械時鐘。太陽東昇西斜，照得私廳一室生光，大書櫥玻璃、皮面沙發閃閃發亮。

馨儀不由得心想，眼前所見的一切就是「富貴」這個詞彙的真義。

富貴的不是知如堂本身，是整個時代的底蘊，在金字塔頂端編織出一幅繁華似錦的瑰麗風貌。二十一世紀資本主義的富裕，卻是仰賴大量複製品所堆疊而成，即使存在著量身打造的客製化商品，也完全不是同樣一回事。馨儀無法用語言表達這樣的感受，可是那就像是截然不同的生命體……

馨儀念頭正轉到不知道哪時能進惠風哥哥房間一窺洞天，這邊好子姊鬆開了她的手並彎下腰來。馨儀依近日經驗知道是要抱她，配合地抬高手臂，身後恩子姊的手臂卻比好子姊更快一步抱起她來。

恩子姊將她抱上紅眠床，「雪子這麼大還要人抱，不害羞嗎？」

「大家都抱的。」馨儀埋怨，想想再補一句，「以後都不要抱了。」

「很好，今天晚上就這麼跟大伯大姆說吧，以後誰都不許抱了。喔，特別要跟阿蘭姑說，看她抱得吃力，誰忍心呀！」恩子姊笑說。

馨儀「嗚」了一聲。

「行了，又欺負人。」好子姊說。

「這怎麼說是欺負人？」恩子姊說，又轉回來看著馨儀，「雪子記得去年的那隻S嗎？妳鬧著要養，狗毛害好子咳嗽發作，咳得差點沒命，送走了S妳還生氣打人呢。現在長大了，該知道的事情就要知道，妳好子姊姊的身體不好，我們做姊妹的，要體貼她，愛護她，明白嗎？」

馨儀一愣一愣的點頭。

「咦？看看雪子這副模樣，好像真的聽懂了！」恩子姊驚奇。

「就說妳是欺負人吧，心裡懷疑，還講這麼多話呢。」

好子姊笑說，隨後喊了聲「雪子」，手指向書桌旁的櫥櫃。馨儀順著望過去，兩張並列的書桌旁邊，各有一套四腳的實木櫥櫃，每個櫥櫃各有六扇小門，只有最上方的鑲著玻璃，能看見裡面陳列的圖書。

「聽說雪子想讀書了，以後來這裡，這些書都能看。一時半刻學不會認字沒關係，每天我們帶妳讀一小段，慢慢就懂了。」

恩子姊接著好子姊的話，「往年想教妳認字，要強押著才讀幾句，令人心煩。孔子說，『不憤不啟，不悱不發，舉一隅，不以三隅反，則不復也。』今年，就看看雪子能不能坐得住吧！要是雪子這次能夠好好忍耐，我們回學校之前再給妳佈置功課，等我們放假回來檢查，讀得好了，就帶妳到台中城裡去玩耍。」

馨儀原本還想著孔子說的那句話到底是在講什麼，聽到後面才忽然意會更重要的事情。

這段期間她常在惠風哥哥的私廳看報紙，阿蘭姑發現時就笑說了一句「總算雪子想欲學字矣」。原來，她的舉措都落在大家的眼底，這家裡確實是萬千寵愛雪子這個屘千金。

「謝謝恩子姊、好子姊……」

「哈，還真是不可同日而語了。」恩子姊說。

好子姊點點頭微笑，「報紙這裡也有。家裡的報紙呢，大哥在家的時候都先送到他那放一個上午，中午獻文哥摺好再送到一貫齋，晚餐後才到第二進來給女孩子們看。雪子年紀還小，在大哥那邊看也可以，年紀再大些，就不好老是在前面玩耍了。知道嗎？」

一貫齋是知如堂的辦公與藏書處所，與右護龍以一條過水廊相接，大老爺們在那裡處理庶務、接待生意往來的賓客。這個馨儀知道，可是那句……年紀再大些就不好在前面玩耍了，又是為什麼？

「我們家還算寬鬆的，阿罩霧林家還有二門呢。」

恩子姊或許是見到馨儀一臉疑惑，於是做了補充說明，可是這樣的說明，對馨儀來說等於沒有解釋。

「二門是什麼？」

「咦，連二門都不知道呀！」

「大門不出、二門不邁。說的二門就是這個了。古早時候的富貴人家自家門內就有內外之分，女眷只能在二門以內活動，千金小姐們不能隨意出入。我們現代人規矩不那麼嚴格了，內外之防還是有的。」好子姊說。

「林家那種百年家族跟常人不一樣，我們上現代學校，他們的女孩聽說上的是自家興辦的閨學，說不定真的有可能不出二門。」恩子姊說。

真是開眼界了。馨儀這才領會，她在第一進生活起居，難怪少見三個姊姊的身影。

至於說到那個「現代學校」，馨儀也是最近才大致理解了這個時代的學制。比如說初等教育，多半是本島人讀公學校，內地人讀小學校。畢業以後，女孩子能往上讀的是高等女學校，儘管名為高等，其實是中等教育。再往上，就是專門學校，本島只設有一所台北女子高等學院。若是條件足夠的，也有女學生遠赴內地就讀。但即使是內地人，能讀專門學校的女學生也是鳳毛麟角，更不要提大學了。

高等女學校通常就讀四年，大約等同二十一世紀台灣學制的國中一年級到高中一年級。就讀高女的雙胞胎，正值十五歲左右年紀。而惠風哥哥是中學生，乍聽以為比高女學生來得年少，其實惠風哥哥還稍長雙胞胎一歲。

「可是，聽說辜家也有女孩子讀彰化高女呢。」

好子姊和恩子姊還沒有結束這個話題。

「那當然，辜家又不是什麼世家大族，清國末年趁勢而起的暴發戶罷了。」

「要這樣說的話，我們知如堂連暴發戶都算不上，一介地方鄉紳而已。」

「好子妳傻了，知如堂至少有個秀才祖宗呀，我們是讀書世家。」

「說什麼讀書世家呢，天皇難道還給我們考科舉嗎？」

好子姊笑彎了腰。不知道為什麼，恩子姊也像是受到感染一樣，捧著肚子笑起來。

馨儀左看看好子姊，右看看恩子姊，竟然也忍不住嘴角上揚。有個刻意清喉嚨的「咳咳」聲從旁傳來。馨儀轉頭去看聲音來源，門口邊站著一名身穿立領制服的少年。

「惠風哥哥。」

雙胞胎也收住笑聲，帶著笑容異口同聲的問候一聲「大哥」。

「是要出門嗎?」恩子姊問。

馨儀也留意到了。學生制服是正裝，惠風哥哥出入家門才換上制服，若待在家裡，通常是輕便舒適的對襟短衫與長褲，偶爾穿西式襯衫作休閒服。

「午睡時想著要去一趟書局，醒來換了一身衣服才發現睡得比平常遲，怕趕不回來晚餐，乾脆打消主意了。」

惠風哥哥說著，眼睛裡都含笑。

「誰知道，阿蘭姑找來我那邊問雪子。要不是阿芬說看見妳們帶著雪子，阿蘭姑就要叫使用人進果園、竹林裡找人了。」

惠風哥哥身後還站著人，當然就是阿蘭姑了。

「妳們嚇壞阿蘭姑了。」惠風哥哥說。

「真歹勢。」雙胞胎忙說。

阿蘭姑連連擺手說沒事。

馨儀起身過去小聲道歉，阿蘭姑露出微笑，好像一點也不介意。

年長的幾位交談過後，約定晚飯時間由雙胞胎帶馨儀回正廳。離開前夕，阿蘭姑在馨儀耳邊小聲叮嚀，雪子愛乖，愛聽哥哥姊姊的話。

本來馨儀還沒理解，直到看見惠風哥哥手上拿著的書。

「雪子不是要學認字嗎？阿蘭姑說她那本啟蒙的《千金譜》還沒扔，雪子入學以前，這本也夠讀了吧。」

書本在馨儀眼前攤開來。

字是隨身寶，財是國家珍，一字值千金，千金難買聖賢心，隸首作算用苦心，倉頡制字值千金……馨儀看得雙眼發直。

原來這年代讀的不是《三字經》、《弟子規》和《千字文》嗎？

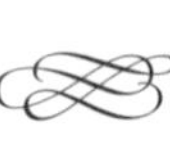

囝千金小雪子開始讀書的消息很快傳遍了知如堂。

自從獲得那本《千金譜》，馨儀每天睡過午覺就到雙胞胎房裡讀書，最頭痛的是要拿捏裝漢字文盲和學習台灣話之間的分寸。好處是至少有些事情可做，不再那麼感覺時間漫長了。

眾人的反應也令馨儀玩味。阿母對此相當感激雙胞胎，轉頭叨念春子姊怎麼把妹妹啟蒙讀書的工作都推給雙胞胎了。春子姊笑笑的不反駁，阿母走了以後，正色對著雙胞胎說，「阿母也知道我忙不脫身，這次真的是有勞妳們費心。雪子有妳們關照提攜，那麼肯定會一改幼時的頑劣，成長為優秀的少女。能夠看到這樣的情景，姊姊打從心底感謝不已。」

說著這樣的話，春子姊臉色嚴正，不像平常一樣總是帶著笑臉。

想必是希望當事人雪子能聽懂，馨儀留意到春子姊刻意使用了日語。

春子姊年方二十，年底將要嫁到台北大稻埕的茶商之家做扞家媳婦。

茶商張家祖上原無基業，一夕因茶暴富，儘管如今報紙雜誌正在鼓吹「婚嫁改良」，期望婚禮從簡，春子姊備嫁仍然是整整一年的工夫。此前馨儀幾乎沒有跟春子姊往來的時機，只有一次是問起為什麼會遠嫁台北，春子姊把她抱到膝蓋上細說來龍去脈。

年齡超過「雪子」一輪以上的春子姊，公學校畢業後考取台北第三高等女學校，直到去年春天才畢業返家。春子姊的同班摯友是大稻埕茶商的女兒，由於兩人感情篤厚，幾回長假互相上府拜訪，對方幾番觀察，終於為即將繼承家業的兒子求娶這位知如堂長女。

春子姊說本來想晚點再論婚配的，可是對方年近而立，不能等了。春子姊決定嫁過去的主因是，「總歸要嫁人，往好處想，至少是嫁到認識的人家。」

知如堂長女遠嫁大稻埕茶商張家是一件大事。年底的婚禮，現在就忙著條列與清點嫁妝，有小定、大定的禮俗，也要訂製西洋婚紗以及相應的珠寶。每隔幾天就有人往大房找阿母，阿母也不時帶著人入第二進左間找春子姊。

不過，馨儀發現今天也有不少人進到右間，也就是雙胞胎的房間。

這天上午雙胞胎早早就由二叔帶出門，近午回來的時候便把馨儀帶入第二進，說今天下午沒閒，午飯前趁空讀幾句書吧。

儘管如此，馨儀光是看著人影進進出出就眼花了，實在無暇讀書。

一下子是春子姊帶恩子姊出房，一下子春子姊、恩子姊、阿母又一齊進來，又有阿蘭姑跟幫傭抬了一箱子衣服入門，連很少看見人影的秋霜倌也端了一盤子小鏡扁梳、胭脂針線的什物過來。好幾個女人塞在一個房間，幸好知如堂空間闊綽，否則連新鮮空氣都不可得了。

——這樣熱鬧，總不會這麼慘絕人寰，春子姊還沒嫁，雙胞胎其中哪一個也要議親了吧？

幸好這個問題沒有問出口。馨儀旁聽了小半晌以後知道，今天是七夕，七月七，七娘媽生。女孩子的節日。

還有，雙胞胎今年要「做十六歲」了。

「什麼是做十六歲？」

秉持好學精神，馨儀小聲發問。

春子姊微笑，「做十六歲，就是妳恩子姊、好子姊今天以後就是大人了。」

「喔……」

馨儀還是沒懂。

恩子姊看出來了，噗哧一笑。

「女孩子做十六歲的儀式很熱鬧，用來祭拜的供品很多，準備好幾天了，雪子等著看吧！」

「七娘媽會庇護小孩長大成人，今天是七娘媽生，所以年屆十六的孩子就會在今天『做十六歲』，早上去廟宇祭拜，傍晚在家門口祭拜，感謝七娘媽對我們的照顧。等雪子長大了，也要做十六歲。」好子姊補充。

馨儀點點頭表示理解。

恩子姊說有熱鬧可看，起初馨儀還不以為然。大老爺們通常不在家吃午飯，知如堂的午飯便比較隨意，有時天熱，一碗愛玉粉粿、綠豆湯就能充當午餐。這天依舊吃得隨意，絲瓜枸杞蛋花麵線、地瓜小魚乾麻薏湯而已。不過馨儀隨後就發現了，廚房濃香四溢，陣陣傳來麻油燒酒雞、油飯的氣味。

熱鬧就在這時，祭拜的供品需要許多女人齊心協力。麻油燒酒雞七碗、湯圓七碗、鴨蛋七枚，另有五牲、水果、油飯、麵線。圓仔花、鳳仙花、雞冠花、玉蘭花、茉莉花、水仙花各七朵，以及長工備好兩枝連根帶葉、特意清潔過的紅甘蔗。並有七項胭脂香粉及針線、鏡子、梳子、茶油、香水、紅絲線。紙錢花樣也是琳瑯滿目。好子姊說，下午六點鐘起拜，一併拜床母，房間裡的紅眠床也要佈置。

床母又是什麼？

馨儀不問了，繞得頭暈腦脹，乾脆放棄理解禮俗的瑣屑細節。

上午雙胞胎由二叔攜至她們的外祖家，就是犁頭店劉家，她們在身上掛著劉家外婆備好的金項鍊、金手鐲、金耳環，一行人浩浩蕩蕩搭乘人力車去參拜廟宇，去四處分送糕餅與油飯。馨儀忍住沒反應出來，那該多金光閃閃啊，也不怕被搶？由於下午事多，二叔及雙胞胎甚至必須婉拒劉家留飯，匆匆返回知如堂。

日本的女兒節會大費周章的擺出許多雛偶娃娃，那麼七夕就是台灣的女兒節了。馨儀為這樣盛大又繁縟的節慶活動感到佩服。幫傭的女人們忙碌幹活，不忘談論這次雙胞胎做十六歲，連花朵都準備得比別人家的新鮮好看。馨儀耳尖，聽見她們半嘆服半欽羨的結尾總是同樣那一句：畢竟是知如堂的查某囡仔！

天色轉暗，祭拜就開始了。

祭拜流程如常，都是燒香拜拜，比較獨特的是雙胞胎要矮身鑽過一個以竹條與彩紙糊製的精緻三層小紙亭——這個叫七娘媽亭，意思是七娘媽的住所。七娘媽亭總共三層，每一層都精細得令人讚嘆，堪稱藝術品。一般人家由父母共同平舉七娘媽亭，讓孩子從下方左右各鑽三圈。二嬸不在了，阿嬤接手代替。鑽完以後，叫做「出婆姐間」，此後便是成人了。

哦，還沒。

那座讓馨儀眼睛都看直了的藝術品七娘媽亭要點火燒掉，燃餘的竹子骨架扔到屋頂上。胭脂香粉也要將一半扔上去，一半留下來使用，據說如此一來就能夠讓女孩容貌跟織女一樣的美麗。

好子姊力氣不大，扔擲上去的一個香粉盒子滾落下來，恩子姊彎腰撿起，直起身子順勢把那樣輕的東西擲得高高遠遠，掉在屋頂喀地一聲。轉過頭來，恩子姊對著好子姊咧嘴一笑，臉蛋紅撲撲的。

「幫我扔上去了，讓妳比我再更漂亮一點。」好子姊笑說。

「妳說織女美不美?命又不好，漂亮有什麼用!」

恩子姊哼笑起來，「如果七娘媽真能庇佑，那就給我一個父母雙亡的丈夫，一個能由我掌握的婚姻。」

馨儀嚇一跳，連忙左右偷看。眾人全圍繞在金爐前燒紙，沒注意這邊。

恩子姊卻伸手過來撫摸馨儀的頭頂，紅潤的臉上帶著輕鬆的微笑，就像在說我才不怕別人知道。

「二房就只有我們姊妹了。春子姊是春子姊，我不用嫁那麼好，也不要嫁那麼遠，只要嫁個可以讓我照顧好子的男人。」恩子姊的眉尾飛起，眼睛有光。

馨儀怔怔的看著那張秀氣的少女稚嫩臉蛋，聯想到雙胞胎房裡那大鮮紅色的、光照底下晶瑩剔透的牡丹花浮雕花瓶。

現在的恩子姊，就是那樣的豔麗動人。

五、山茶花

「阿蘭啊！汝看，遮文旦柚偌婧，婧噹噹閣有夠芳喔！阮頭家上毋甘的就是這老欉文旦柚，若毋是我專工留一籠相送，恁一家伙仔是無這口福哦！」

正廳那頭傳來老婦的宏亮嗓音，馨儀不由得從報紙裡抬起頭來。窗縫有光斜斜灑落，日頭還未攀升到中央，距離正中午還有點時間。

要走過水廊繞去第二進嗎？馨儀在心裡推演迴避路線。可是，大嗓門的主人應該也很快會去第二進吧。

還是說，乾脆躲進竹林？

馨儀邊想邊摺起報紙，直到聽見惠風哥哥房門輕輕開啟的聲音。

「雪子，妳想不想跟哥哥去車站吃米粉湯？」

惠風哥哥比平常更輕聲細語的說著，身上是還沒來得及換成正裝的對襟衫服，加罩一件外衫，臂彎裡多揣著一件，可能是幫她準備的。

馨儀忙不迭點頭。

擅自出外吃米粉湯當午餐不合規矩，但有惠風哥哥頂著就不怕挨罵。大手牽著小手，馨儀隨哥哥躡手躡腳沿著過水廊出去。抱歉了二姨婆。馨儀心想，我們惹不起總躲得起吧？

第一次聽見這個大嗓門的那個時候，馨儀浮現失禮的念頭：知如堂也有這麼粗魯的客人？不過，馨儀很快就知道了，那個粗魯的客人是要叫做二姨婆的，阿嬤嫁到同安厝的二妹。

同安厝位在南屯庄，在二十一世紀騎機車十分鐘左右就到了，當今路程卻要費一點工夫。大肚山台地高低起伏，步行者腳程快的也要一個鐘頭。二姨婆來訪總會攜帶禮物，通常是斗籠裝著的瓜果蔬菜，可以想見路途辛苦。儘管如此，二姨婆並不受歡迎，簡直人人避之唯恐不及。

春子姊的婚禮日子逐漸接近，二姨婆來訪越加頻繁。同樣是阿嬤的妹妹，三姨婆安住第二進鮮少出入，幾乎像個影子，二姨婆卻宛如爆竹，不時爆開嚇人。馨儀首次與二姨婆見面，還沒說話就被拉去摸頭摸臉。二姨婆先是連聲稱讚「逐擺看雪子攏想欲呵咾，到底是知如堂飼大漢的查某囡仔，生做遮古錐」，隨後又長吁短嘆「可惜我自細漢就無遮好命」。

二姨婆來訪相贈伴手禮，也要收了滿意的禮物才願意回家，又總是臨時拜候，令人尷尬為難。首當其衝的總是內宅使用人頭領的阿蘭姑。二姨婆索要禮物有時無法順遂如意，開口就挖苦說：「知如堂好額，啥物袂當送人？敢講是看我無夠重？」阿蘭姑面對這樣的親戚，既不能得罪，也不能任憑擺佈，每回都要費許多口舌安搭打點。

說這二姨婆也很有意思。就算前回不能順心如意、臉色難看的返家了，下回來知如堂，還是笑臉對阿蘭姑親親熱熱的說話。難道人格分裂？後來馨儀想通，一簍絲瓜換一套朱漆餐盤，一筐蘿蔔換一只青玉手鐲，這買賣接近無本生意啊，太划算了。

那輛入手不久的嶄新美國雪佛蘭轎車要是在家，二姨婆更要拉著春子姊左一句「人老矣，行袂振動矣」，右一句「食這歲數，也毋知坐自動車的滋味」，總歸是希望小輩附議，好教人派車送她回同安厝夫家。惹得使用人們私下議論，二姨婆打著照顧春子姊的名義來訪，實際是想占便宜。

聽見正廳的動靜，惠風哥哥立刻攜馨儀出門，明顯是深諳二姨婆性格。哥哥性格綿柔，自有一套消弭衝突的生存之道。說起來也是運氣不好，暑假結束便回學校住宿的惠風哥哥，如果不是明治節假期返家，也不會遇上二姨婆。

馨儀和哥哥從左護龍過水廊繞出來，直行穿越左護龍連接外埕的過水門，沿著半月池橫越大半個庭園，直驅車房找到人力車伕大勇叔。人力車只能一個人搭乘，哥哥原說他騎自轉車就行，大勇叔卻笑起來，大氣不喘的拉著兩人一路到王田車站。主人長工三人慢悠悠的吃了米粉湯，又吃粉圓湯作點心，算準知如堂午飯時間過去，二姨婆大約離開了才啟程回家。

誰知道，馨儀跟哥哥拉著手，一入內埕就聽見第二進隱隱有爭執聲。

惠風哥哥不湊熱鬧，笑笑鑽入房裡，不忘提示一句，「雪子可以回阿嬤房裡睡個午覺。」馨儀也這麼想，可是第一進走一圈像座空城，實在忍不住好奇心。

「人的喙，掩袂密！」

剛剛靠近第二進正廳，立刻傳來二姨婆氣勢洶洶的嗓音。

「這規陣下跤手人真好大膽，黑白亂講話，講我貪著知如堂好額？我活欲予氣死！講到底，我抑是知如堂秀才老爺的查某囝。恁掠準講我是細姨生的，就來看我無！我是細姨生的，嫁妝無體面我也煞煞去矣，猶不過就是為著我嫁妝薄，到今猶原予阮頭家棄嫌。恁按怎樣就想袂到我坐車、提禮物歸同安厝，也是為著知如堂的面子？現此時春子欲嫁，我作序大的，想欲提醒兩三項，抑是同款的顧慮。春子是大房大查某孫，嫁予大稻埕的茶商，嫁妝一定愛上好、大範，閣上有氣派的，日後人就袂看輕咱知如堂、咱春子。這陣下跤手人偏偏欲佮我做對，毋知影我的苦心！」

趁著二姨婆大發雷霆，馨儀放輕了腳步，蹲到花窗下方聽壁腳。

「上歹就是這個恩子！」

二姨婆可能是換氣，短暫停頓一息，再次吼起來依舊中氣十足。

「明明是序小，閣敢應喙應舌，當作序大的攏死絕了了矣！」

不知道恩子姊是什麼原因頂撞了二姨婆？馨儀心生憐憫，雙胞胎跟惠風哥哥一樣，返家倒楣遇上二姨婆，假期於是徹底毀滅。大家族親戚往來交際地雷多，難怪恩子姊許願要一個父母雙亡的老公。

「無毋著，我是細姨生的，但是我猶原閣姓楊。我佇遮的時陣，恁姓陳的就無資格插喙插舌——」

「好矣！」

阿嬤發出喝斥。

「我進前講過，逐家和樂湊陣上好，序大教示序小，也無啥物毋著。不而過，若是汝見擺轉來攏無歡喜，後擺就免來矣。」

阿嬤的聲音平緩而清晰，隱含一錘定音的威嚴。

「大姊啊！」二姨婆哭喊。

「阿恩，予汝二姨婆賠禮。」阿嬤說。

「二姨婆，是我失禮，是我毋著，請姨婆寬恕。」恩子姊連忙說。

頂撞歸頂撞，恩子姊事後的表面工夫還是做得圓滿。

馨儀正在努力消化學習這時代的女眷文化，二姨婆已經跨過門檻向外出來，嚇得她只好把身子縮得更小，然後看見阿母和春子姊雙雙追出來扶二姨婆。

「姨婆對我上好，上疼惜我，我攏知影。阿母欲帶我入城看一項物件，閣愛姨婆幫贊哩！」春子姊說。

「阿姨千萬毋通棄嫌，頭前轎車準備好勢，咱這陣就欲出發矣。」阿母笑著幫腔。

該說不愧是扞家媳婦和未來的扞家媳婦嗎？兩句話就幫二姨婆找好下台階。馨儀見老中少三個女人頭也不回的出去，深感嘆為觀止。

熱鬧看完了，避免掃到颱風尾，馨儀溜回阿嬤房間。由於這個小小身軀習慣睡午覺，躺到紅眠床上很快就意識模糊。腦袋卻自己運轉起來，重新拼湊今天聽見的八卦。

三姨婆住在知如堂。二姨婆也姓楊，是從知如堂嫁出去的、秀才老爺的庶生女兒。所以知如堂是阿嬤的娘家？姓陳的。二姨婆說，我佇遮的時陣，毋姓陳的就無資格插喙插舌。知如堂楊家上下，誰姓陳？

阿爸跟二叔是親兄弟，理所當然同姓，不是嗎？

半夢半醒間一個靈光閃過，馨儀頓時清醒過來。

雙胞胎姓陳。女學校的作業本上有雙胞胎的全名：陳恩，陳好。二叔也姓陳，第一進右護龍二叔的私廳，二叔親筆揮就的書法落款是陳耀隆。再想想，沒錯，右護龍私廳裡供著一個小小樸拙的木造神龕，不是神佛，而是牌位。一個家裡有兩個祖宗牌位，好像不是一般家庭的常態。

……所以這是為何？

美國轎車過午駛出門後，一直到了傍晚都還沒有回來。那時，馨儀已經睡醒午覺、進入雙胞胎房間讀好幾頁書了。恩子姊說，「不用猜，肯定是二姨婆耽誤了。上回不只吃餐廳，還看了齣戲才願意出城，大伯大姆到家都快三更天了。」

馨儀把剛學到的天干地支十二時辰默數一遍。

「三更，那不是十一點嗎？」

「春生舅仔怕夜深路不清楚，那天在庭園外燒了小半夜的火把呢。可能雪子還小，忘記當時哭著要妳阿母了。」好子姊淡淡笑說。

恩子姊搖搖頭，露出一臉莫可奈何的模樣，向外出去了。馨儀要到晚飯入座才知道，恩子姊接替今天輪值的春子姊進廚房，跟廚師坤禮婆、水牛伯討論敲定菜色，還主動幫忙撿菜洗菜。阿母與春子姊果然沒趕上晚飯，阿嬤聽說是恩子姊代理主持，稱讚了一句「阿恩大漢矣」，旁邊的二叔笑得鬍子向上翹起來，似乎也不介意新車連帶司機被借去大半天了。

這次二姨婆倒沒有折騰到三更，晚飯撤出正廳沒有多久，阿母、春子姊便進了內埕。儘管如此，阿母和春子姊仍然一臉倦容。即使是春子姊，也相當難得地對姊妹發出怨言：「二姨婆想吃壽司，只好在料亭用過晚餐才回來。」雙胞胎悄聲說，那真是破費了。春子姊搖頭說破費是其次，「二姨婆哪裡敢吃生魚片，又責怪芥末辣得讓人流淚。」

「下一次，二姨婆就要鬧著吃醉月樓、小西湖了吧！」

「還敢說呢，不都是恩子妳惹出來的嗎？」

好子姊這麼一說，恩子姊就把臉皺成一團，嘴唇翹得高高的。

馨儀最近加入了姊姊們的夜談行列。

那是入秋之後，馨儀偶爾睡在春子姊房內開始的。阿母的意思是，親姊妹倆最後能相處的時間不多，春子姊小定、大定已經完事，如今哪怕小雪子未必懂事，也不妨礙春子姊在最後這段日子指導妹妹起居禮儀。

這天也是，四姊妹睡前湊在第二進正廳裡閒聊，話題當然不脫今天來訪的二姨婆。恩子姊明明一副累積了滿肚子話、蓄勢待發的樣子，還是老老實實端上熱茶，放在春子姊面前，露出一臉肅然的表情。

「因為我的莽撞，連累大姊及大姆了，實在對不起。這是夏天曬乾的金銀花，給大姊消消火。」
面對恩子姊這樣的道歉，春子姊先是苦笑，隨後整了整臉色。
「知如堂的女孩子受盡寵愛，也難怪妳忍耐不住。可是恩子，妳要記住，今天終究還是在家裡，將來出嫁又該怎麼辦呢？我們飽讀詩書，更應該成長為一名不負所望的優秀女性，不是嗎？」
「嗚，嗯……」
「二姨婆順從家族的安排，才會嫁到泉州人居住的同安厝，直到今天都有她生活的難處，身為受惠的晚輩，懷抱感謝之情而寬容退讓，不也是應該的嗎？」
「是，是應該的。」
春子姊一通標準的皇國女子教育宣言，恩子姊臉色微妙，還是連連點頭。春子姊大約也明白恩子姊的性格倔強，最後彎了彎嘴角。
「我知道，妳也去跟我阿母道歉了，可見妳心底是明白的。而且說起來，儘管已經算是大人，妳距離婚配卻還有很長的日子呢，我們不說這些了。」
恩子姊聽見這話，臉上就有了笑容，連忙把桌面上的熱茶再往前挪了挪。
「春子姊嫁的是好人家，而且那家裡，不是還有明霞姊嗎？不怕婆婆又是一個二姨婆。這金銀花未來應該是不用喝了，春子姊得趁現在多喝點呀！」
「說什麼傻話。」春子姊莞爾。
「其實呢，二姨婆總歸是有一個好處的。」

好子姊從旁這麼一說，連雙胞胎的恩子姊都睜圓了眼睛。

好子姊不慌不忙地往下說：「有二姨婆在前頭當模範，世界上就沒有更令人無法忍受的婆婆了。」

馨儀與姊姊們一起笑起來。不愧是雙胞胎，好子姊也有毒舌的一面。

姊妹說笑罷，各自回房睡覺。

春子姊伸手掖被的時候，馨儀看見姊姊若有所思的表情。

「春子姊身體不舒服嗎？」

「沒有。快睡吧。」

春子姊切換電燈的開關，那盞乳白色玻璃燈黃黃暖暖的光源瞬間熄滅，房裡的西式陳設全部消失在無邊的漆黑夜色之中。

在春子姊輕手輕腳地進入被窩的時候，銅鑄床架發出細細的聲響。

「……春子姊，二姨婆說恩子姊是姓陳的，那是什麼意思？」

春子姊肩膀動了一下，像是被嚇到，然而後續沒有更大的動作，只是呼了口氣，把身軀躺好了。

「沒什麼意思。全村庄都知道的，阿嬤招贅，第一個兒子，也就是阿爸跟阿嬤姓，第二個兒子二叔，跟阿公姓，所以妳恩子姊、好子姊也都姓陳。」

「二姨婆說姓陳的沒資格講話，跟這個有關係嗎？」

「咦？雪子也懂得問深奧的問題了。」

春子姊笑了起來。

「也是，妳畢竟大了。姊姊出嫁後或許不會有人跟妳說吧，雪子就趁這次記住，阿嬤健在，知如堂就不分房，吃穿用度都一樣，可是未來有一天分房了，二叔一家都要搬出去。」

漆黑昏暗的房間連月光都沒有，春子姊的清澈嗓音卻像是深邃夜空裡的皎潔月光，既明亮又寒冷。

搬出去的意思是……馨儀隱約理解了。

「儘管二房沒有男嗣，也不同姓，分家以後我們仍然是一個血緣的知如堂後人。雪子，大家都稱呼妳囝千金，可是妳千萬不能被這樣的稱呼所迷惑了，誤以為我們是高高在上的人，恰恰好相反，妳一天是知如堂的囝千金，就有照顧大家、為家族奉獻的責任。」

「二姨婆嫁給泉州人，那是什麼意思？也是為家族奉獻嗎？」

「對，雪子以後會懂的。我們嘮嗗、學田這邊都是漳州人，過了山坡的同安厝是泉州人的聚落，古早時代是經常打架的。阿祖是地方的頭人，做主把二姨婆嫁給同安厝的泉州人陳家，這樣兩邊就可以相處融洽了……。雪子，妳要記住，一個家族的興旺，當家的人要有取捨的能耐，可是底下的人，也要知道自己的本分才行。」

春子姊說到這裡，幽幽地嘆息了。

「也不知道妳能聽懂多少……」

馨儀嘴裡乾乾的，心中百味雜陳。

說到春子姊，可以說是標準的大正民主時代女性。

春子姊年幼的時候，公學校還不是相當普及，並非年齡到了就進入公學校就讀。然而，春子姊以優異的成績考上台北的女學校，比知如堂的任何一人都更早見識台北城的種種風光。

春子姊有一本皮製相簿，正是從台北攜回來的。儘管不是彩色相片，卻也能夠清晰地看見春子姊那一段青春洋溢的少女年華。馨儀住進春子姊房間的幾個夜晚，隨著春子姊翻閱相簿，心底暗驚這個時代存在著她無從想像的、屬於一名富家少女的美好時光。

有寫真館裡拍攝下來的，也有以公園、湖邊為背景的無數相片。春子姊與少女同伴踏著高跟皮鞋，細緻的西洋裝束，臉蛋上黑白分明的眼睛燦亮，襯得笑容優雅甜美，像是電影裡擷取出來的劇照。還有令馨儀忍不住張大嘴巴的，相片裡兩個少女一齊換了少年裝扮，嘴唇上方用墨筆畫出假鬍子，慧黠地彼此對看。

雙胞胎也曾經跟馨儀說過許多事情。

那可是春子姊啊，是第一個誕生在楊家長房的孩子。出生那時深受眾人看重愛憐，甚至不避春生厝舅的名諱。

女學生時期的春子姊總是一身時髦的洋裝，短髮上戴著漂亮的緞帶帽子，毫無畏懼地隻身搭乘蒸汽火車往返學校與家鄉。火車上販售美味的煮鴨蛋及鐵路便當，春子姊嚐過以後買下許多回家分享，顯露豪氣大方的長女性格。

春子姊笑靨如花，神采飛揚訴說所見所聞，曾經發下豪語，有朝一日要搭上跨越海洋的大船，到大作家珍奧斯汀的國家一探究竟。那個模樣，宛如世界馳名的女性旅行者娜麗布萊，令雙胞胎不由得心生欽佩。

……可是，春子姊這就要嫁人了。

馨儀終於開口：「春子姊嫁給張家，是奉獻嗎？」

床架細細響動，昏暗的室內有很長的一陣沉默。

馨儀幾乎以為春子姊會安撫她說該睡覺了，卻隨後感覺到春子姊翻動身軀，輕輕側身過來。

「明霞……就是春子姊的好友，等我嫁過去就算我的小姑子了。她比我小兩歲，會更晚才論及婚嫁。我總是想，一般像我們這樣的狀況，卒業以後就是天各一方，可是只要我嫁過去，我們就能夠多相處兩年。所以，並不是只有責任與奉獻的情感，現在的我，感到相當幸福。」

是這樣嗎？馨儀聽得迷惘。

那個會搭乘蒸汽火車南北飛馳，夢想搭乘大船越過海洋的春子姊，這樣是會感到幸福的嗎？

或許是馨儀沒有即時反應的緣故，春子姊笑說「睡吧」，並以冰涼的手輕輕撫摸馨儀的額頭。

馨儀心頭忽然也一片冰涼。

春子姊翻正身子去睡了，躺正以後更輕更輕的發出了長嘆。

馨儀慢了一拍才聽懂春子姊嘆息間說出來的台灣話：

「若是會當莫嫁，我也無愛嫁。」

春子姊出嫁的那一天，沿途田野油菜花綻放，宛如黃澄澄的夾道地毯。

那是冬至前夕，天未亮的清晨有薄薄的水霧籠罩天際，淡藍色的天空美麗得令人心痛。日頭一升起來卻又大放光明，照得一路油菜花更加鮮豔燦爛。

由於春子姊嫁在冬至前夕，知如堂特地提前在立冬盛大的碾糯米、搓湯圓、煮甜湯，忙得連管理果樹菜園的園丁都捉來當幫手。正廳裡只有阿爸、春子姊和馨儀三人的時候，阿爸像是好不容易抓到了傾訴囑咐的機會。

「知如堂無欠食穿，咱佮張家無誰人比誰人閣較高級，恁好額，咱也有好名聲，阿爸將汝嫁予張家，抑毋是予汝去受委屈的。但是汝記得，準做汝阿母是汝阿嬤親身去相來、娶來的，猶原有衝突的時陣。人講佛去則知佛聖，過日子，愛看長遠。阮春子上巧，就愛知影按怎樣生活才快活。知無？」

這樣的叮嚀或許阿母私下早就說過許多了，春子姊神色不變的迭聲應是。馨儀在旁聽得胸口煩悶，忍不住回話：「阿爸，敢會當毋嫁，作一世人查某囡仔？」結果連春子姊都笑得流淚，挽面過後不久的雙頰襯得更加紅潤。馨儀一直望著春子姊的笑容。

那是多好的笑容啊。

大正十五年十二月二十五日，天皇崩逝，皇太子裕仁親王繼位，改元昭和。那天是春子姊原訂歸寧的日子，因舉國守喪哀悼，喜慶活動不是取消就是低調舉行，連新年都在各種哀悼儀式中度過，春子姊最終也沒有舉辦歸寧宴。

昭和二年春天，春子姊的母校台北第三高等女學校在報紙上刊登哀悼歌：誠心祈禱終無用，天地變色同傷悲……

馨儀沒有心情為大正天皇傷悲。

知如堂稻埕矮牆前紅艷艷的山茶花盛放，阿蘭姑說這年開得尤其美麗，剪下幾枝去佈置內宅。那個時候，春季皇靈祭剛過去不久，雙胞胎的校園春季連假開始了，春子姊就是在這個季節回來的。

春子姊穿著素潔光滑的絲綢洋裝，外罩棕色皮草大衣，頭髮綰成婦人髮髻，一身雍容大度的風姿，微笑的弧度非常完美。張姊夫因故遠赴內地，這次回來的只有春子姊。為表示歉意，隨春子姊來的女使用人送上禮物，日本絹料傳統小花紋包袱巾解開，現出方形竹籠裡的一個白底青色花紋的大陶盤，以及同款式的小陶盤數只。使用人輕聲細語說是內地的有田燒、伊萬里染付，是他們家少爺對岳家的用心，知如堂上下登時熱鬧起來，都要來看這漂亮的盤子。

只有一件事，春子姊那知如堂長房長女的氣燄，全數消散了，就像花朵連著花萼一同落地的山茶花，安靜得令人驚心動魄。

夜裡，四姊妹再次在第二進正廳睡前聚首。

春子姊折騰一天下來，眉宇間有一絲倦怠，雙胞胎便一面教馨儀玩四色牌，讓春子姊放鬆地有一搭沒一搭的閒聊兩句。好子姊正提到一個民間故事，就是以兩張分別為紅仕、紅相的四色牌傳遞情意，馨儀才想起來要問春子姊，「明霞姊姊過得怎麼樣？」

春子姊笑起來，是完美無瑕的笑容。

「明霞這個月嫁去內地了，她哥哥親自送的親。」

雙胞胎面面相覷。

「怎麼會這麼突然？」

「是呀，嫁妝也不是一、兩個月就能辦好的。」

春子姊仍然微笑著，聲音清澈：「大正天皇駕崩，家裡的生意合夥人中村先生有些考量，指了明霞跟中村先生的第二個兒子結婚。家裡的意思是，越早越好……」

馨儀凝望著春子姊的笑容。

春子姊住知如堂的日子，馨儀仍然跟春子姊睡。其實春子姊嫁人後，原本春子姊的房間就挪給她使用了。不幾日，春子姊便返回大稻埕，馨儀一路相送到台中車站。春子姊笑著輕輕撫摸她的額頭，笑聲敲動馨儀的心扉，就像那個漆黑昏暗的夜晚，唯有春子姊的聲音像月光一樣明亮，像月光一樣冰涼。

就只有那一夜，馨儀去睡在阿嬤的房間。

房間裡，阿蘭姑早晨剪來插在花瓶裡的山茶花，月光下影影綽綽，暗香沁入脾肺。馨儀想著那張相片，兩個少女畫著假鬍子，相互凝望對方的剪影。想著她們一同搭乘火車與大船，有風撲面，把頭髮吹亂，把眼睛點亮。

那天倒春寒，夜裡冷極了，馨儀瑟瑟發抖，阿嬤靠過來把她抱在懷裡，溫熱的體溫令人想要流淚。

六、茉莉花

知如堂掛起鯉魚旗，就知道是五月了。

強風吹拂，兩大一小的鯉魚旗獵獵飄揚，黑色、紅色、藍色的旗幟斑斕，日照下耀眼奪目。居住本島的內地人思鄉情懷作祟，一到男兒節就高懸鯉魚旗，日子久了，連本島人也掛起鯉魚旗，不是只有知如堂追逐流行。

鯉魚旗通常為小男孩們懸掛，知如堂則是為了小雪子。

掛旗那幾天，馨儀在正廳外的廊下偶遇秋霜倌，秋霜倌微笑說：「今年的鯉魚旗換了全新的，屘千金喜歡嗎？」

馨儀想了想說：「很漂亮。」

秋霜倌呵呵地笑。

「我小的時候，住在偏僻的鄉間，那裡不時興掛鯉魚旗，我也不愛這種死的東西，釣鯉魚才有意思呢。」

「鯉魚?釣來吃嗎?」

「屘千金是屘千金嘛，難怪不知道了，溪流裡的鯉魚很美味喔，不是鯉魚旗那樣鮮豔、養著好看的錦鯉。以前我說過的那個姊姊，跟屘千金一樣生在好人家，也是什麼魚都不認識。我帶著姊姊去溪邊垂釣，釣起來就告訴她這是什麼魚。有溪哥、紅貓，有暗青色的鱸鰻……」

馨儀望著秋霜倌，看見她眼睛裡是藝旦細姨少見的天真光彩。

「秋霜倌喜歡釣魚，也喜歡那個姊姊吧。」

聽見這話，秋霜倌笑容微滯，認真地看了馨儀一眼。然後，再次笑起來。

「對。我最喜歡釣魚，也最喜歡那個姊姊了。」

秋霜倌笑咪咪地說：「屘千金，人還是有個童年玩伴比較好呢，長大以後會很懷念的。」

「……這種事情，也不是我說想要就有的嘛。」

「哎呀，有時候聽屘千金說話，還以為是個大人了呢。」

秋霜倌笑著回房。

日頭漸漸爬升，照映屋簷底下濃蔭深深。

五月起，天氣一日日轉熱。

廚師水牛伯在大水缸裡養了幾隻鱉，今天要燉鱉湯，阿母囑咐馨儀入廚房見習。馨儀這才知道，知如堂不只冬天進補，酷暑也有滋補強身的慣例。

廚房裡阿母與水牛伯都準備好了。一把椅子擺在廚房中央，專門要給小小的屘千金站在上頭觀摩，很有貴賓席的氣勢。

見馨儀獨自進了廚房，阿母笑容滿面。

「進前聽阿蘭講，我猶原不信，原來雪子真正是大漢矣。」

「夫人，逐家攏知屘千金開竅矣，干焦夫人毋信。」

「也袂使攏講開竅，我看是阿蘭的功勞袂少。」

阿母和水牛伯你一言我一語的說著。

馨儀總算有點明白過來。

睡午覺以前，阿蘭姑再三吩咐，睡醒了就要進廚房。睡醒以後，床邊的阿蘭姑又反覆叮囑。就在廊下跟秋霜倌說完那幾句話，馨儀回頭還看見屋裡阿蘭姑著急的眼神。這算是阿蘭姑的雪子教育績效考核嗎？

「屘千金，來，愛看清楚哦！」

水牛伯一把撈起水缸裡的鱉。

鱉吐沙餓了幾天仍然活力十足，揮舞四肢，作勢咬人。

馨儀以前對鱉與龜的差異毫無所悉，親眼見識以後就很清楚了。鱉有銳利的爪子，以及力道強勁的喙。水牛伯笑起來說，屘千金以前調皮被咬住手指，他只好在震耳欲聾的哭聲中大刀一揮切掉鱉頭。

「屘千金敢袂記得？」

「袂記得。」

「彼當陣屘千金啊，看見手指頭仔面頂的鱉頭，吼閣較大聲囉！」

水牛伯大笑。

馨儀：「……。」

水牛伯粗壯的大手按緊鱉身，唰的一刀切掉鱉頭，從容接了兩杯鱉血，隨後將鱉放進滾著沸水的大鍋。

「囝千金敢有看清楚？」

「嘿……」

「這鱉血若無先囥酒，一霎仔久就硬去矣。」

水牛伯用來接鱉血的杯子早已預先盛好米酒。

馨儀發出哦哦聲表示聽懂。

「雪子敢欲飲？」

阿母聲音含笑地詢問，馨儀搖頭。

「按呢，捧去予汝阿爸與囝舅，雪子敢會曉？」

「會曉。」

小心下了椅子，馨儀端起阿母放上血酒的湯盤。

往外出去，就看見囝舅站在正廳門口。馨儀盤算禮儀順序，先端給一貫齋裡辦公的阿爸，回頭再端給囝舅，一趟走完，端著兩個空杯踏入廚房，阿母赫然還站在送她出來的位置，一臉若有所思的樣子。

「無簡單，雪子實在是捌代誌矣，知影物件愛頭先�予伊阿爸。」
屘舅的聲音從馨儀的身後冒出。留神一看，屘舅與阿母一前一後的將她夾在中間。
「若是按呢，應當是袂對松崎先生失禮矣。」
阿母作了這樣的評斷，屘舅附和地點頭。
這是什麼意思？不是阿蘭姑的績效考核，而是雪子的績效考核嗎？
馨儀被這姊弟倆打量的神色搞得背脊發涼。
後來馨儀就懂了。
鯉魚旗收起兩個禮拜以後，知如堂來了一名小客人和她的父親。
小客人的父親是位中年紳士，頭頂夏季中折帽，一襲整潔的西裝，有一雙內地人獨有的狹長單眼皮眼睛。小客人一身潔淨的白色連身洋裝，穿著發亮的紅色小皮鞋，臉蛋卻掩在草帽的陰影底下。
儘管看上去是普通的中產階級內地人家，卻肯定不是普通人。
這對父女來訪，是二叔親自開的車。阿母請出平時只做晚飯大菜的大廚坤禮婆，一早就埋首準備豐盛的午飯。訪客到來之前，阿蘭姑特地幫馨儀換上一身夏季日本浴衣與紅色繫繩的木屐向外埕出來的時候，馨儀發現連阿嬤都已經安坐在正廳相迎。
知如堂天天都有賓客親戚上門拜候，從來沒有這種陣仗。
「松崎先生，這幾位都是我最親近的家人。」

順著二叔的介紹，松崎先生笑著跟眾人頷首，那小客人的草帽上下晃動。最後二叔笑說，這位是松崎幸長先生，去年夏天在大肚山高爾夫球場結識的。

松崎先生是植物學家，多年前為了鑽研本島特有植物而定居台中城。今年春天，松崎先生的妻子清子夫人攜兒子台三郎返回內地備考故鄉的中學校，小女兒早季子罹患感冒而無法跟隨。進入夏天以後，恩師早田先生從內地捎信，說明近年抱病無法再訪本島，請求松崎先生代為前往山區蒐集製作幾種植物標本，令松崎先生陷入兩難，畢竟入山工作就無法照顧年幼的小女兒了。

這是松崎先生想將小女兒託付在知如堂的意思。

「早季子小姐與我們家雪子同齡，正巧雪子最近沉悶，我就特地前去拜訪，請幸長先生同意讓早季子小姐住在我們家，跟我們家雪子作伴。」

二叔一派和氣的笑說。

不愧是成天在外交際應酬的二叔。馨儀總算發現二叔不是單純遊手好閒的富貴老爺，這話說得既體貼又周到，不著痕跡地對人賣好，卻點到為止。其實如果不是經過「考核」，恐怕她沒有給松崎家這位小客人作伴的資格呢。

小客人悄悄地拿下了草帽，小小的臉蛋從陰影中顯露出來。

馨儀滿肚子的話霎時歇止了。

那是有如溫潤的玉質的白皙臉蛋，只有雙頰和嘴唇在暑氣裡蒸得紅紅嫩嫩，像是初初綻放的月季花，而單眼皮下面是一雙漆黑的眼睛，氣質寧定得不像個稚童。

小客人與馨儀目光接觸的瞬間，宛若驚乍害羞般的把臉低下去，可是很快地又把頭抬起來，努力想表達友善之情那樣的對馨儀露出微笑，小小的碎玉般的牙齒可愛動人。

「啊，顧著說話，讓早季子小姐曬壞了吧。快請進！」

二叔說著就要引路，松崎先生卻抬手表示稍候。

「雪子小姐。」

松崎先生的嗓音溫厚好聽。

「雪子小姐願意與小早當朋友嗎？」

馨儀就愣愣的點了兩次頭。

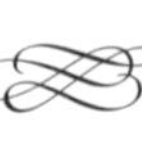

實在是太奇怪了。

雖然說根本不可能拒絕。馨儀心想，可是為什麼我會神志不清地答應這件事呢？

馨儀和早季子小手拉著小手，正一同抬起小腳跨過門檻。

腳一落地，就是截然不同於閩南式建築地磚的觸感，薔薇圖案的編織地毯從門口鋪到房間深處。鑲著貝殼的貴妃椅絲絨沙發倚靠牆邊。與貴妃椅氣勢相襯的是一套兩座的檜木四腳櫥櫃，上方門板有野雁立體浮雕，下方門板是累累果實的立體浮雕。

西洋書桌造型樸素，抽屜的金屬拉環以及桌面上的純銅桌鐘卻閃耀光澤。相形之下，天花板垂掛著圓圓胖胖的奶油色玻璃吊燈，流露一絲溫柔氣息。

房內最搶眼的，莫過那座垂掛粉紅色紗簾的西洋銅鑄床架。

就在床前的小巧矮凳上頭，嶄新的扇風機正轉動扇葉，輕輕吹送涼風，捲起房內插花的茉莉花香。

早季子發出了小小的驚嘆聲。

馨儀可以理解早季子的驚嘆。

即使台中城內四處聳立西洋建築，本島三合院裡的一個小女孩的房間，竟然是如此精細的洋房陳設，任誰都會感到意外吧。不如說，早季子只發出小小的驚嘆，這一點才令人吃驚。

松崎家可能遠比知如堂來得更……馨儀不確定，是高貴嗎？

松崎父女衣著簡單，態度謙和，馨儀卻毫不懷疑松崎家蘊藏的深厚家底。早季子是松崎家三男一女當中最小的女兒，跟雪子一樣是老來女、屘千金，可是比起莽撞到會掉進河裡的雪子，早季子眼神端正、咬字清晰，一言一行都合乎禮節。

跟隨馨儀進屋的路途上，早季子眼底飽含對這棟紅磚建築的好奇心，卻絕不輕易表現驚訝，也不會隨意停下腳步。要不是這個猶如走入魔衣櫥、忽然展開一幅完全不同風貌的房間，早季子或許不會有任何失態。

「早季子小姐，在中學校與女學校的暑假開始以前，家裡的小孩子就只有我一個人，請妳不要感到拘束。」馨儀說。

早季子點點頭說「我知道了」。

馨儀想了想，沒想出這年紀女孩之間的有趣話題。

「那，早季子小姐要睡個午覺嗎？」

「雪子小姐，現在是應該休息的時間嗎？」

早季子陷在柔軟的貴妃椅沙發裡面，依然堅持一絲不苟的坐姿。

「嗯，這個嘛，我通常在午飯後睡半個鐘點。」

「母親說，吃飽就睡覺會變成牛。」

「不是立刻就睡午覺，而是吃飽後略作休憩之後才睡的。我們家大部分的人都會午睡片刻，這樣下午會比較有精神。」

「原來是這樣，我明白了，這是本島人的習俗……那麼，我沒有問題的。您現在就要午睡了嗎？」

「早季子小姐沒有睡午覺的習慣，對吧？不需要勉強喔。」

「對不起，不是的，我可以睡午覺。」

早季子一臉嚴肅，「我是前來拜訪的客人，不可以造成雪子小姐的困擾。」

馨儀終於把眉毛皺成一團。

「太奇怪了，妳真的是小孩子嗎？」

「這、我不明白雪子小姐的意思?」

早季子露出迷惑的表情。

要感到迷惑的人是我才對吧。馨儀忍住沒把心聲說出來。是這年頭的小孩子都這樣，還是早季子特別早慧?

正想著，阿蘭姑跟使用人阿芬從外進來，分別捧著衣衫和水盆。

「早季子小姐累了吧?要休息嗎?」

阿蘭姑難得使用國語說話。

可是這兩句話不是詢問，因為還沒有等到回應，阿蘭姑和阿芬已經趨前為早季子換下白色洋裝，套上潔淨的夏季浴衣，並有一雙紫色繫帶的木屐。隨後一人擰了一條巾帕，各別給早季子與馨儀擦拭臉蛋和手腳。

不一會兒，阿蘭姑與阿芬便輕手輕腳地服侍兩人安躺下來。

阿蘭姑準備退出房間之際，俯到馨儀耳邊悄聲說話:「雪子上乖，袂當欺負人，愛佮早季子小姐做好朋友哦。若是做會到，阿蘭姑閣再做汝愛食的點心，逐日攏做，好無?」

阿蘭姑細膩成這個樣子，松崎家到底是什麼樣的貴客?

馨儀想像力不足。

旁邊那位當事人之一的早季子，躺下來以後就沒有動靜。並不是睡著了，而是忍耐著不輕易移動。

「早季子小姐，請問松崎家是做什麼的？」

早季子抿直嘴角發出「唔」的小小思索聲，像是在斟酌字句。

「……父親是植物學家，母親在家教養兄長與我。可是，台三郎哥哥未來會在內地就學。」

「只是平凡的學者家庭嗎？」

「是的，是平凡的家庭。」

早季子慎重地點頭，「我們家是平凡的家庭。」

馨儀望著床架頂端嘆氣。

明明外表是個可愛蘿莉，本質卻是一座小冰山嗎？馨儀心想，我怎麼就被這樣的冰山蘿莉給一時迷得神魂顛倒了呢？

「早季子小姐，我想向妳請教一個問題。」

聽見這話，早季子規規矩矩地把身體翻過來，正面看著馨儀。

馨儀配合地把身體也翻去正對早季子。

「從前有個人叫做小明，他家有三個兒子，小明的大哥叫一郎，二哥叫二郎，那第三個兒子叫作什麼呢？」

「……叫作三郎？」早季子謹慎回答。

「噗噗，錯了，叫作小明。」

「咦——？」

早季子眼睛圓睜，然後飛快地眨了兩下眼睛，由於理解過來了而宛如花朵綻放一樣露出笑容。

「雪子小姐，妳好聰明！」

「有沒有很崇拜我？」

「崇拜是什麼意思？」

「就是覺得我很厲害的意思。」

「……是的，我想是的。雪子小姐會溫柔的詢問我的意見，沒有強迫我睡覺，腦袋又很好。這樣的雪子小姐，我覺得很厲害。」

「很好，以後早季子小姐在這裡一切由我照顧，不要害怕我，要常常笑，明白嗎？」

「好的，我明白了。」

小女孩再聰明也還是很好騙的。馨儀舒了一口長氣。

不過怎麼辦才好呢，為了能夠好好相處，要想辦法融化這座小冰山嗎？

可是，馨儀沒有力氣。想到這個時代的女人境遇，胸口就一片冰涼，因為厭世而無法動彈。

啊，該怎麼辦才好呢？

馨儀沒有答案。

松崎家是什麼樣的大人物，馨儀無從打聽，然而知如堂對早季子的看重，只要有眼睛就看得出來了。

第二進的正身除了正廳，左右各有兩個房間。過去只有靠近正廳的兩個房間擁有主人，馨儀擁有左間、雙胞胎擁有右間。自從確定早季子要寄宿一個夏天，馨儀隔壁那個房間便開始動工了。木材、榻榻米、和式家具陸續運進來，原本作為置物間之用的房間迅速地改頭換面。

時序即將要邁入學生暑假的前夕，天氣跟房間改造一樣如火如荼似的燒起來。報紙刊登溫度打破紀錄的新聞，台中州出現高達三十九・二度的測量值。

早季子中暑了。

使用人們憂心忡忡說內地人果然都怕熱，受不了本島的酷暑呀。

說出這種話的使用人們，將早季子看得無比嬌貴。

其實早季子是道地的「灣生」。

松崎幸長先生和清子夫人定居本島很久了，第三個兒子取名台三郎，就是在台灣出生的緣故。早季子更是如此，是從懷胎開始就在台灣成長的孩子。

「早季子（さきこ）的さき，是指花綻放開來了。漢字寫作早季，父親說是本島的熱帶花卉比內地更早綻放的意思。」

馨儀曾經聽早季子這麼說過。

「雪子小姐的名字，是因為在冬天出生嗎？」

「雪子是家裡人親暱的稱呼，本名寫作『雪泥』。」

馨儀解釋，這個名字是從中國宋朝蘇東坡的詩句來的。

兩人牽手去雙胞胎的房間裡翻出詩集，蘇軾，〈和子由澠池懷舊〉：

人生到處知何似，應似飛鴻踏雪泥。
泥上偶然留指爪，鴻飛那復計東西。
老僧已死成新塔，壞壁無由見舊題。
往日崎嶇還記否，路長人困蹇驢嘶。

馨儀以蹩腳的台灣話七零八落地朗讀，再以日文解釋一遍。

這種艱深的人生感悟，早季子卻一臉陶醉的聆聽，「雪子小姐太厲害了！」像這樣感嘆著，馨儀也只好回以「早季子小姐過獎了」之類的客套話。不時觀望兩人相處情形的阿蘭姑，經常投以欣慰的目光。

雙胞胎在放長假前夕的某個禮拜天返回知如堂。聽說早季子中暑，恩子姊寫好食譜遞進廚房，交待將泥鰍煮成內地的「柳川鍋」料理。那是以味醂、醬油為調味料，在淺鍋裡放滿薄片牛蒡，將泥鰍煮熟後加入雞蛋的料理。

「這樣可以補充精力，克服暑氣。」

恩子姊自信滿滿。

這時代沒有網際網路，恩子姊去哪裡知道這些內地料理的知識？一問之下，並不是學校的烹飪課，而是從婦女雜誌讀來的樣子。

即使如此，早季子根本吃不下熱騰騰的泥鰍料理，一臉為難，簡直就要哭出來似的。最後還是好子姊端出剛洗好、凝結成凍的愛玉，早季子吃了整整一碗，才露出舒服輕鬆的表情。

「這是從坤禮婆那裡知道的，我們本島的解暑老方法，秘訣就是什麼調味料都不加。」

好子姊說著，一併端出今年夏天剛摘的金銀花茶。

恩子姊嘟噥：「我想說那是內地人的口味……」

「早季子小姐是在本島長大的啦。」

馨儀發出抗議。

早季子在旁輕輕點頭。

雙胞胎對看一眼，微笑起來。

「雪子跟早季子小姐已經是好朋友了呢。」

「啊，真是不錯呢。」

知如堂對早季子的用心級別，似乎超越了眾人疼愛的屘千金雪子。

這不是最好的機會嗎？

儘管知如堂是走在時代前端的家庭，對二十一世紀穿越過來的人來說還是諸多不便。趁早季子在房裡吹扇風機小憩，馨儀打著提升早季子生活品質的名義，去給雙胞胎獻策。

「家裡的新式便所蓋在第一進那邊，我們住第二進的女孩子不方便使用，不如在第二進後面也蓋一個。還有電氣冷藏器，買了冷藏器，就能隨時喝新鮮的牛奶了，也可以冷藏可爾必思。」

馨儀說話間，恩子姊伸手戳了她臉頰一下。

「人心肝，牛腹肚！小雪子知道冷藏器要多少錢嗎？」

「報紙廣告說，要七、八百圓。」

「原來不是不知世事呀！」

恩子姊笑咪咪的，「那雪子又知道嗎？高女卒業生擔任官廳或者會社的事務員，月薪大約是二十圓。如果是電話交換手，據說日薪平均只有四十錢。小雪子呀，我們來算算看要多少時間，才買得起一台冷藏器呢？」

「電話交換手一天四十錢，一個月二十五天，月薪十圓，要存七十到八十個月。事務員快一倍，也要存三十五到四十個月。」

好子姊接口細數起來，數完才望著馨儀笑問：「知道這樣要存幾年嗎？」

「可是姊姊，家裡的那台美國轎車要多少錢？」

馨儀以提問回擊。

「我們家買得起冷藏器，對不對？而且家裡總有一天會買的吧，現在買下來，提前給早季子小姐帶來方便，不是很好嗎？」

雙胞胎先是頓了頓，隨後同時笑起來。

「哎呀，真是不能小看雪子呢！」

好子姊溫和的聲音裡飽含讚許，「說起來，冷藏器是這兩年才從國外引進本島，虧得能知道這麼多事情。」

「要是大姆和春生舅仔聽見雪子這番話，一定會非常高興的。光是雪子懂得這樣問，冷藏器就值得買了。好吧！這件事情，就交給恩子姊我好了。」

恩子姊溫柔撫摸馨儀的後腦勺。稍早還是捉弄似的戳人臉頰，恩子姊心態的轉變完全反映在行為上面。

「對了，那台美國轎車，雪子想知道多少錢嗎？」

恩子姊呵呵輕笑，在馨儀眼前伸出三根手指。

「三千圓，不二價。」

馨儀傻住。

那是跟冷藏器完全不同級別的奢侈品。

一個高女卒業生不吃不喝，要多少年儲蓄才買得起這台車？一個月二十圓，除開三千圓是一百五十個月，換算年分是十二年半。要是一天四十錢的電話交換手，那必須加上一倍的時間……

馨儀忽然冷汗涔涔。

知如堂沒有誰是在外吃人頭路的，收入的主要來源是田地租金。光是依靠祖蔭，就能買得起三千圓的轎車。

「我們家，真的很有錢嗎？」

「傻雪子。」

雙胞胎以笑聲回覆這個問題，馨儀不自覺也跟著發出輕笑聲。可是，內心深處卻迴盪起春子姊清澈冰涼的聲音。

——雪子，大家都稱呼妳屁千金，可是妳千萬不能被這樣的稱呼所迷惑了，誤以為我們是高高在上的人，恰恰好相反……

富貴的代價，未來的我支付得起嗎？

馨儀自問，在這個女人境遇不由自主的年代，我願意為這份富貴付出什麼樣的代價？

回到左間房裡，早季子正坐在床上發呆，扇風機的輕風吹拂起早季子前額的柔軟瀏海。

馨儀踢掉了木屐爬上床，跟早季子肩並肩坐著。

「早季子小姐還是不舒服嗎？」

「沒有。我有點想家。」

「說的也是呢，因為我也有點想家了。」

「雪子小姐也？這裡不是妳的家嗎？」

「……唔，因為，一年前的夏天，我掉到了水裡，從那之後我的某一條魂魄就不見了。那條魂魄沒有回到應該回去的位置，我就會很想家。」

「為什麼掉到水裡會失去魂魄？」

「我也想知道……或許是因為我差點死掉吧。可是比起死掉，像現在這樣活著，到底哪個比較好，我也不知道。」

「比起死掉，當然是活著比較好。」

早季子小小的臉蛋上是嚴正的表情。

馨儀卻只能默然相對。

「雪子小姐的魂魄，不會再回來了嗎？」

「不知道，因為神明大人從來沒有回應過我。這麼說起來，明天是半年節，去年的這個時候，屘舅帶我去寺廟拜拜……」

馨儀沒有往下說了。

原來，真的不是夢。

原來，穿越過來已經一年了。

也不知道老貓小汪後來怎麼了。人掉到水裡而靈魂穿越，難道只留下軀體在那個時代嗎？老貓該不會被起訴什麼過失殺人吧……？

這段期間馨儀旁敲側擊，知道當初雪子落水的地方是綠川，那是綠川環繞著母校大學的其中一段河道。昭和二年，馨儀的母校還不存在，更別提戰後才規劃設計的中國大陸與台灣形狀的人工湖泊。如果從原址跳河，比起二十一世紀，可能更容易穿越到天國。

「請問半年節是什麼？」

早季子一板一眼的聲音把馨儀的心神召回。

馨儀調整了一下坐姿，試著打起精神。

「半年節是舊曆六月初六，本島人認為天上的大門會打開來，我們向神明大人許的願望能夠被清楚的聽見，所以要趁天還沒有亮的時候，跑到寺廟裡祈求神明大人賜予福氣。」

「雪子小姐真是博學多聞。」

「早季子小姐知道『博學多聞』這麼艱難的成語，那才厲害呢。」

早季子含羞帶怯地笑了一下，把臉低下去。

「像我這樣的內地人，也可以許願嗎？」

「神明大人會聆聽所有人的願望，這樣才是神明大人啊。」

只是，會不會實現又是另外一件事了。

馨儀也希望自己的願望能夠上達天聽。

「早季子小姐的願望是什麼？」

「這個……」

「不想說也可以不說。」

早季子卻搖搖頭。

「如果神明大人可以傾聽願望，我……原本希望能夠早一點回家，可是有雪子小姐在這裡的話，好像也可以忍受想家的悲傷了。」

「早季子小姐……」

「我希望神明大人可以讓雪子小姐的魂魄回家。」

「咦？」

「明明住在家裡，卻還是很想家，肯定沒有人可以理解的吧，雪子小姐太可憐了。可是，活著還是比較好。在魂魄回家以前，我跟雪子小姐在一起，這樣就可以一起忍耐想家的悲傷了。」

早季子的黑色眼睛與馨儀的目光相觸。

明明只是小女孩，眼睛裡卻充滿同情與哀傷。

「……。」

居然、被這麼小的孩子憐憫了。

可是那雙黑色的眼睛反射光采，投映出春夜的月光。

那個春寒料峭的深夜，月光裡艷艷的山茶花，悄然無聲落到地面上，月光像寒冰，將馨儀心頭凍結一片冰冷，無人知曉。

唯有早季子那雙黑色的眼睛，看見了她心底的那座冰山。

僅僅是一瞬間的事情，馨儀感覺到胸口有細微的異樣。

宛如什麼堅硬巨大的東西始終死死地堵在那裡，如今裂開了一條縫隙，冰雪融化似的吹撫來又寒冷又溫暖的氣息。

啊，原來是這樣嗎？

儘管早就明白不可能融入這個世界，卻還是渴望著為人所理解。

馨儀忽然熱淚盈眶。

而早季子安靜的看著她。

在那個時候，馨儀聽見自己胸口血液流動的聲音，彷彿聽見春風融解冰雪，溪水潺潺流動。

彷彿直到此刻，馨儀才發現有沁人心脾的花香送來。

那是茉莉花的清冽香氣。

是驅散了整個寒冬氣息的花香。

「……早季子小姐，謝謝妳。」

「為什麼？」

「我也不知道，沒有辦法解釋。可是現在的我，就算失去了那條魂魄，好像也可以面對這個世界了。」

「我不明白雪子小姐的意思。」

「沒有關係，因為我也不明白啊。」

馨儀眨去眼中的熱氣，對早季子露出自認最溫柔的微笑。

「不要稱呼我雪子小姐（ゆきこさん）了，叫我小雪（ゆきちゃん）好嗎？而我想稱呼早季子小姐（さきこさん）為小早（さちゃん），妳覺得怎麼樣呢？」

七、時計草

早季子小姐真是乖巧懂事呢。

知如堂的大家總是語帶讚賞地這麼說著。

雪子無意反駁，可是小早太過乖巧懂事，反而令人憂慮心疼。

小早比雪子早起，也不習慣睡午覺。無論早晨或午後，清醒的小早總是直挺挺地躺在床鋪上，直到雪子起床為止。

是因為怕銅床發出聲音把我吵醒嗎？

雪子這樣問，小早總是搖頭否認。

「小早先起床也沒關係，我的神經很粗，不會被妳吵醒的。」

「請問神經很粗是什麼意思？」

小早一臉認真的發問。

雪子拿小早沒轍。

「小早等我的時候不會覺得無聊嗎？做點什麼也好啊……」

這麼說了以後，隔天早晨雪子醒來，發現小早改變姿態，坐著倚靠床架等待她起床。

「小雪真聰明，看著小雪的臉就不無聊了。」

小早笑說，露出可愛的牙齒。

雪子頓時滿頭黑線。

小早對待知如堂上下，不分主人、使用人都是彬彬有禮，即使面對同齡的雪子，說話也使用完整的敬語型。端到面前的食物，小早絕不挑食。內地人沒吃過的食物，豆腐乳、鹹蜆仔、麻薏湯和內臟料理一類的，小早臉色煞白，依然全部咀嚼吞嚥到肚子裡去。

正因為小早萬事忍耐，雪子索性代替小早推拒不合口味的食物。等雙胞胎放了暑假，還去請求協助改善小早的每天三餐。

「雪子上次才說早季子小姐是在本島長大的呢！」

恩子姊取笑道。

雪子臉頰都紅了，「本島的內地人也有不習慣的本島食物嘛。」

好子姊從旁笑說，「儘管沒辦法準備壽司或納豆，梅干、牛蒡和味噌湯之類的應該沒有問題。」

知道雪子花費心思，私下小早流露歉疚之色。

「對不起，什麼事情都讓小雪擔心。」

「不需要道歉，這種時候說謝謝就好了。」

「……好的，我知道了，謝謝小雪。」

「那今天想讀什麼呢？」

「昨天小雪講完了〈水仙〉，下一篇是〈沒有名字的花〉。」

「說實話，我覺得小孩子讀《花物語》還滿奇怪的⋯⋯」

雪子不由得吐露心聲。

雙胞胎的藏書，日文書籍當中有一部當今的暢銷短篇小說合輯，是吉屋信子在少女雜誌連載、如今以單行本發行的《花物語》，上下總共兩冊。

由於目標讀者是少女與青年女性，以年少的女性為主角，著墨她們苦悶的心情也是難免的吧，雪子讀給小早聽的時候，心裡卻偶爾閃過這樣的念頭：這就不像是給小學低年級生看《暮光〇城》的感覺嗎？

不不，這個類比不太正確。畢竟《花物語》既沒有吸血鬼也沒有狼人，是普通的描繪少女情誼的浪漫小說。

「奇怪的地方是指哪裡？」

「啊，好像沒有辦法跟妳解釋呢。」

雪子一臉苦惱。

小早於是連忙搖手說「請不要在意」。

「我很感謝小雪，因為我沒有辦法讀這麼困難的書。我們家有一部中島孤島先生翻譯的《格林童話》，我讀不懂，也是台三郎哥哥讀給我聽的。」

「小早居然知道有翻譯者這種人啊。」

「我不明白小雪的意思。」

小早歪著頭，傳達出困惑的電波。

「意思是我覺得小早很厲害。」

「所以，小雪也崇拜我嗎？」

雪子聽得樂了，笑起來摸小早圓圓的頭顱。

「對，小早好聰明，太可愛了。」

「不，不是這樣的。」

小早露出嚴肅的表情，「小雪比較聰明，也比較可愛。」

雪子忍俊不住，哈哈大笑。

「那麼我們來讀〈沒有名字的花〉這一篇吧！開始囉，『我要說的花甚至沒有名字，是小小的不起眼的花……』」

小早如同過去一樣，很快進入狀況，露出神往的表情聽著故事。

還真是個文學少女呢，或者說，應該叫作文學女童？

儘管如此，雪子很清楚小早在知如堂沒有真正感覺到放鬆自在。

小早聽到精彩處，眼睛閃閃發亮，卻還是咬著嘴唇忍耐不發出聲音。

小早喜歡聽故事，對世界充滿好奇心。

知如堂各處簷廊的平面彩繪、木雕裝飾，要不是小早覺得新奇，雪子從來沒想過要探問。阿蘭姑找來廟宇市井出身的使用人阿保叔，兩人才一起聽了許多故事，漂母飯信、西河少女、百里奚會老妻、蘇秦嫂前倨後恭……

不只是聽故事，兩個人作伴繞遍三合院，每天走都不厭倦。

第二進內埕裡頭有一塊葡萄藤棚架，正好是垂著累累果實的季節，使用人們會在綠蔭下幹活，挑揀菜葉、曬菜脯，或者長工將處理好的竹片竹枝送進來，由銀花婆帶領女人們編製提籃、畚箕，竹枝能紮成大大的掃帚。遇到這種時候，雪子和小早能安靜地在旁邊看上小半天。

她們也去過秋霜倌房裡作客一回。秋霜倌不講藝旦間的事，也不講在知如堂裡過的日子，只講她童年時代怎麼捉蟲釣魚。年幼的秋霜倌買不起釣鉤，自有一套方法不用鉤子釣魚。

「不用鉤子，怎麼把魚釣起來？」

「釣線綁著蟲，等魚把蟲吞到肚子裡面，那個時候就能釣得起來了。」

「那麼，什麼時候才知道魚把蟲吞到肚子裡了呢？」

「這就是釣魚的技術所在了，早季子小姐真的想知道？」

小早上下點頭，眼睛閃動嚮往的光芒。

送兩個千金小姐出房的時候，秋霜倌附耳去跟雪子說「屘千金要好好珍惜早季子小姐哦」。

雪子側過頭，看見秋霜倌微笑彎起的漂亮眼睛，竟然像個孩子。

「我們還可以再來找秋霜倌嗎？」

「早季子小姐和屁千金喜歡那些陳年往事，我很開心，不過很遺憾，我沒有其他故事可以說了呢。」

雪子聽懂了。小早安靜望著秋霜倌，臉上浮現似懂非懂的表情。

獻文哥不知道從哪裡聽說了兩人最近在找樂子，特地前來教她們玩鬥花草，說是他孩提時期的遊戲。

「妳們是千金小姐，不要去細姨的房間，鬥花草不是有趣多了嗎？」

獻文哥立刻指導起來，酢醬草連著莖摘下，兩人一人拉著一頭令葉片交錯，需要以巧妙的力道互相拉扯，哪一方先扯斷就輸了。

小早看著手上斷掉的酢醬草，一臉悶悶不樂。

「早季子小姐這次輸了，不要放在心上，我再給妳摘一朵強韌的，下次要贏過雪子。」

獻文哥說著鼓勵的語言，早季子卻搖搖頭。

「謝謝獻文先生的這份心意，可是我或許並不喜歡這種遊戲。為了吃掉而摘下蔬菜，以及為了欣賞而剪下的花，好像跟為了玩耍而摘下花草是不一樣的。」

獻文哥露出古怪的表情。

雪子牽走小早，繞到井邊取水將酢醬草洗淨了，率先把酢醬草放進嘴裡。

「酢醬草吃起來酸酸的喔。」

「小雪，亂吃東西會生病的。」

「說的沒錯，不可以隨便撿東西來吃喔。可是，小早剛才說的，是希望摘下來的植物不是純粹為了玩耍吧？所以我覺得試著吃吃看也不錯，而且酢醬草本來就可以吃。」

小早愣愣的，半晌才把酢醬草也放進嘴裡。

那細細咀嚼的樣子有點像小動物。

「小雪跟其他人不一樣。」

「小早也很不一樣。」

「……以後，我想當大學教授。」

小早天外飛來一筆。

雪子傻眼，「這，志向遠大啊。」

「小雪呢？」

「我不確定。」

「咦？明明是小雪……」

「正因為是小雪啊。」

前途茫茫。

自從接受了「雪子」的身分開始，就必須面對這個時代的命運了。

這個時代的女性，論社會位階春子姊已經是金字塔中上層的了。雙胞胎即使是高等女學校的學生，總有一天也要嫁人。她們會嫁得比春子姊更好嗎？

與春子姊同年齡層的女性，知如堂裡還有藝旦細姨的秋霜倌，以及無法婚配的養女阿蘭姑。這兩條路線，哪個又比哪個更好呢？

這個時代並不是沒有職業女性。事務員、電話交換手以外，輕工業與服務業都有許多女性加入行列。雪子亟欲知道可能的道路，努力從報紙雜誌尋找蛛絲馬跡，知道了女性可以擔任教師、醫師、音樂家，而且婦女團體也努力地倡導婦女解放運動。

這些都出乎雪子的預料。

可是即使在結婚率、生子率都大幅降低的二十一世紀台灣社會，職業女性的日常生活依然艱辛。跟公公婆婆同住的雙薪家庭，對某些人來說仍然跟身處古代社會沒有兩樣，女性簡直是作為機器存在的。

要說是什麼機器，大概是洗衣機、洗碗機、吸塵器兼孵蛋機。

雪子心想，而我就身處在這樣的「古代社會」啊。

「唉！生為女人太吃虧了。要比男人付出更多努力，才勉強可以到達同樣的地方，叫人怎麼甘願呀？」

雪子說完，發現小早一臉若有所思的樣子。

「對小早來說，我想說的事情可能太難了。」

「小雪果然腦袋很好。」

小早眉宇間展現出早慧的思索神情，「女人要當大學教授很困難，對不對？父親、母親的朋友們也是，沒有女人是大學教授的。內地、本島，全世界，都是同樣的，只要生為女人就會成為第二等的人。原來就是小雪說的這樣。我不知道怎麼說這件事情，可是小雪很簡單的就說出來了。」

小早侃侃而談。

「女人的命運沒有辦法改變嗎？我心裡也有小雪說的，感到很不甘願。這個世界，肯定有什麼奇怪的地方。」

「小早，妳……」

「喂！」

突來的呼喚聲打斷了雪子。

獻文哥站在廊下喊道：「兩位小姐要躲在這裡到什麼時候？阿蘭姑煮好點心了喔！」

小早挺直了背脊，對獻文哥行禮示意聽見。

雪子卻無法控制地在心裡抱怨起獻文哥。

因為小早稚嫩的聲音彷彿響徹雲霄的鐘聲，在胸口的正中央不停迴盪。

春子姊、阿蘭姑、秋霜倌、雙胞胎，全部都融化了。

小早輕易地指引出一條嶄新的道路。

此時此刻的這個「古代社會」，有一群抱負遠大的女性正在跟世界奮戰。

七歲的小早想要當大學教授。

那麼，七歲的雪子呢？

明知山有虎，偏向虎山行。又有誰說不可以了？

「小雪？」

小早主動牽起雪子的手，黑色的眼睛望過來，像是在問雪子可以走了嗎？

雪子反過來握緊了小早的手掌，大步往前走。

「這下子，真是不能輸給小早呢。」

「我不明白小雪的意思。」

這是小早的口頭禪。

雪子笑起來。

「意思是，我很崇拜小早，可是更想讓小早崇拜我。」

雪子與小早的散步版圖逐漸向外擴張。

首先是知如堂東西方兩側的林木，然後是知如堂正後方的竹林。家學淵源的小早對植物如數家珍，沒有開花結果也能一一指認，這是龍眼，是楊桃，烏梨，番石榴，這是茄苳，是苦楝……

而前往竹林的路徑上，知如堂的菜園、豬舍及家禽棚子錯落其間，雪子不感興趣而很少涉足，只有一次隨著阿嬤、阿母過來看母雞孵蛋，小早卻像是看見稀世珍寶，這也看看、那也看看，說著「豬好大啊」、「公雞真威風」之類的話，毫不介意堆肥的臭味。

終於連竹林也反覆去過好幾次，雪子先開口了。

「之前聽見使用人們聊天，說外面大門出去的小山坡開了很多時計草，小早想去看看嗎？」

「我想去。可以去嗎？」

「我們去吧！不過，我不認得時計草長什麼樣子。」

「我認得，請讓我帶小雪去看。」

小早自告奮勇的這麼說了，臉頰紅撲撲的。

儘管說要成為小早的崇拜對象，可是雪子無意裝模作樣，也喜歡讓小早盡情的發揮所長，結果兩人之間似乎是小早比較有偶像氣勢。

雪子喜歡認真又單純的小早。

舊曆年七月份的知如堂眾人相當忙碌。阿母帶著雙胞胎去城內採購中元節禮品，惠風哥哥隨著阿爸、厝舅、獻文哥出門巡視田地。雪子與小早結伴以後，阿蘭姑減少照看的頻率，心思多放了一些在打理內外家務。

只跟小早在一起的兩人時光，雪子感到非常輕鬆。

不需要勉強自己假扮小女孩，也不必再三斟酌說出口的話語。

雪子真心珍惜這樣的時光。

在松崎早季子這個女孩漫長的未來人生裡，「小雪」或許只是為期一個夏天的童年玩伴，儘管如此也沒有關係。雪子期盼小早多年以後回想起這個夏天，即使沒有完全敞開心扉，至少也會感覺到幾分懷念。

「不行，太危險了。」

跟阿蘭姑說了想出門的念頭，阿蘭姑一口就拒絕。

雪子與小早一臉失望，阿蘭姑勉強再搜出幾句國語：「請早季子小姐原諒，我不能答應。」然後對雪子補充說道：「無人相陪，實在傷危險矣。等汝獻文哥轉來，予伊陪恁去。」

這早就在雪子的預料之內。

雪子不慌不忙地看向旁邊的阿嬤，以癡癡的眼神提出徵詢。

阿嬤臉上難得露出一絲笑意，輕聲說了句「無要緊，去耍」，雪子沒等阿蘭姑反應過來就拉著小早出門。

「阿蘭姑不喜歡我們出去，對不對？」

小早聽不懂台灣話，無法精準地理解阿蘭姑說些什麼。

「對，所以要趁阿嬤在的時候問。」

「我是不是給小雪帶來困擾了？」

「小早再問這種問題的話，我就會困擾。」

「嗚……」

說話間，已經越過了半月池。

早上下過大雨，天空晴朗如碧，只有遠方幾朵高高的棉花糖似的積雨雲。

大門出去以後前行幾分鐘，小小山坡上是植物叢生的雜樹林。路徑狹小，好處是樹蔭遍佈。這裡也是知如堂名下土地，雖說僅有簡單整理，卻也能看見特意種植的一畦畦蘆薈。

鑽進去繞行了一段路，雪子忽然感覺手心一緊。

「時計草已經結果了。」小早說。

順著小早的手指看過去，綠油油的爬藤植物纏繞在四周的林木上，幾條藤蔓上結著一排青綠色的小球。

「百香果！」

「時計草的台灣話是這樣講的嗎？」

「呃……」

一不小心脫口而出的，其實是今人所稱的北京話。

雪子轉移話題，「說是時計草，我還以為是會開花的草呢。」

「唔，像是綬草嗎？」

「綬草又是什麼？」

「父親說是本島最小的一種蘭花，因為很小，不容易發現。」

小早以食指與拇指比了小小的縫隙，大概意味著綬草的花朵大小。

雪子倒沒有小早追根究柢的精神。

「小早想跟幸長先生一樣，未來當植物學家嗎？」

「不是，我想當文學教授，嗯，像中島孤島先生那樣。」

翻譯家可不一定是文學教授呢。

雪子沒有指正小早，那是隨著年紀漸長自然就會知道的事情。

「小早果然很奇怪。」

「奇怪，是好的事情，還是不好的事情呢？」

小早還是一板一眼的。

雪子笑了，「是好的事情。」

「這樣的話，小雪家也很奇怪。家人好多，房子好大，有許多稀奇的東西。」

「稀奇的東西？」

「轎車、冷藏器，還有很多漂亮的圖畫和雕刻。」

「小早家至少也有轎車吧？」

「不，沒有轎車。以前台三郎哥哥詢問父親為什麼不能買車，父親很生氣。父親、母親、台三郎哥哥與我，如果不搭乘計程車就無法一起外出，因為我比較小，父親或母親搭乘人力車可以抱著我出去，台三郎哥哥說這樣不公平，為了公平，應該要買車。我去問母親，母親說，父親與母親想要度過平等簡單的生活，所以才來到本島，不需要多餘的東西。」

「……不只是小早，松崎家本身就很特別呢。」

「是嗎？」

「很少聽小早提起母親，清子夫人也喜歡植物嗎？」

「母親也喜歡植物。母親說以前被叫作『蟲姬』，因為最喜歡蟲子了。」

雪子聽得失笑。

「這樣啊，喜歡植物的幸長先生和蟲姬清子夫人，該說是非常匹配嗎？該不會是在森林裡認識的吧？」

「不是森林哦。母親說，第一次見到父親是在甘露寺家的園遊會，那一天的紫藤花開得非常美麗。」

「哦，甘露寺家呀……我的發音正確嗎？」

「是的，很正確。」

小早明確地對雪子的問題給予相應的答覆，渾然不覺其中透露出來的訊息，已經有如脫韁野馬般的奔離她先前自稱的「平凡家庭」。

甘露寺是日本華族的姓氏。這點常識雪子已經有了。那還是一個庭院有足夠的空間種植紫藤花、舉辦園遊會的府邸。幸長先生和清子夫人年輕時代能夠出入華族家庭，很可能本身也是華族出身。

雪子領悟了知如堂為什麼看重小早的理由，心裡浮現的真實心情卻是「這樣的小早，隨著年齡增長，一定只會漸行漸遠吧」，不禁感到些許寂寞。

儘管現在只是個小女孩，小早仍然是雪子唯一志同道合的夥伴。

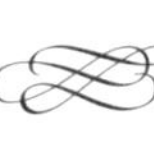

簡直就像呼應雪子的心情，天空轉陰了。

是遠方的積雨雲飄過來了的緣故，吹來的風也變得相當潮濕。本島夏天的典型氣候，午後雷陣雨。

雪子嘆了口氣。

「沒有辦法看到花，要等果實成熟再來嗎？」

「好可惜，時計草開花非常美麗，明年要是能看見就好了。」

明年嗎？

明年的這個時間兩人都入學了，暑假只有五十天，清子夫人那時已經返回本島，不可能隨意讓女兒寄居知如堂吧？

大大的雨滴打到了雪子的眉心。

「啊！」

小早也發出叫聲，想必同樣遭受到雨滴的襲擊。

雪子暗叫糟糕，想起這幾天大雷雨的時候小早總是面色僵硬。

遠方的天際有閃電倏忽而過，隨後有滾滾的雷聲響起。

小早的手緊緊地握著雪子，果然是害怕雷聲。

雨勢也是，轉眼間變得像是淋浴時把水量開到最大的樣子。在知如堂沒有蓮蓬頭可以淋浴的這個時代，對雪子來說是睽違已久的體驗。

雪子並不想在這個時候重新體驗一次。

第二次的雷聲響起以後，小早已經嚇得連路都快走不動了。

由於小早害怕到連雪子的手一併拉去摀住耳朵，導致兩個人的姿勢只會妨礙彼此前進。小山坡雖然平緩，失足滾下去也會受傷。雪子把手抽回來，小心地推著小早往前走。

第三次是個大雷聲，小早在隆隆雷聲中全身僵硬。

雨水不停地落在兩人的頭頂及肩膀上。

遠方的第四道閃電結束後，遲遲沒有雷聲響起，雪子當機立斷，揣住小早往最近的樹下推去。

榕樹的樹冠雖大，在這種雨勢中也沒有遮雨效果。

雪子伸手密密實實地覆蓋在小早摀在耳朵的雙手上面。

下一秒雷聲像是要劈開天空似的「轟——」地大聲作響，別說小早縮著身體緊閉雙眼，連雪子都深受震撼，心臟飛快地加速跳動。

由於是那樣驚天動地的雷聲，雷鳴結束的瞬間，好像天地都失去聲音。

小早張開眼睛，眼睛裡有淚花。

不是雨水，而是眼淚。

無論是寄人籬下、想念家人、吃討厭的食物都沒有哭，卻被雷聲嚇哭了。

未免也太可愛了吧。不合時宜的感想浮上雪子的心頭。

下一道閃電劃過天際時，小早又閉起了雙眼，等待可怕的雷聲過去。

兩人的雙手交疊，好像會直到永遠。

可是大雨下個不停，數不清是第幾道雷聲響起，雪子感覺浴衣底下連內褲都濕透了，雨水帶來的涼意令人顫抖，終於忍不住為此發出笑聲。

「小早，不要害怕！」

雪子留意著天際的閃電，試著輕輕扳動小早摀在耳朵上的小手。

「雷聲只不過是雷公在放屁，小早會害怕放屁聲嗎？」

小早張口結舌的望著她，好像是難以相信「放屁」這種詞彙會出現在對話中的樣子。

「妳聽，雷公的屁聲變遠了，我們趁這個時候回去吧，不然會生病的。」

「是放屁聲嗎？」

小早開口說話，雨聲太大而模糊，所以老實地提高聲量重覆了一遍：

「那是放屁聲嗎？」

說完，小早似乎也對自己說出「放屁聲」這樣粗魯的詞彙而皺起眉頭，可是隨即放聲大笑起來。

那就像是雲破天開，一口氣掃盡了陰霾的笑臉。

連天空也瞬間變得明亮了。

「趁現在，我們快走！」

雪子一把扶起小早，小早牢牢地回握雪子的手掌。

明明沒有什麼好笑的事情，兩人還是一路邊笑邊叫的往知如堂前行。

雪子胸口湧現一股歡暢的熱流。

無論小早未來會不會記得，無論未來會不會再見，雪子心想，可是我一定會記得這個夏天的。

八、蓮

本島的夏天相當漫長。

正中午的日光艷艷，令人偶爾錯覺熱浪會持續不止，幸好水田遍布，傍晚便吹來撫慰的涼風。相較於高度工業化的二十一世紀，昭和時代的台灣氣候怡人，空氣清新，只有扇風機也不難受。

雪子睡過午覺，拿了書到左護龍的私廳坐等傍晚。

就算阿蘭姑探頭進來問雪子怎麼來這裡，雪子也只是微笑搖頭。

今天有空探問屘千金動靜的人不多。阿蘭姑不厭其煩地帶領使用人們打理內外環境。阿母、雙胞胎都在廚房，兩個廚師坤禮婆和水牛伯也同時到齊，整治光是備料就花去幾天工夫的宴客晚飯。

雪子形同被晾在一邊。

晾著的時候，雪子翻兩頁書，就抬頭看一眼西洋鐘的指針走前了幾格。再翻兩頁，豎起耳朵聆聽窗外湧進的風裡有無其他的動靜。

「——來矣！」

獻文哥喊道。

隨後傳來的是轎車駛進外埕的聲響。

再是阿蘭姑越過內埕的腳步聲。廚房方向有陣陣笑語騷動。一貫齋那邊的阿爸和𡢃舅，應該也正要到外埕去迎接客人吧。

雪子起身，匆匆望向私廳裡靠窗安置的鏡子。

鏡子裡面的女孩眉清目秀，穿一身藍色浴衣，頭髮以漂亮的紅繩綁成長長的單辮子。

在家起居，雪子喜歡質料柔軟、剪裁寬鬆的台灣傳統大襟衫，外出則選擇更衣便利的洋裝，只有夏天的特定時候會穿上夏季浴衣。

每年只做一次浴衣，今年的阿蘭姑照例費盡心思跟雪子討論浴衣花樣，在華麗的白底紅色芍藥以及可愛的藍底粉色水玉之間搖擺不定。雪子拍板定案，選了比較樸素的水玉花樣。

鏡子裡浴衣的粉色水玉圖樣像夢幻泡泡。

雪子覺得小早應該會喜歡。

向外出去的時候，腳下木屐發出又快又響亮的喀喀聲。雪子連忙放慢腳步。越過區隔內埕與外埕的矮牆，外頭那輛光鮮的美國轎車正走出今天的貴客。

幸長先生穿著一襲整潔的夏季西裝，手裡拿著中折帽，清子夫人則是一身正式的拜訪和服，提著束口手袋。

剛剛下車站定的是小早，大大的洋帽遮蓋住臉龐神情。

小早也穿著夏季浴衣，高雅的紫色作底，圖樣是雅緻的小碎花，遠看起來跟雪子那一套有點相近。

雪子靠過去，看見小早取下夏季洋帽，顯露炎熱氣候下蒸出紅潤色澤的少女臉蛋。與雪子視線接觸的時候，小早微笑起來。

「久候多時了，快請進。」

厝舅以流利的台灣腔國語說道。

特地進城接待松崎一家的二叔，與阿爸、厝舅等人一同將貴客夫妻請入內埕。阿嬤、阿母肯定已經在正廳等候了。

雪子按順序走在行列最後面，即使不喜歡每年都要來這套虛禮，表面上仍然行禮如儀。忽然間感覺到手心一緊，雪子跟著雙手相牽的小早停住了腳步。

「哈，小早也想逃走吧？」

「怎麼可能做出這種事情。」

小早笑說，可是那雙黑色眼睛明明就寫著「真想跟小雪去玩」。

應該不是我自作多情吧？雪子有時候也會這樣想。

小早飛快地把什麼東西放到了雪子嘴裡。

放進嘴裡的柔軟東西快速地融化為更柔軟的狀態，滋味苦苦甜甜，鼻腔縈繞著可可與醇酒的濃烈香氣。

炎熱的夏天裡，這種東西要怎麼樣小心翼翼才能帶到這裡來呢？

雪子忍不住彎起嘴角。

「亂吃東西會生病的喔。」

小早一臉嚴肅地說，只有眼睛散發笑意。

雪子也故作嚴肅，「只要是小早給的，就算是砒霜也沒問題。」

「砒霜是什麼？」

「是毒藥的一種。」

「才不會給雪吃什麼毒藥，難道吃不出來是巧克力嗎？」

小早露出難以置信的錯愕表情，即使如此也很可愛。

雪子笑嘻嘻地推著小早進了正廳。

進正廳之前，雪子附到小早耳邊說悄悄話。

「謝謝小早，我很喜歡。」

小早教養良好而顯得有冰霜之色的少女臉龐，瞬間變得柔和了。

「對了，明年夏天就不能穿浴衣來拜訪了呢。」

小早說著，手上的棋子喀地一聲落定棋盤。

雪子跟小早懶洋洋地坐在榻榻米上。

不，更正，懶洋洋的只有雪子，小早仍然一絲不苟地端坐著。

兩人圍著和室桌，圍棋下到一半。

小早的白子佔上風，雪子悠哉地端詳著棋子的其他活路。

入學的這幾年，小早除了暑假期間留宿知如堂數天，只有少數節慶假日會隨著雙親來拜訪楊家。

相聚的假期短暫，雪子和小早的預訂行程排得滿滿的，見面就討論及履行每一項安排。讀偵探小說，讀婦女遊記，做花茶品茗，也有下圍棋。

雪子隨手下了一子。

「為什麼不能穿浴衣了？小早今天的浴衣很好看，非常適合小早。」

小早發出輕輕的笑聲，「來年就是高女學生了喔，如果考上的話。外出必須穿正裝，不是拜訪和服，就只能穿制服了。」

說的也是。如果是松崎家，會注意這種細節也無可厚非。

雪子把視線從棋盤移到小早的臉上。

從入學前的夏天結識以來，兩人不知不覺共同度過了許多個夏天。

最初的那個夏天雪子與小早結為閨中密友，知如堂與松崎家也長期維持著友好的關係。

每到暑假，小早來知如堂度假，隨著雪子摸黑觀星，起早挖竹筍，去半月池釣魚，在內埕打毽毛球，也跟著雙胞胎和長輩們學麻將、四色牌。春子姊返回娘家的夏天，就去海水浴場游泳，去登山步道遠足。旅程往返途中，蒸汽火車大聲鳴笛，害怕巨響的小早掩住耳朵，喃喃說沒有汽笛聲肯定會更愉快幾分的。

去年兩人扮作男孩隨著獻文哥入城，去見識年輕男人趨之若鶩的巴咖啡館和清風亭，跟男人們一樣目不轉睛地看著談笑風生的咖啡館女給，回家以後一起領罰面壁思過。當然，也一起偷聽屘舅如何教訓獻文哥，獻文哥又如何直叫下次不敢了。

每個夏天都有獨特的美好的回憶。

雪子就讀烏日庄的烏日公學校，小早是城內的明治小學校。

轉眼就是六年級，雪子與小早同樣抽長了身高，臉蛋上散發少女的神采。

變化的不只是雪子與小早。

春子姊先後誕下一女一子，受到張家倚重，在張姊夫每半年都要遠赴內地工作的日子裡，堅毅地扛起重擔，成為張家內宅的核心人物。

惠風哥哥讀完台中第一中學校，北上就讀台灣總督府台北高等學校的高等科文科，卒業後赴內地備考，如今就讀早稻田大學法學部二年級。

雙胞胎幾年前從彰化高等女學校卒業，不再升學，也沒有投入職場。

恩子姊今年初訂了婚。對象是阿嬤默許讓恩子姊親自挑選的，儘管不是父母雙亡，倒還真的沒有婆婆，而且住得相當近，夫家就在鄰近的學田。恩子姊笑說，哪天夫妻床頭吵架，走一刻鐘就能回知如堂睡覺了。

好子姊沒有議親，鄉人風傳好子姊要給二房陳家招贅。兩年前，二叔自犁頭店妻家尋了個人來當秘書，名叫劉來寶，算起來是雙胞胎的遠親表弟。來寶剛來的頭一年，常有人說二叔是要認作養子傳宗接代，第二年以後風向轉變，都說是要招他作上門女婿。

鹿港郭家這兩年，也終於給獻文哥催婚了。知如堂家長工作近年逐漸交棒，屘舅因而去鹿港郭家說明，等獻文哥當上家長，可以找到更匹配的人家，郭家才暫緩了議親。

雪子與小早則是緊抓著童年的尾巴。

無論是圍棋、麻將，讀漢詩或小說，全都津津有味。

若說到煩惱就只有考試了。

小早要讀台中高等女學校，雪子為此完全沒有考慮去彰化。儘管彰化高女與台中高女相比，本島學生的比重高，又是雙胞胎的母校。

「姑且不說我，小早不可能考不上高女的。」

「怎麼是用這種說法？雪比我聰明多了。」

「公學校的課程比小學校簡單，也不是全國語課程，考試很吃虧的。台中高女的本島學生人數，稀少到可以用手指頭數出來。」

「儘管如此，雪學識豐富的程度，小學校的同學們沒有一個能夠相比。」

小早說著，下了新的一子。

「我認識的人裡面，會讀倪瓚《清閟閣全集》的人也只有雪。」

「那是因為沒事做很無聊的緣故。」

「上輩子」每天都要上網看日劇、好萊塢電影，曾幾何時「淪落」到能讀出古文以及詩詞的趣味了。

既然提到倪瓚的《清悶閣全集》，雪子收起感慨的心情。

「我按照書裡的寫法，日出之前把茶葉放進魚池的蓮花裡面，明天早上小早再陪我去摘吧，這個步驟可要重複三次呢。」

雪子所說的魚池，就是知如堂外埕前方的半月池。池裡養著許多魚，水面浮滿蓮花。

小早點點頭，指尖把玩著從棋盤提下來的黑子。

「儘管是不相干的事情，可是雪，杜甫的詩句『又是江南好風景，落花時節又逢君』，開的是什麼花呢？」

「那麼小早說說看，『曉看紅濕處，花重錦官城』又是什麼花？」

「太狡猾了，怎麼可以用問題代替答覆。」

「都是花開（さき），只要是早季（さき）喜歡的花就行了。」

「討厭，又開我名字的玩笑。」

小早把臉頰鼓起來。

雪子低低的笑，六年來小早也有變化。

敞開心房的小早會捉弄人，也會發出抱怨，一年比一年可愛。

「可是，落花時節也是花開時節嗎？」

嗯，會追問這種問題的小早，認真性格完全沒有改變就是了。

儘管這麼說有點沒禮貌，可是二姨婆也完全沒有改變。

小早寄宿知如堂的第二天中午，二姨婆也是餐桌上的一員。

「我猶原想無，按怎樣就選彼個許家。許家敢有阮頭家親族較好？上無，劉家犁頭店彼旁敢講毋人想欲娶恩子？」

二姨婆滔滔不絕的說著。

「許家做生意，干焦一間米店爾爾，我頂擺也講過，恩子嫁入去是食苦。唉，大姊家己有思量，我做細漢小妹毋捌，毋敢胡亂講話，完全是一片苦心。」

「知影二姨婆疼惜，恩子攏囥心內。」恩子姊笑著回應。

「恩子按呢就對矣，序大人講話攏愛聽，無敗害。」

二姨婆點點頭，「進前遇著一個相命先生，我也專工為恁問過，好子自小歹養飼，到今親事也講袂定，攏講是號名的關係。人世間敢有萬事攏好的，號名作『好』，名壓過人，當然無好……」

似乎是發現恩子姊的臉色正沉沉地拉下來，二姨婆語調漸漸小了。

雪子才在想恩子姊的表面功夫練得越發純熟了呢，結果還是立刻破功。可是也沒辦法，好子姊是恩子姊的逆鱗，向來不容許任何人招惹。

二姨婆顯然也清楚，把臉轉過來對著雪子跟小早。

「早季子小姐真漂亮，是大美人了。」

二姨婆也會說簡單的國語。由於只能使用簡單的國語，既沒有敬語，也無從婉轉表達，有如將心聲毫無保留的吐露出來。

「台三郎先生結婚了嗎？我們家的雪子怎麼樣？」

雪子噴飯。

小早目瞪口呆。

想必是從未領教過這樣粗野的問題，小早仍然很快調整了臉色。

「謝謝二姨婆的問候。我與台三郎哥哥都在學習當中，尚未成熟到能夠談論婚嫁，這段期間如果能夠承蒙提攜賜教，我們會非常感激。」

儘管是灣生，小早說話也有京都人標準的迂迴風格。

二姨婆聽得一臉困惑。

雪子正想開口解釋，阿嬤的筷子「啪」地在桌面發出輕響。

午餐桌上所有的女人都安靜了。

「寶釵，莫過問松崎家的代誌。阿雪，代替汝二姨婆給早季子小姐會失禮。」阿嬤說。

「大姊……」

二姨婆苦著臉。

雪子乾脆趁機拉起小早出正廳。

手牽著手，一路到第二進的雪子房間裡，兩人才從嘴裡噴出笑聲。

小早以那雙透亮的黑色眼睛看向雪子，看了又看。

「台三郎哥哥，以及雪……果然難以想像。」

「我說啊，小早是不是也學會欺負人了？」

「才沒有呢。」

「是——嗎？」

雪子拉長了聲音問話。

小早同樣以拉長的聲音回答。

「是——的。」

說完了，兩人噗哧一聲又笑起來。

小早笑得臉頰泛紅，有如夏日水面白裡透紅的蓮花。

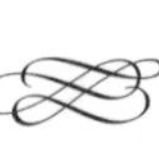

多年前的夏天成為「雪子」以後，雪子更清晰地認識了這個世界。

造就如今知如堂富裕與前衛的核心人物是阿嬤。從阿嬤開始，知如堂楊家走在時代的前端。

阿嬤本人纏足，然而在明治時代的解足運動中，很早就令兩個女兒放足，物色兩個兒子的媳婦時也找了沒有纏足的人家。

無論是女婿或媳婦，都是阿嬤親自挑選。門當戶對是其次的，選擇長房媳婦也就是雪子阿母的那回，是聽說了雪子阿母打破水缸救人的傳聞。

那是雪子阿母少女時代，小侄子嬉戲落入庭院重金購置的儲水大陶缸，因少女身高不足以從上方營救侄兒，毅然尋鋤頭擊破水缸。阿嬤聽聞這樣的奇事，專程走訪大里杙廖家。廖家田產不豐，可是子弟經商、作通譯，連女兒家都性格果斷大方，阿嬤回頭便滿意地下聘了。

雪子當初聽說這個故事時有點想吐槽，阿母那不就是司馬光打破水缸的逸事嗎？

二叔則是一段人工情緣。

阿嬤對二叔婚姻的顧慮比較多。長房的媳婦性格剛強，二房的媳婦就要柔順，以便妯娌和睦相處。二叔又天性浪漫狂狷，不像阿爸對沒有感情基礎的婚事毫無意見。阿嬤於是與劉家私下約定，同時到犁頭店萬和宮媽祖廟參拜。楊家、劉家兩家人一前一後繞行正殿、內殿、後殿，一刻鐘的上香路線走到盡頭，二叔果然對劉家女兒傾心不已，後來這劉家女兒就成為了二嬸。

雪子的心得很簡單：二嬸絕對是大美人。

這件事不難求證。老使用人說雙胞胎跟二嬸的樣貌相似，再看看雙胞胎五官清俊，肌膚光滑，青春期一顆痘子也沒長，就知道當年的阿嬤想必有十拿九穩的信心。

而阿嬤的兩個女兒，也就是雪子的大姑與屘姑又如何呢？

雪子的大姑，就是獻文哥的母親。作為知如堂的長女，聰穎幹練不說，據說氣燄十足，人稱大姑有男子威風。阿嬤選了上門求娶的鹿港富商郭家，一度跌破眾人眼鏡，因為郭家女婿不但是繼承無望的第三子，還比大姑年幼，湊成一對十九歲的溫文新郎與二十一歲的強勢新娘。

雪子𡢃姑嫻靜務實，平時只埋首家務，話都不多說幾句。那年青年二叔在知如堂開詩會，賓客中有一名公學校教員身高極長，在眾人還穿著長袍馬褂的時代，是少數早早換上西裝的青年，一派新時代知識份子的模樣。因緣際會談了兩次話，雪子𡢃姑芳心暗許，阿嬤得知後也不生氣，觀察大半年後真的訂下親事，簡直開自由戀愛的先河。

大姑與𡢃姑的婚姻，據說那幾年都有些耳語。阿嬤看人卻精準，兒女婚事最終都是圓滿的。就算二叔娶了細姨，那也是二嬸死後第四年的事情，連雙胞胎都說她們阿爸酒後傾吐對亡妻的眷戀，那模樣簡直就是戲文裡的癡情男子。

此時不免也會想，阿公的意見呢？

阿公過世的時候雪子𡢃姑剛好訂親，以致𡢃姑守孝一年才婚嫁。如此說來，四個兒女的婚事都有經手不是嗎？

雪子後來知道了，知如堂的贅婿阿公比寄居的三姨婆更像影子。

阿公遺留給繼承姓氏的兒子二叔的土地，是明治時期日本政府整頓大租戶、丈量全島土地的時候，鄉里間人刻意要捉弄這位知如堂贅婿，將許多無人認領的土地插上「陳丁旺」的旗子所意外獲得的。當然，那時沒有人知曉日後與土地稅金相比，地產價格節節攀升，平白助他發了一筆橫財。

阿公薄弱的存在感是贅婿的典型現象。外埕的半月池旁邊，有條如今專門給賓客下榻休息的三開間單護龍。那裡的前後小院養著諸多盆景，匾額上有個雅致的題名叫夢蝶簃。屘姑出世以後，阿公遷居此地，親自題名打了這個匾額。老使用人回憶，就因為這個匾額，阿嬤也給阿公取了「陳莊子」的外號，從此任他角落裡醉生夢死。

阿嬤是名符其實的知如堂主人。

知如堂秀才老爺的唯一嫡女，阿嬤自幼由秀才老爺親自帶領讀書寫字，攜著行遍知如堂名下所有土地，養成女中豪傑。阿嬤是知如堂的蒸汽火車頭，把大家帶到現代文明的潮流尖端。仰賴著這樣的阿嬤，雪子的許多想法也得以落實。第二進的新式便所，廚房裡的冷藏器與瓦斯發生器，以及每個禮拜由城裡送來的新鮮牛奶。

這些都還是次要的。

雪子在「上輩子」對台灣的歷史發展並不熟悉，反覆從腦海深處檢索歷史軌道，只記得一九四五年日本戰敗，一九四七年的二二八事件。「白色恐怖」與「戒嚴」是名詞上的概念，絲毫不知道內容和時間點。直到聽見阿公憑空獲得許多土地的故事，雪子靈光閃現，想起了「三七五減租」和「耕者有其田」。

基於雪子無從確知的理由，日本政府和國民黨政府做了同樣的事情：將大地主的農地分給底下的農民。雪子從而聯想到政壇上的連家父子。不是說連家起家在日本時代嗎？據說是有許多土地的緣故。如果農地會受政策波及，那麼只要買建地就行了吧？

從那天起，雪子效仿「名偵探〇南」使出各種旁敲側擊，終於策動阿嬤為首的長輩開始買入建地，也在王田車站前展開了新的建設案。

台北車站前方有大型氣派的鐵道旅館，台中車站周邊也不乏旅館林立。雪子想，王田車站本身是南來北往的樞紐之一，鄰近大肚山上的高爾夫球場也是許多富貴人家的冶遊之地，小型的旅館生意肯定做得起來。

雪子如此這般奮力地解釋了一番，阿嬤、阿爸、阿母、屘舅面面相覷，最後敲定王田車站前新建案首要的店鋪就是「星之湯旅館」。如雪子提議的，一樓是公共澡堂，二樓兩間洋式房間、兩間和室房間。

「這個雪子，親像老夫人同款。」

那個時候屘舅朗聲笑說，「規氣也予伊招一個尪婿！」

大家都笑了，連向來不動聲色的阿嬤臉上也有笑意。

可是對十三歲的雪子來說，婚嫁這回事還相當遙遠……。

「說起來，台三郎哥哥體魄強健，也沒有令人挑剔的性格。」

睡前熄了燈以後，和式房間一片昏暗。

黑暗裡小早忽然提起了哥哥台三郎，說完發出輕笑聲。

肯定又是想起中午二姨婆的唐突之舉了。

雪子也忍不住笑意湧上嘴角。

這個時代的理想婚配年齡，男性年長六歲到十歲也是相當常見的。

「要這樣說的話，小早怎麼不考慮惠風哥哥呢？十歲左右的差距正好，而且小早也喜歡知如堂。」

雪子說著，感覺到旁邊小早的拳頭輕輕捶到肩膀上。

「雪真討厭，怎麼可能跟惠風先生結婚呀，我要讀書、工作，二十五歲以前都不要結婚。」

「我也不可能嫁給台三郎先生，因為我的目標是不結婚。」

「咦！」

小早發出輕呼。

「真是沒有辦法贏過雪呢……」

「因為必須讓小早一直很崇拜我才行呀！」

「說這種傻話，我一直很崇拜雪呀。」

「是——嗎？」

「是——的。」

深夜裡雪子和小早放輕了聲音笑。

雪子還是「馨儀」的那時就並不討厭用功，成為雪子之後比過去更賣力地學習。大正元年是西元一九一二年，換算下來，二十五歲那年第二次世界大戰宣告結束，日本成為敗戰國，台灣由中華民國國民黨政府接收。

不結婚就算了，如果要結婚，小早戰後再考慮婚嫁確實比較妥當。

再過不久，或許就是應接不暇的挑戰到來，雪子清楚必須從長計議。

「首先是考上台中高女，接著是到內地投考專門學校、讀大學……」

彷彿是聽見雪子內心的盤算，小早低聲說出來的話語如清澈的水流潺潺，敲動雪子的心扉。

「如果能夠一直讀書的話，就可以不必結婚了。」

「說的好，真期待小早讀到博士呢。」

「博士好像有點困難，可是我會努力的。」

雪子翻身過去，夜色裡只能隱約看見小早的輪廓。

小早側身的姿勢也正對著雪子。

即使是月光黯淡的夜晚，小早依然渾身煥發光采。

在全世界的女性博士寥寥可數的這個時代，小早並不自滿，也不怯懦，堅定地邁出雙腳不斷前行。

楊氏堂號「四知」，所謂天知、地知、你知、我知。

可是小早應該不知道吧，只有雪子和神明大人知道。

加上「馨儀」的歲數，雪子心底的靈魂已經疲倦了。唯有看著小早的光芒，雪子才能夠胸口鼓動，點滴蓄積舉步前進的力氣。

與世間眾人的道路如此分歧，雪子在昏暗無光的道路上不致寂寞，全都因為小早是點亮雪子世界的那一顆璀璨的星。

雪子心想，所以我才有勇氣相信，在這個時代也能夠活出自我。

「明天就能喝蓮花茶了，小早一定會喜歡的。」

「只要是雪給的，哪怕是砒霜也沒問題。」

小早回敬以雪子先前的玩笑話。

雪子正要笑，窗外遠遠傳來了炮竹聲。

「是哪個神明要過生日嗎？」

雪子低語。

炮竹聲還很遠，被窩卻發出窸窸窣窣的聲響，小早雙手已經蓋著耳朵。

雪子彎起嘴角將手也覆在小早的手背上。

間雜著大龍炮的轟然巨響，長長的鞭炮聲越放越近，越近越響。

在炮聲最接近的時候，連雪子都胸口震顫，心跳加速。

忽然間，雪子手中一空。

小早的雙手觸碰到了雪子的臉龐。

九、九重葛

——就算惠風哥哥求娶小早，我也不會同意的。

在夏夜昏暗的和式房間裡面，這個念頭從心底湧現的那個時候，雪子還沒有預料到惠風哥哥會出紕漏。

那是暑假結束以後、雪子進入六年級第三學期之際所發生的事情。

惠風哥哥暑假沒有返回本島，慝舅赴內地早稻田大學的學寮探望，意外發現惠風哥哥的學籍並非法學部。

打從備考時期起，惠風哥哥就是孤身一人在內地生活，考取法學部的隔年擅自轉讀文學部、目前仍然是文學部一年級生的這件事，才會順利隱瞞至今。

慝舅返台如實回報，阿爸阿母當即發去電報，責令立刻休學，惠風哥哥卻不回覆任何訊息。儘管中止匯款支付生活費，惠風哥哥依然遲遲不歸，似乎有意堅持到最後一刻。

知如堂長房與家長慝舅等人在正廳裡相聚，首次讓雪子列席。

「毋知影啥物時陣才著惠風開竅。」

慝舅面露沉痛之色，低聲說道。

阿嬤、阿爸、阿母臉色嚴肅，沉默了片刻。

不知道為什麼，眾人先後將目光放到雪子臉上來。

等到惠風哥哥從內地返台，踏入知如堂，已經是新曆十一月，節氣立冬，恩子姊出嫁的前夕。同樣是在正廳，這回眾人的目光放在惠風哥哥身上。雪子的視線越過眾人注視著惠風哥哥。哥哥對雪子露出苦澀的微笑。那一雙泛著水光的眼睛，看起來非常悲傷。

知如堂給了惠風哥哥一連串的安排。

王田車站前的建設案與星之湯旅館正在同時進行，惠風哥哥隨著阿爸、厝舅及獻文哥一同投入籌備行列。

知如堂是地主鄉紳起家，大宗的穩定收入來源是田地佃租。直到進入昭和之世，阿爸與厝舅著力開拓生意版圖，先是土地買賣，開設精米所，而後投資春子姊夫家的茶葉貿易。如今的王田建設案，是涉足建設買賣的初試啼聲。

阿爸和厝舅一度商量成立株式會社，終究收斂野心，所以相較台中城郊的大型建設案，王田建設案的規模小巧多了。幾年來陸續收購王田車站前方的土地，翻建為形式統一的兩層立面式洋樓，總計不過七間店鋪。

洋樓七間店鋪，中央的兩間就是星之湯旅館。兩間店鋪相通，一樓設置一座男用公共大浴池，以及兩小間備有新式浴缸的獨立浴室，專門提供女客或貴賓使用。二樓東側是洋式房間，西側是和式房間，住宿價格同樣都是一晚兩圓。

購買台中城區兩層樓的樓房只要五、六百圓，住宿每晚兩圓的價格聽起來偏高，這卻是雪子請人蒐集本島各地旅館介紹資料，最終敲定的房價。比如指標性的台北鐵道旅館，房間每晚三圓起跳，最高到十六圓。既然是位在王田車站的洋樓旅館，這個住宿價格也不算太離譜了。

惠風哥哥加入行列，負責洋樓興建工程的監工，旅館開幕前後的宣傳廣告，以及相應而生的後續優惠活動。

說起來都是瑣碎的庶務。

洋樓牆面是流行的洗石子，內部裝潢必須兼顧風格與成本。星之湯旅館原想模仿北投溫泉公共浴場使用鑲嵌彩色玻璃，考量價格而折衷採用上了釉藥的馬賽克磁磚。洋樓餘下的五間店鋪，知如堂留用一間，有意承租餘下店鋪的人們紛紛探詢，免不了接洽往來……惠風哥哥毫無抗拒、傾注心力地投入工作，沒有一句怨言。久留內地不歸的那份執拗，彷彿從來不曾存在。

雪子不禁想著那雙悲傷的眼睛，難道只是錯覺嗎？

與此同時，惠風哥哥也開始議婚了。阿嬤說，查埔囝成家立業，心頭自然掠予定。對象是郭大姑丈的長嫂吳氏的小姪女，獻文哥轉折親的遠房表妹。

吳家小姐年少，今年春天甫自彰化高等女學校卒業。就讀彰化高女期間，吳小姐與嫁至鹿港的吳氏往來密切，才有了這線姻緣。

吳家在台南經商有成，對這個獨女呵護備至。吳小姐熱衷鋼琴與弓道，於是購置內地進口的山葉鋼琴，卒業後在母親陪伴下出入教會擔任司琴，也去神社參與奉納射會的活動。肯定是個活潑外向的少女吧。

為此阿母跑了幾趟鹿港，吳氏也幾度隨大姑拜候知如堂。

這門親事定下來，卻還是阿嬤與阿母親眼見到吳小姐以後。

那是鹿港文人舉辦的一場私人壽宴，郭家牽線讓吳小姐演奏鋼琴。西洋古典樂沒多少人聽懂，吳小姐最後一首曲子帶有玩心地彈奏了流行樂曲，結束後起身面對一干富貴女眷也沒有絲毫懼色，嘴角含笑，眼睛亮晶晶的。阿嬤說，一看吳家小姐那雙眼睛，就知道是個堅忍果決的，可以勝任長房長孫媳婦。

當事人惠風哥哥卻沒有任何表態。

雪子不確定是不是哥哥太忙碌了的緣故。

王田洋樓建設案，星之湯旅館，議婚，新曆年，以及舊曆年大年初一阿嬤的七十大壽。中間還夾著恩子姊的婚禮。

行程都是既定的，知如堂早有安排，惠風哥哥回來，反而增加工作與人手交接的混亂。可是，最累的也是臨時加入行列的惠風哥哥，每日深夜才從一貫齋放輕腳步走過水廊回房，隔天沒破曉就起身跟著屘舅做事，本來偏瘦的臉頰更凹陷了下去。

年底天氣最冷的那天下午，雪子送熱茶入一貫齋，獨獨給惠風哥哥的那杯泡得特別厚。惠風哥哥喝了一口抬起眼睛看她，眼睛裡面有笑意。

雪子出一貫齋時哥哥特地送到門口。

「阿爸答應，這幾件事情做好了，春天就讓我回內地復學。」

惠風哥哥語調緩慢，聽起來並沒有特別亢奮，「婚事還沒定局，對方也是同樣的意思，說一切等我卒業了再談。」

雪子怔怔地望著惠風哥哥，怎麼也沒有看透那雙眼睛底下的想法。

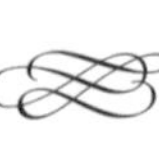

可是雪子知道，惠風哥哥喜歡早稻田大學的生活。

惠風哥哥本人或許沒有覺察，他談論早稻田生活與同學的頻率，確實是比其他話題來得更高一些。

哥哥經常提起的兩個人是林大同君和黑田耕造君。

林君是哥哥第一年讀法學部時的同學，出身台北士林。林君飽讀當代的左翼理論，講話有金石鏗鏘之聲，不時浪蕩於遊廓，像是《大眾文藝》雜誌裡時代小說的風流人物。

林君與惠風哥哥同樣熱愛露西亞文學，惠風哥哥離開法學部以後，兩人因為愛好而持續往來。惠風哥哥敬佩林君果敢堅毅的性格，欣賞林君看待時事的銳利目光。

黑田君聽起來則是完全相反的人。

出身九州福岡華族，黑田君是惠風哥哥文學部的學長，由於同齡而以「君」互稱。沉著嫻靜、熱忱閱讀的黑田君，同時擁有華族出身的社交手腕，拓展了惠風哥哥的文學視野，也經常邀請惠風哥哥出席各種宴會、郊遊活動。兩個人經常散步聊天，可以走幾公里遠的路。

惠風哥哥說，林君是太陽，常人無法逼視，而黑田君是月亮，在最暗的時候熠熠發光。

哥哥喜歡談論早稻田大學的日常生活。即使是不久以前的往事，說起來卻充滿懷念之情。

文學部同學們群聚高田牧舍咖啡店，喝著牛奶、咖啡暢談最新一期的《文藝春秋》，店裡滿溢著對文學世界的熱情。

林君拉著惠風哥哥去遊廓，於是在那裡喝到粗惡得難以相信的劣酒，而且四周的人大量抽菸簡直像是發生火災，惠風哥哥只好託詞逃走。

隨黑田君去神保町逛書店的時候，兩人過於著迷於書本，總是餓到肚子發痛了才鑽進最近的咖啡廳吃洋食。惠風哥哥說，儘管咖啡相當難喝，卻無法忘懷炸豬排咖哩飯與蛋包飯的滋味。

「哥哥會回去讀完法學部課程，春天以後，家裡有一段時間要仰賴好子與雪子了，還請兩個妹妹多多擔待。」

恩子姊出嫁那天清晨，惠風哥哥前來說了這樣的話。

「等到學成歸來，知如堂的重擔就由我全部承擔。我會代替出嫁的恩子，不讓好子受任何委屈。雪子也是，我會努力讓妹妹們喜歡做什麼，就做什麼。」

說這話的時候，惠風哥哥面帶微笑，眼神異常堅定。

恩子姊婚禮過後，緊接著跨過了新曆年。

舊曆年一入十二月，就是緊鑼密鼓的籌備過年。宰豬殺雞，磨米做漿，甜粿、發粿、菜頭粿不假人手，連香腸都是自家做的。年俗是十六尾牙，二十四送神筅黚，除夕中午拜地基主，傍晚祭祖，晚間圍爐吃年夜飯，以及熬夜守歲。

阿嬤生在大年初一，七十大壽逢上年節，格外盛大熱鬧。出嫁的女兒不宜初一返家作客，初二於是全員到齊。恩子姊與新婚丈夫一早就到了，隨後是雪子的兩個姑姑攜家帶眷前來祝壽。往年因為年節忙碌而無從返回娘家的春子姊，也與夫婿在午前抵達，趕上一頓午飯。其餘的親戚朋友、鄉里鄰居一個不落，知如堂的佃農們紛紛走了好遠的路上門吃辦桌。

需要接待的賓客眾多，松崎家來訪，雪子竟然找不到時機與小早多聊。送松崎一家三口出門搭車，雪子只來得及聽見小早說一句「九重葛要開了，春分時節來賞花吧」，另一批賓客又湧進了知如堂。

賓客如潮，具體而言是怎麼樣呢？知如堂內埕、外埕、庭園席開三十桌流水席，連續三日不斷，到初四才包了厚厚的禮金送走各地請來的總舖師。

與其說是做生日，不如說是打仗。

初四是一個小小的休止符。這是新曆年的二月中旬，三月一日星之湯旅館便要正式開幕。開幕前夕，正廳又是同樣的陣容聚集，阿嬤、阿爸、阿母、厝舅、獻文哥、惠風哥哥和雪子。

只是短暫的確認開幕流程，不到半刻鐘雪子就看見阿嬤面露疲態。

扶阿嬤進了房，阿嬤不樂意躺著，雪子去取來棉花塞製的枕頭數個，好讓阿嬤腰背靠著輕鬆一些。七手八腳弄了半天，雪子才坐到阿嬤紅眠床的腳凳上面。一仰起頭，看見高大木頭紅眠床架上華美雕飾，還有阿嬤衰老了的臉龐。

阿嬤伸出手來輕輕撫摸雪子的頭顱，就像她還是小雪子那樣。

啊，雪子想，我竟然也在這裡生活許多年了。

「阿雪汝啊……」

阿嬤面容嚴肅，嗓音卻帶著一絲溫柔。

「汝應當是阿嬤這世人，最後一個育飼的囡仔矣……。」

「阿嬤欲食百二，等阿兄轉來，欲生規陣囡仔予阿嬤飼養大漢。」

雪子低聲安慰。

如今，她也能講一口好台灣話了。

上輩子的阿嬤，這輩子的阿嬤，讓她心折的同樣都是那份堅毅，頂住她的天地，護住她的羽翼。

或許是父母緣淺，她前後兩輩子雙親俱在，卻同樣不親暱。雪子的阿爸阿母都好極了，令她衣食不缺，任她決定未來方向，可是這個時代不講究親密的親子關係，懷抱雪子、呵護雪子，讓雪子感受到疼愛的，終究還是阿嬤。

這個時代，七十歲是難得的高壽了。

「戇囡仔，汝阿兄的囝，自然予汝阿母養飼。」

雪子把臉靠在阿嬤的大腿上，感覺眼眶溫熱。

阿嬤撫摸著雪子頭顱的手，輕柔地像是正要吐蕊綻放的花。

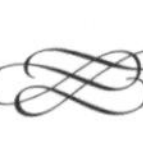

王田洋樓落成暨星之湯旅館開幕典禮由惠風哥哥主持。

春暖花開的三月份，邀請到訪的賓客、湊熱鬧的鄉人，以及看見報紙廣告慕名而來的人們，擠得王田車站一時間又像是過新年了。

穿著絲綢西裝，皮鞋黑得發亮，惠風哥哥梳著帥氣的油頭，以流利的國語與台灣話朗誦講稿，典禮的鞭炮聲似乎都沒有辦法掩蓋過惠風哥哥的氣勢。

活動完美落幕，眾人放下了對惠風哥哥失常出軌的憂慮。

「本來閣有計畫欲開魁星商店，這時陣惠風轉內地讀冊，有較可惜矣。」一貫齋裡屘舅說，「不過咱雪子這個精光的佇厝，毋驚欠跤手。」

「進前講雪子親像伊阿嬤，我看也有像著伊屘舅，頭腦蓋精光。」阿爸笑說，「阮就想袂到開旅館，閣想著愛開商店。星之湯開幕無偌久，規陣朋友攏來問我啥物時陣開商店？原來真正有人洗浴了後，想欲飲汽水，食菸。」

雪子送熱茶進來，正好聽到這段對話。

同個時候，惠風哥哥與獻文哥同樣微笑地望著她。

眼前兩個哥字輩青年，就是下一代知如堂的扞家老爺和家長了。這一代的老爺和家長不輕易鬆口稱讚他們，卻樂於在言詞間抬愛雪子。

雪子有點尷尬，稟報要入城後很快退出一貫齋，回頭向阿蘭姑也報備一聲，外埕停車處來寶已經等著。再不幾日，惠風哥哥就要赴內地復學，雪子也會進入順利考取的台中高等女學校，將要每天搭乘人力車、蒸汽火車通勤上學。

美國雪佛蘭轎車的車輪滾過紅普石地板，向著知如堂外飛馳而出。

雪子知道一切正在往前邁進，卻又感覺到許多東西在身後迅速飛逝了。

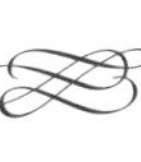

「雪今天沒什麼精神呢。」

小早的聲音從旁邊傳來。

雪子抬起頭，看見小早端著托盤過來，輕巧地在她身邊落坐。

座落台中城川端町的松崎宅邸低調安靜，屋簷下的緣廊筆直而寬敞，日光融融地照耀在緣廊光潔的地板上，反射著雪子和小早的身影。

春分時節能有這樣溫暖怡人的午後日光，任何人都會感到心中浮現幸福吧。而小早以白皙而纖細的手指，將熱茶及紅豆羊羹端放到雪子手邊。

「九重葛不漂亮嗎？」

「很漂亮，充滿春天的氣息。」

雪子望向緣廊上方，紅艷的九重葛爬藤在屋簷之上，花開似錦，也宛如精緻的刺繡鑲邊。盛放的花朵靜悄悄飄零，有的落在泥地，有的落在緣廊，放眼望去是一個天地的春紅。

「我啊，簡直像是連續參加了好幾場秋季運動會呢。」

「雪的運動能力可不怎麼樣呢。」

「所以才會這麼疲憊。」

或許是雪子遲遲沒有動手的緣故，小早將羊羹切成小塊，以竹籤送到雪子嘴裡。雪子張嘴就吃，咬著甜絲絲的羊羹忍不住笑。

小早也微笑起來，眼睛彎成新月。

悠閒地將點心用完，小早問要不要聽曲盤。

「松崎家不是禁慾主義嗎？」

雪子的意思是，松崎家會有曲盤這麼奢侈的東西？

小早烏黑的眼睛靈動，「巴赫不是很禁慾嗎？」

「古典音樂的話就不必了，我會睡著。」

雪子舉手表示投降，惹得小早發出笑聲。

「齊藤先生有收藏一些台灣話歌謠的曲盤，雪想聽嗎？」

「哦，說起來今天沒有看見齊藤先生呢。」

「齊藤先生的妹妹登代小姐結婚，因此暫時告假返回內地了。曲盤收藏在客廳，偶爾會在接待客人的時候使用。雪不想聽也沒關係哦。」

「〈望春風〉是挺令人懷念的啦……」

從去年起，古倫美亞公司發行的〈望春風〉四處傳唱。雪子總會恍然想起「上輩子」搭飛機，某個航空公司下機時播放的就是這首曲子。

雪子曾經驚訝這是早在此時就出現的曲子。

原來，儘管流行音樂的美感會有時代落差，卻也有許多過去不知道的事物，橫跨百年時空也沒有改變。

「懷念……嗎？」

小早面露疑惑。

說的也是，沒有對剛發行不久的歌曲產生懷念之情的理由吧。

「因為之前也有跟小早一起聽過這首歌吧，在我家聽廣播的時候。」

雪子找了藉口搪塞。

小早點點頭，似乎也接受了，不久輕輕地哼起曲調來。

或許是不擅長台灣話的緣故，小早只哼著調子，並沒有唱出歌詞。

「是這首，對嗎？」

「對，比起曲盤，小早哼的好聽多了。」

「可是我的台灣話學得很差，第一句是『獨夜無破守燈矮』嗎？」

雪子忍笑，咳嗽了一聲。

「對，只有一點點發音的差異而已。」

小早鼓起臉頰，輕敲雪子的肩頭，兩人才一起笑起來。

第一句是「獨夜無伴守燈下，清風對面吹」。

小早起了音，雪子就和著曲調低聲歌唱。

獨夜無伴守燈下，清風對面吹；

十七八，未出嫁，見著少年家；

果然標緻面肉白，誰家人子弟？

想欲問伊驚歹勢，心內彈琵琶……

「啊，真是好歌喉，一時間以為是廣播呢。」

說話的人站在緣廊的另一頭，是穿著家居輕便西服的幸長先生。

雪子起身行禮，小早也站起來。

幸長先生回了禮，鬍鬚蓋在嘴唇上，微笑的時候鬍鬚俏皮地向上彎起。

「雪子小姐與早季子成為同學，即將要一同上學了，聽早季子說的，簡直像是美夢成真。日後，還要請雪子小姐關照早季子了。」

一來就是一通客套話。幸長先生如今在對外稱呼愛女時，也改口為全名而非「小早」了，雪子只好回應以合宜的話語，諸如「不敢不敢」、「彼此彼此」。

雪子不常見到忙碌於植物學事業的幸長先生，儘管如此，對這位長輩的親切仍然懷抱好感。

「閒暇的時間，雪子小姐和早季子作伴都做什麼消遣？」

「先前讀了許多小說，最近讀遊記。」

「哦？是林獻堂先生的《環球遊記》嗎？」

「《環球遊記》已經讀完了，我們正在讀的是支那女作家呂碧城的《歐美漫遊錄》。」

雪子回答說，並解釋全書漢字寫成，閱讀不易，她與小早兩人分配篇章各自做功課，見面時把自己讀通的那一段拿出來分享，閱讀進度就能迅速推進。

「真是不得了。」

幸長先生發出驚嘆，「這樣的讀書方法是雪子小姐自己想出來的嗎？」

雪子不好說以前大學時代分組作報告、開讀書會，就是這種模式。

「比起早季子小姐，我更早學習漢字。如果只有我讀懂，早季子小姐未免覺得乏味了，所以我們想出這種方法，一起讀書的時候會更有樂趣。」

幸長先生邊聽邊點頭。

說話間，連清子夫人都從緣廊那端走過來，或許是受到對談聲的吸引。

「真熱鬧，早先還以為雪子小姐身體不舒服呢。」

清子夫人關懷的神情與小早有幾分相似，雪子也微笑以對，小聲道謝。

「清子小姐可知道嗎？雪子小姐真是聰敏過人。我總說早季子為什麼將雪子小姐視若神祇，如今才知道原因。」

幸長先生對清子夫人說道，宛如分享了不起的新聞。

雪子從小早那裡聽說過，年輕時代的幸長先生和清子夫人是他們社交圈中出名的怪人。喜歡植物的幸長先生厭倦交際，清子夫人喜歡昆蟲的癖好令貴女們避之唯恐不及，沒想到兩人一見如故。直到今天，夫妻間都還是以「幸長先生」及「清子小姐」互稱，如同當年初識之時，始終是互敬互重的真摯關係。

雪子總會想，或許正因為如此，才能養育出小早這樣獨特的女孩。

清子夫人掩著嘴笑，眼眉間有溫柔神采。

「可不是嗎？每回見到雪子小姐談吐不凡，連我也恨不得請雪子小姐下嫁我們台三郎了。」

雪子頓時大窘，看見小早臉頰緋紅。肯定是小早曾經跟清子夫人分享過二姨婆異想天開的事跡了。

「哦！那不是很好嗎？」

「果真如此的話，雪子小姐與早季子就能做姊妹了。早季子總是說要與雪子小姐一同赴內地讀書的，不是嗎？」

「母親、父親！」

小早發難，原先只是臉頰兩抹紅暈，不知道何時已經艷紅如九重葛的花。

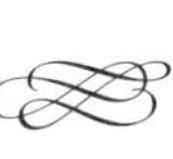

雪子受邀到松崎家賞花，傍晚隨松崎一家出門用飯，在城內的娛樂館觀賞西洋映畫，再次回到位於川端町的松崎家時，天色全黑了。

知如堂的美國轎車等在松崎家圍牆外邊，高高的白色身影正在吸菸。

雪子遠看就知道是獻文哥。

計程車停在大門，幸長先生、清子夫人下了車，獻文哥就熄菸迎上來。

「真期待開學呢。」

車裡小早笑說，帶有一點饜足的語調。

雪子看著小早寧定的微笑，同意地笑了。

下車與松崎一家三口道別，雪子隨即又上了車，窗邊跟小早再度揮別。

林司機駕駛出去，獻文哥點上第二枝菸。

「來了才聽說齊藤先生回內地，原來齊藤先生的妹妹年紀也不小了。」

獻文哥這麼一說，林司機便也發出笑聲。

「表少爺原想跟齊藤先生聊那個咖啡廳女給，叫彌生的，誰知道撲空了。」

林司機與獻文哥同齡，也有膽量出言挖苦。

「林仔，尾千金面前別提什麼女給啦！」

獻文哥抱怨。

雪子輕笑，「齊藤先生的妹妹在大戶人家裡做幫傭，小早曾經說過，那位也是值得尊敬的職業女性。」

「女給也是職業女性吧。」林司機說。

「就說不要提女給了。」

獻文哥邊吐出菸邊說，差點沒嗆到。

林司機吃吃發笑。

「是、是，都聽表少爺的。」

雪子這次沒有笑，凝望著夜色，看見獻文哥的菸由車窗外的春風絲絲地捲得遠了。

抵達知如堂，燈已大多熄滅。

惠風哥哥臥房還亮著。

內埕簷下隔著窗，能看見惠風哥哥燈火通明的臥房內陳設簡單，紅眠床、書桌、書櫃，該有的都有，卻相當樸素，與私廳的奢華有些落差。

「雪子回來了，玩得開心嗎？」

窗內，惠風哥哥起身笑問。

燈火暖暖，雪子隔窗凝望著哥哥消瘦的臉頰。奢華的私廳，樸素的臥房，哪個更接近哥哥的真實面貌？

「我跟小早談了一些未來的規劃。」

「說說看，哥哥想聽。」

「小早要讀國文學校，所以會去京都女子高等專門學校，而我想去東京讀商校。早稻田大學附近有一所日本女子高等商業學校……只是我四年高女讀完，哥哥已經回來本島了吧？」

「我明白了，小雪子正在煩惱屆時該怎麼辦才好了，對嗎？」

雪子因為那暱稱笑了。

「幸長先生與清子夫人說，讓台三郎先生跟我結婚，就能在內地照顧我了。」

惠風哥哥聽著也笑起來。

「何須松崎家關照，雪子安心等著，哥哥一定帶妳去內地。到了東京，妳想做什麼，就做什麼。」

哥哥說，「等這四年過去，哥哥精神強壯了，就能夠成為大家的支柱。所以不要煩惱，安心的讀書吧！」

說著這樣的話，惠風哥哥眼睛裡面有溫柔的水光流動。

雪子感覺內心深處有什麼異樣騷動。

可是哥哥隨即「啊」的一聲，露出頑皮的神情。「不過，雪子比較喜歡跟小早在一起吧，那麼其實妳心底想讀京都的學校嗎？」

「才沒有，我和小早都非常認真看待未來的目標，不是開玩笑的。」

雪子翹起嘴唇反駁。

惠風哥哥為此從喉嚨發出笑聲，胸腔震動。

夜很深了，笑聲顯得很清澈。

雪子身陷柔軟床鋪的時候，總覺得還能聽見那笑聲。

半夢半醒之間，紅豔如火的九重葛，小早的臉頰，還有哥哥的笑聲縈繞不去。

忽然間，又依稀看見有如牡丹花瓶般紅潤瑰麗的恩子姊的臉龐。

彷彿某個漆黑夜裡，有山茶花飄香，有春子姊的聲音如月光般明亮透澈。

雪子再沒有比此時更理解春子姊了。

無論是本島人、內地人，無論是女給彌生，或者齊藤先生的妹妹登代小姐，身在知如堂的雪子過著比同時代多數女性更加富裕而且寬容的生活。讓雪子順遂生活至今的，是知如堂的一切。同樣的，為了知如堂的延續，受惠的子孫也必須付出對等的代價。

春子姊是有所自覺地嫁給了大稻埕茶商的張家，換得知如堂投入茶葉貿易的一條明路。

——那麼我呢？

優柔寡斷的惠風哥哥，搭配少爺派頭的獻文哥，絕對無法在漫長未來的挑戰中支撐起知如堂的吧。所以非得要振作起來才行，雪子心底盤算著，必須讀完台中高女，赴內地讀專門學校，讀大學，盡可能延遲婚配，在知如堂當個老姑婆，協助哥哥度過戰爭，度過二二八、白色恐怖……

雪子皺著眉頭睡去。

夢裡，小早站在光潔的緣廊旁邊，那裡有綻放紅艷了一個天地的九重葛。

這是昭和九年，西元一九三四年。

這是楊馨儀前所未知的時代。

昔日楊馨儀以為日本殖民五十年就是不間斷的壓迫、苦難與漫長的戰爭，透過楊雪泥的雙眼卻看見一個意想不到的，繁花正茂的黃金年代。

日本帝國浪漫自由的大正時代剛剛過去，強壯奮發的昭和時代正開始對世界踏出鐵蹄。可是，如同氣勢洶洶的蒸汽火車不斷向前奔馳，推動世界快速前進，窗外有美麗得令人心痛的景色飛逝，卻也有刺眼嗆鼻的煤灰使人流淚。

光明與陰影，美好與醜惡，花朵與槍砲，強盛帝國所拓展的視野以及殖民地所必然承受的禁錮，同時並存。儘管雪子能夠預見不遠的未來，領會其中的諷刺與悲哀，卻又無法不對迎到眼前來的一切發出由衷的讚嘆。

這是花開時節，也是花落時節。

十、二葉松

來函拜讀，雪子的字體依然端正秀美，令人心喜。

隨信收到垂涎已久的豆腐乳，是為二喜。

霪雨連月，東京的梅雨季令皮鞋潮濕，同樣風雨，教人毋寧更偏愛颱風。颱風前夕寧靜如入無人之境的街道，颱風入境後深夜雨戶砰砰作響的狂暴聲浪，真是一場完美的戲劇。

我在東京遙想本島的雨季。

豆腐乳極好，我卻因為想起颱風天，滿心懷念過去在家中度過風雨的日子。最好的便是煮得濃濃的熱茶，配一碟子炸甜粿簽。對了，記得灑上許多砂糖。

代我轉達問候。

楊惠風

西曆一九三六年五月二十一日　東京一貫齋

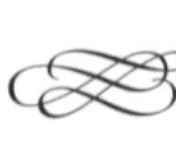

感覺昨天才送走惠風哥哥，轉眼已經兩年半過去。

無論如何反覆重讀惠風哥哥的來信，雪子也看不見哥哥心底的風暴。

昭和十一年，西元一九三六年，九月十五日禮拜二，惠風哥哥吞藥未遂的電報發來，深夜裡埋首充作個人書房的和式房間，雪子知道計畫完全脫軌了。

厝舅一年前交棒，阿爸阿母也屬高齡，更不用說阿嬤年過七十。包含退休的厝舅在內，知如堂上下都等著惠風哥哥學成歸國。兩年半前，以阿嬤為首的眾人寬容了惠風哥哥的失足，令他得以返回內地繼續學業，盼望經過這番起伏，將來惠風哥哥與獻文哥可以聯手撐起知如堂的下一個世代。可是如今的惠風哥哥，卻做了那樣的事情……

接下來會怎麼樣呢？

雪子看不清前路。

禮拜三。

天際剛剛發出微光，雪子就醒了。

知如堂這天早上的飯桌有點沉悶。或許也因為九月秋老虎，天氣炎熱。好子姊本就吃得少，早上只進了一碗粉粿。阿嬤喝了半碗白糜配些許醬菜，就停下筷子。阿爸預計在今天搭車北上，與獻文哥草草用飯後離席。阿母罕見地送雪子到外埕，又目送雪子走向庭園的人力車。

蒸汽火車上雪子凝望著窗外飛逝的景色，試圖調整心情。

可是，校園裡看見小早的身影、不自覺伸手拉住對方的瞬間，雪子才意識到內心動搖，遠比自己想像的還要嚴重。

「雪子同學？」

小早低聲呼喚雪子的名字。

不是「雪」而是「雪子同學」。

雪子剛入學就引起「女校長」風波，約莫同時有個流言傳出，說松崎家是孝明天皇的私生子嗣後裔，因皇室紛爭而避居本島，使得小早也相當惹眼。在那之後，雪子和小早在校園內便沒有公開往來。

這樣的決定，起初是討厭受人議論，後來卻變成一種微妙的樂趣。在校園裡只是同班同學的兩人，實際上是至交密友。這是天地間唯有兩人知曉的秘密，不是相當羅曼蒂克嗎？然而此時此刻，比起維護秘密，雪子更想要拉住小早，兩個人去躲藏在誰也不知道的地方。

小早，小早。

雪子忍耐了又忍耐，才能夠以牙齒咬住想要脫口而出的呼喚。

「早季子同學。」

雪子發出聲音的時候，連自己都因為那樣虛弱的口氣而受到驚嚇，連忙乾咳兩聲調整語調。

「早安，早季子同學，您今天的制服看起來相當筆挺漂亮。」

「……早安。」

小早規矩地回禮以寒暄，只有目光正在傾訴困惑與擔憂。

兩人並肩在校園裡前行，無人處雪子終於輕輕地嘆了口氣。

「惠風哥哥自殺未遂，我阿爸明天搭乘飛行機赴東京探望，今天放學我直接回家，沒辦法在圖書館跟小早見面了……」

小早腳步停頓了一下，又趕上來。

肯定是小早一時之間也不知道該說什麼吧。

雪子和小早慢吞吞地走到班級教室門口。

「好想帶著雪逃走。」

雪子看向小早，正好迎上小早帶著水光的黑色眼睛。

可是作為教養良好的少女，雪子沒有逃走，小早也沒有。

兩人在教室門口分開，各自在座位上度過今日的六堂課。

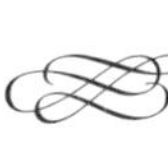

雪子早晨從王田車站出發，午後太陽尚未西斜又復返王田車站。

出車站的時候，遠遠看見魁星商店門口站著眼熟的身影。

前一天是難得在此等候雪子的獻文哥，這天卻不只獻文哥，還有比獻文哥更難得的阿爸。

阿爸西裝筆挺，對著雪子招手。雪子靠過去，阿爸「啵」一聲地押開彈珠汽水，遞過來觸碰雪子手心的瓶身涼絲絲的。

雪子不明所以，可是阿爸不說話，只用關愛的眼神望著她。

幾乎是到這個時候，雪子才發現阿爸跟惠風哥哥有著極為相同的眼睛。

在阿爸凝視下，雪子小口啜飲清涼的汽水。

「敢有好飲？」

「有。」

「有就好。」

「多謝阿爸……。」

父女倆很少獨處，幾句話就到盡頭了。

「大舅，車欲開矣。」獻文哥提醒。

阿爸點點頭，越過雪子往車站走，獻文哥追在阿爸腳步後面。

按照規劃，獻文哥會隨行送阿爸到台北的鐵道旅館，安排旅館隔日送至台北飛行場的派車，送走飛行機才要返回王田。

一般而言，從本島赴內地都是到基隆港搭乘內台連絡船，抵達九州的門司港以後轉乘火車走陸路。交通時間儘管拉長了，比起飛行機卻是舒適的。阿爸要搭的這班飛行機，明早清晨五點二十分從台北起飛，中途停留那霸、福岡、大阪，終點站東京，全程十四個鐘頭。阿爸不年輕了，說來是有點吃重的負擔。

雪子定定的站著，直到蒸汽火車出站的鳴笛聲都終止了。

「慝千金，該是時候回去了。」

林司機說。

雪子於是鑽入林司機為她開啟的車門裡面。

阿爸特意等候卻沒有交代，留給雪子滿腹疑惑。難道是想叮嚀「好好照顧家裡」嗎？或者是想告訴雪子「不要擔憂，有阿爸在」呢？

雪子心想，惠風哥哥不可能完成內地的學業了吧。

再三說要扛起家族重擔的哥哥，為什麼會走到尋死這條路？儘管昨夜一口氣翻閱這兩年多以來的信件，雪子還是沒有理解這件事。

「老爺與獻彰表少爺今天中午通了電話。」

林司機說，「詳情小的不知道，表少爺只說，少爺這次出事，是跟一名內地女子殉情。少爺沒事，可是對方沒了。那女人的家裡人，好像鬧著要賠償什麼的吧。」

「……這件事情，家裡人都知道了嗎？」

「應該都知道了。還聽說，夫人氣得摔破了一只碟子。」

林司機平時留守庭園車房，連這種內宅的事情也都知道，那麼消息肯定是傳遍了知如堂上下。

「從來沒聽哥哥說過什麼女子，怎麼就殉情了呢？」

「屘千金，男人都是這樣的。」

林司機一本正經地回應。

雪子無語。

林司機肩膀起伏，一副欲言又止的模樣。

「有什麼事情，你儘管說吧。」

「……少爺那個樣子，該怎麼說，」林司機支吾開口，「這家裡只能靠屘千金了。小的這話可能有點失禮，可是接下來這段時間，請屘千金要多多保重。」

雪子沒有辦法回應。

只喝一口的汽水玻璃瓶在手裡握得溫溫的，令人心情沮喪。

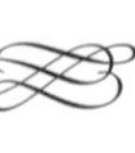

知如堂往年一旦忙完中元節，總是立刻就投入籌備中秋節了。今年原本也是這樣規劃的。那是說——原本。

廚房裡瓦斯發生器上的鐵製大水壺煮開沸水，再小心地傾注入銅鑄手沖壺。

執起沉甸甸的手沖壺，要以緩慢而固定的流速，將熱水流入架好的法蘭絨濾布中央的新鮮咖啡粉，從中央向外以圓圈繞行，然後停住。

咖啡粉因為悶蒸效果而膨脹起來，香氣四溢。

略等候片刻，手沖壺再次傾入熱水。

雪子深深吸了一口氣，在滿室的咖啡香裡逃避現實。

「屘千金猶閣咧沖咖啡。」

逃避現實的雪子被話語中斷了，水牛伯正笑著對她搖頭。

「這口瓦斯灶親像專工買來予屘千金煮這咖啡，就想無咖啡有啥物好飲！」

雪子專注著沖咖啡，不多加解釋。

這時代的城市裡已經有不少咖啡廳，顧客多半都是些醉翁之意不在酒的男人，專程為了女給去的。真正能品嘗咖啡的是喫茶店，可是不比「上輩子」街頭巷尾都有咖啡可買的景況，喫茶店的數量稀少，想喝咖啡並不容易。

如今能在知如堂享受咖啡，要拜恩子姊所賜。

恩子姊嫁至許家，與夫婿相處融洽。恩子姊總以「苦瓜」稱呼夫婿，許家姊夫也笑咪咪地應聲回應。旁人張大眼睛流露困惑，許姊夫就會毫無介懷的主動解釋，「我姓許（Khóo），恩子號我苦（Khóo）瓜，毋是真趣味？」

恩子姊夫妻見星之湯旅館、魁星商店先後開張，隔年就開了名為「星」的喫茶店。儘管沒能租到知如堂名下的洋樓店鋪，位置也還在王田車站周邊。

上門顧客多是崇尚西洋文化的知識份子或富貴遊客。一年前的新竹台中大地震，店鋪曾經中斷營業，再度開張以後老顧客照舊光顧，都說是咖啡美味的緣故。這話不是恭維，星喫茶店開張前，苦瓜姊夫高薪從城內延請來咖啡師傅，手藝沒話說。雪子藉著這個理由前去拜師學習，這才一解多年的咖啡饞癮。

咖啡沖好了。

雪子將焦糖色的咖啡倒入杯中，淺嚐一口黑咖啡的原味，隨後添入熱牛奶調成咖啡牛奶。入腹的咖啡牛奶暖和了身軀，雪子悠悠呼出長氣。

「是厝千金這款人才知飲，毋過鼻起來真正有芳。」

水牛伯說著，埋首挑選今天晚飯的食材，「外口遐爾多人佇咧坐，厝千金敢毋免出去接接？我看阿蘭小姐規日攏咧無閒。」

「飲完就去。」

惠風哥哥出事的消息掩蓋不住。事關知如堂未來扞家主人的安危，當然連日都有人上門嘘寒問暖，幾個大戶佃農也都跑來關切。

中秋節前夕，家中女人原本都是全心投入籌劃節慶、準備節禮的，如今只能由阿母從簡操持，讓雪子、好子姊及阿蘭姑、獻文哥應付來來去去的人群。正廳不夠坐，雪子乾脆吩咐在內埕陰涼處擺上幾條凳子，只差沒讓人發號碼牌。

一踏出廚房，內埕立刻有人呼喚起來。

「是厝千金、厝千金出來矣！」

「厝千金食飽未？敢有老爺、少爺的風聲？」

「敢知影少爺啥物時陣轉來？」

「厝千金……。」

說話的都是些親族裡的女人，內埕、外埕遠處或站或坐的男人也不少。

問題總是同樣的那些，雪子也總要重複無數次同樣的回答。

「老爺、少爺佇內地處理代誌，本來就講袂定歸期。今年中秋、年節，咱楊家家長照樣走動拜訪，請逐家佇厝相等，無免心肝煩擾。」

就為了讓佃戶親朋聽到主人家這幾句話，知如堂供應來客的茶葉消耗速度是往年的兩、三倍之多。這樣過了幾天，雪子提議不如提前一個禮拜送中秋節禮，省去連日干擾，很快獲得大家同意。

雪子能在上學期間迴避親族鄉人的好奇心攻勢，好子姊、阿蘭姑和獻文哥卻一個都跑不掉。

阿母沒意見。

「阿雪歡喜就好。」阿嬤說。

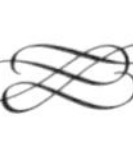

雪子歡喜不起來。

每天起早上課，放學便直入一貫齋，跟著獻文哥了解知如堂的一日狀況。一日過一日，臉色也一日日拉沉下來。阿蘭姑特地端點心進一貫齋，憂心地對雪子說不要累壞身子了。雪子望著阿蘭姑，明明看見她眼底也有秋天的風霜。

內地人所稱的「秋彼岸」到了。

春分與秋分前後幾天是內地人的掃墓節日，因此又以彼岸稱呼。學校在這兩天分別放假一日，春分是春季皇靈祭，秋分是秋季皇靈祭。春季皇靈祭緊接一個春天的連續假期，或許是因此，春分總是比秋分更為人所喜愛。

至少雪子覺得今年的秋分令人憂鬱。雪子的秋季皇靈祭都在送節禮兼解釋，一路行到南屯庄的山仔腳，簡直有幾分苦行的意味。

收假以後的雪子肯定是一臉憔悴吧，午休時被弓子抓住肩膀，拉到平日四人組聊天的走廊轉角。

「為什麼雪子什麼都不說呢？」花蕊氣勢逼人。

「妳不提供問題，我要怎麼回答？」雪子無力的垂下肩膀。

「即使假作無辜也是沒有用的。」冷靜的聲音來自靜枝。

「我從別人那裡聽說了，雪子的兄長在內地的事情。」

弓子這麼一說，花蕊和靜枝就從旁點頭附和，雪子不禁大為困惑。

「如果同樣是本島人，還能想像是哪個親戚傳出消息，弓子又是從哪裡知道的？」

「人力車伕張先生的兄弟從朋友口中聽說的，那位朋友在烏日庄拉車。」弓子說。

「弓子提起以後，我想到親族的表兄也談起過類似的事情。」靜枝說。

「我堂姊家裡跟大里廖家有往來，聽說廖家的外孫出事，又知道廖家的外孫女跟我一樣讀高女，專程跑來問我。我們三人對比傳言內容，就知道是雪子的哥哥了。」花蕊說。

雪子感慨萬千，沒有網路的世界，稀奇古怪的新聞照樣流遍天地。

「那，都聽說了什麼？」

「楊兄長為了遊廓的女人做出傻事。」弓子說。

「不，沒這回事，連我都不知道哥哥是為了誰做的傻事。而且遊廓也太古老了，這年頭大學生都去咖啡廳了啦。」雪子吐槽。

「雪子也是，弓子也是，不要說什麼遊廓啦，太不檢點了。」花蕊制止好友們不符合淑女身份的發言。

「據說跟另外一名大學生當街決鬥。」靜枝說。

「不，也沒有這回事。」

「我聽說的是雙方都受傷了，決鬥的對象，不，失禮了，我的意思是另外一名男性因此喪失性命。」花蕊說。

「……。」

傳言失真得令人想笑。

可是儘管如此，三名摯友對雪子投射過來的目光卻飽含擔憂。

「雪子，有煩惱的事情，就要說出來才好。」花蕊說。

「或許無法幫忙，可是我們能夠傾聽妳的心聲。」靜枝說。

弓子輕輕地拍了一下雪子的肩膀。

雪子勉強將肩膀挺立起來。

上課鐘聲響起。

四人魚貫進入教室的時候，落在最後頭的雪子與教室裡的小早對上目光。

無法在圖書館相見的日子，已經超過一周了，小早沒有主動詢問，也沒有散發出躁動的氣息。小早望過來的那雙黑色眼睛裡，有堅定而凜然的神采。

那竟然比任何話語都更令雪子感受到撫慰。

雪子渴望撫慰，可是現實中接踵而來並非撫慰，而是令人頭痛的事情。

鄉里閒人、親朋好友經常走動知如堂，也沒有二姨婆一個人來得令人頭痛。

這天的二姨婆比往常更令人頭痛。

中秋節前夕的周末，禮拜六只上半天課，放學回家的雪子才踏入內埕就聽見紛擾的聲浪傳來。

吵架的地點不是第二進而是正廳，想必正在用午飯。

正廳外頭屋簷底下的獻文哥看見雪子，邁步過來。

「二姨婆來訪，跟恩子吵起來了。」

「又為什麼？」

「總有可以吵的。」獻文哥淡淡地說。

雪子不明所以，沒有立刻進入正廳。

「關心攏是看行動，毋是喙舌振動就有路用！」

正廳裡，恩子姊正隆隆地發出砲火。

「進前大兄休學彼擺，無多光采的代誌也傳遍厝邊頭尾！掠準講無愛計較過去的代誌，這擺代誌閣較大條，家己人毋鬥相共遮截就準拄煞，為啥物愛四界去講？阮尪婿外口朋友遐，竟然也聽會著大兄的消息！」

雪子聽著也領悟了，這就是為什麼連內地人弓子都能得到風聲的緣故。

雪子嘆息，走進正廳正巧打斷二姨婆剛開口說的一句「這個恩子」。

搶在二姨婆的回擊以前，雪子出言打圓場。

「二姨婆莫生氣，咱恩子姊脾氣上歹，姨婆序大人莫計較。拄好我下晡欲入城予松崎家送中秋禮物，二姨婆陪我去敢好？」

話講完，雪子的視線也溜了一圈正廳，不禁怔住。

恩子姊、好子姊雙胞胎到齊不說，阿嬷坐上首，阿母也在。這樣的組合居然能讓恩子姊大鳴大放？

阿母對外社交手腕一流，向來擅長安撫二姨婆，這回卻只是繃著臉不說話，阿嬤不苟言笑的臉色比平日更顯嚴肅。過去在這種場合也是救援角色的好子姊，如今臉色冷淡。

二姨婆身軀顫抖，看來氣得很厲害了。

雪子不知道進門之前發生什麼事，可是沒有人為二姨婆幫腔，顯然二姨婆這回得罪的是整個知如堂。

廳內沉寂了小片刻。

「這擺毋是小事，話會當傳去南屯、大里，恐驚也會傳予鹿港彼旁知影。若是大兄的婚事破局，按怎樣才好？這時陣，逐家上好就是恬恬，等風頭過去。」

好子姊語氣淡淡，卻直指核心。

二姨婆聽見，手按在一起一伏的胸膛上。

「好！這知如堂，總算睹招翁婿的會當講話！攏來欺負我！」

二姨婆丟下話，不等阿嬤變臉斥責，拔起腳就向外出去。

雪子險險被撞著，往旁一退，背後有一雙手扶住她肩頭。

向後看，獻文哥臉上流露出不以為然的表情，也沒有打算追出去。

雪子便站住不動了，向外看見阿蘭姑在內埕緊追二姨婆，不知道要跑出多少路才能勸慰住對方。

正廳裡也是愁雲慘霧。

恩子姊去跪在阿嬤腳邊迭聲道歉，阿嬤卻沒有發落頂嘴的恩子姊，只提醒了一句，「阿恩脾氣大，也是愛改。」恩子姊已經梳作婦人髮髻的頭顱，像個孩童似的上上下下點了又點。

午飯吃得不愉快，大家都懨懨的，一下子就散了。

雪子扶阿嬤進房，出來端了盆水進阿嬤房裡。幾十年隨伺阿嬤的銀花婆前陣子腰骨不好了，改由阿蘭姑陪在阿嬤身邊。一時半刻沒等到阿蘭姑回來，雪子接手得很順暢。

房內的蓄音器轉動著歌仔戲的曲盤。

聽的是〈孟麗君脫靴〉。

女聲高亢尖銳，餘音繞梁。

阿嬤倚在床邊閉目養神，不知道有沒有仔細聽曲。

「阿嬤，洗面了後，小歇睏一下敢好？」

雪子把面巾擰乾了，送到阿嬤手上。

面巾才觸及手指，阿嬤便睜開了眼睛。

「汝阿兄這擺轉來，袂當閣予伊轉去日本矣。」

阿嬤說話的聲音有點低。

儘管阿嬤歷經許多風雨，恐怕也沒想過惠風哥哥自殺的理由如此令人難堪，丟足知如堂的面子。失真的流言傳遍親戚友朋，又無由到處去澄清。

那可是未來知如堂扞家主人的名聲啊。

「……阿雪汝，以後恐驚抑無好去日本矣。」

雪子與阿嬷靜靜對看，好片刻才吐出一口氣來。

「我知影矣，攏聽阿嬷安排。」

這話說出口的瞬間，雪子腦海裡閃現了春子姊的身影，以及小早那雙黑色的眼睛。

同樣的那雙眼睛，雪子下午便又見到了。

雪子中午在正廳裡沒騙二姨婆，中秋節前夕的禮拜假期她原就是要四處送禮的。如果二姨婆沒氣跑，雪子真做好心理準備要帶上二姨婆去松崎家。

現在雪子卻很感謝好子姊出言氣走二姨婆了。因為一見到面，雪子就無法克制地拉走小早，在無人處把臉埋進兩人交握的手裡。

雪子沒有空理會被丟在門口的獻文哥和齊藤先生。

兩人共同赴內地讀書的夢想破滅了。

雪子差點就要對小早脫口而出，但終究忍住。

現在是一九三六年九月。

兩人高女卒業是一九三八年三月。

如果說出口的話，堅毅的小早肯定會認為一年半載，還有充分的時間能夠扭轉知如堂的想法吧。

可是雪子知道，如今已經能在報紙上看見景氣蕭條的報導，會隨著時間流逝越來越頻繁。爆發出戰爭以後的世局，也將更加險峻。

與其說雪子原先設想的計畫沒有規劃其他後路，不如說雪子根本找不到能夠迴避戰爭巨輪的確實方法。即使是原先那個沒有其他後路的計畫，也已經是雪子所能想到最好的了。

儘管知道隨時可能有變數，接連遭逢的打擊還是令雪子消沉。

小早以氣音輕輕地呼喚著「雪」。

雪子竭力讓面色平復才抬起臉來。

「剛才看見獻文先生手上的節禮，是我之前很想要的盆栽吧？」

小早說著，伸出手為雪子理順水手制服的衣領。

「謝謝妳。儘管是這種時候，雪還是非常體貼，我很崇拜這樣的雪。」

雪子搖頭，「現在的我軟弱極了。」

「花會綻放，也會凋零，不是嗎？可是雪的本質還是一樣的，擁有令我深感佩服的胸襟。就像雪今天送來的盆栽。」

「妳是指台灣二葉松？我不明白。」

「二葉松呢，每片樹葉都是兩根基部相連的針葉組成，生長的時候是二葉，凋零直到乾枯也不會分離。宛如堅定的心志，不是令人心生欽佩嗎？」

「小早……」

雪子沒有辦法對小早說出口。

不是的，小早妳誤解了，我並沒有妳所欽佩的胸襟。

雪子在心底發出苦喊。是「楊馨儀」從二十一世紀帶來的歷史記憶，雪子才會成為校園裡的「女校長」，成為知如堂長輩們高看一眼的鬼靈精，可是即使預知未來的歷史軌道，一旦意識到力量薄弱無法抵抗世界，雪子就深感氣餒而無法提起力氣。

真正擁有廣闊胸襟、意志堅定的人，其實是小早啊。

「我和雪要是能像二葉松就好了。」

小早說完微笑起來。

「我有給雪準備回禮喔，不是代表家裡送的、父親親手養的蘭花，是紙籤，上面有最近我學著圖鑑繪畫的鈴蘭花。我們不是偶爾會走鈴蘭通嗎？本島無法種植鈴蘭，可是內地的春天，鈴蘭總是開得非常美麗。」

小早輕輕將雪子的雙手包裹在柔軟的手掌心裡面。

「雪，約定好了，在內地讀書的春天，就到我們京都的家看鈴蘭花吧。」

小早澄澈的黑色眼睛凝視著雪子。

如同過往，只要看見小早的眼神，雪子就會感到胸口有勇氣點滴浮現。
可是雪子同時也感覺到，無論是小早的、還是自己的，兩人交握的手指都十分冰涼。

十一、菊

「活著」這件事，指的是什麼呢？

所謂的活著這件事，是把食物吞到肚子裡，化作精神血肉吧。

至今無法理解其美味的，生魚片，山藥泥，納豆拌雞蛋。

喜歡的，炸豬排，牛肉燴飯，可樂餅。

黑田君邀我赴餐會。藝妓舞蹈和三味線我都不懂，為什麼邀請我呢？生魚片和海膽也是，高雅器皿襯托顯得出色美麗，吃起來卻完全不是那回事。

黑田君問我感想，我只能說出違心之論。

無論是文學或音樂，我與黑田君都能心意相通，唯獨飲食做不到，或許黑田君也不懂得蝦膎與豆腐乳的美味吧！

明明這是生命裡最重要的事情了啊，想到這裡，就覺得內心悲哀。

楊惠風

一九三五年十月霜降

惠風哥哥一年前的來信，不知道該說是文人雅士的物哀感傷呢，還是紈褲子弟的無病呻吟才好，不過，雪子在餐桌上讀出來的那時，大家並沒有嚴肅看待。二叔聽完笑說，「山藥泥真正歹食，洘洘親像流鼻同款。」引起眾人的贊同附和，正廳裡笑聲如浪。

自從惠風哥哥的自殺電報拍來，雪子不時翻閱往日的信件。

惠風哥哥總講些細瑣的小事，字裡行間流露溫柔善良、熱衷美好事物，卻又迷惘軟弱、眷戀不捨的性格。

阿爸赴東京半個月，留意惠風哥哥的身體狀況之外，還要處理繁瑣的人事。殉情身亡的女方家人、惠風哥哥的學業，以及前來問候哥哥的同學朋友……。阿爸是不問世事的大老爺，平常仰賴家長與使用人幫手，赴日期間託人臨時聘僱一名內地人秘書鈴木先生協助通譯，才不至於左支右絀。

阿爸不常搖電話回知如堂，上回通電話時卻稱讚了鈴木秘書做事細膩，吩咐獻文哥回禮給推薦的鹿港郭家。獻文哥笑著回說都是自家人，代替郭家辭謝，阿爸於是肅然提點一句，自家人更不能失了禮數。

這種留意人情枝微末節的細心，令人深感阿爸與惠風哥哥果真是父子。父子倆同樣重視親族朋友，缺點卻是軟心，有些需要決斷的事情，其實是阿母做了阿爸背後的推手。

阿嬤做主給阿爸娶的媳婦不重視門第、財富，看中的是阿母的果斷強韌，不得不嘆服阿嬤的眼光和判斷。而如果說阿母是阿爸的左膀，那麼屘舅就是阿爸的右臂。屘舅像一尊優秀的門神，為不擅長拒絕人情的阿爸把關分寸界線。

可是未來，獻文哥和嫂嫂可以成為惠風哥哥的左膀右臂嗎？

偶爾雪子必須回想小早的黑色眼睛，試圖鼓舞自己前行。

「在想什麼？」

聲音傳入雪子耳朵，她才恍如甦醒，看見桌面前方的另外一雙眼睛。

獻文哥微笑，擠壓出眼角的笑紋。

十月份的禮拜日早晨，雪子打理早飯諸事結束，沖好咖啡進一貫齋，埋首工作便渾然不覺世事，想不起獻文哥是何時進到一貫齋辦公書房的。

獻文哥卻不介意，兀自低頭端詳桌面，那裡放著雪子零散的帳簿與筆記本。

「嗯，『to-do list』……高女的課程也很西洋化啊。列出來多清楚，我們原來有許多事情要做，走訪豐原、大里、南屯，還有彈棉花呵，實在也是霜降時分了。嗯，前幾年彈棉花是雙胞胎去辦的吧？」

「好子姊有氣喘病，去棉花店要是發作就不好了。我們工作換一換，重陽節的菊花盆栽，今年就交給了好子姊。」

「咦，確認大肚山競馬場竣工，知道這個要做什麼？」
「報紙說競馬場秋季竣工，要是可以探聽清楚今年秋季有沒有競馬賽事，或者說開張活動規模大小什麼的，魁星商店就能調整進貨商品。會來觀賞競馬賭錢的，應該買得起美國雪糕，錯過這個機會就可惜了。恩子姊的喫茶店，應該也想知道這個消息吧。所以打算請來寶上大肚山交關一下。」
「我們小雪子腦袋靈活，知如堂如今沒有雪子可不行啊。說起來，剛進門沒有看見來寶，肯定又去哪裡給好子找好玩花樣了！」
獻文哥發出調侃的笑聲。
雪子沒有接下獻文哥的話尾。
「哥哥在內地不知道怎麼樣了。」
「這個嘛，也是應該讓妳知道了。鈴木說對方索賠一千圓，斡旋以後，拍板定案是一百圓。嘖嘖，一千圓，在東京也可以買一棟大房子了。有臉皮開這種價格，不知道心肝是什麼模樣。」
雪子聽得眉頭靠攏。
無論是最初的漫天要價，或者生生折價到十分之一的最終賠償金，都令人感到難言的尷尬與悲傷。
「對方，我是說那個女孩子，究竟是什麼樣的人？」
「說是早稻田大學附近餐館的女店員，惠風常去吃飯，久了熟起來。女孩子早年失親，只有一個姨母。當初旅館發現送醫，這姨母就糾纏著不放，一個女店員什麼身價，我說惠風跟這種身分的女人搞自由戀愛，該不會是因為那個貪吃性格害的吧，真是沒見過這麼顧著肚子的……」

「這都是什麼時候知道的事情？我一點都沒聽說。」

「昨天妳還在上學時接到的電話。這件事情畢竟不體面，我思慮了一夜，想想還是得說。」

「有說什麼時間回家嗎？」

「說是舊曆年前夕。惠風的精神狀況不太妥當，否則可以更早回來。」

「……哥哥明年春天就能完成學業的。」

「這話就說錯了。實在不知道要人怎麼講，這個惠風啊，這兩年不用功，學業耽擱了許多，鈴木到早稻田爭取結業證明，竟然也說辦不到。」

獻文哥以手指摩挲著嘴唇上的短鬚，笑了一下，「不過也沒關係，回來知如堂，幾個鄉人會知道有卒業沒卒業？」

雪子原想說什麼，最後只把咖啡杯湊到嘴邊，抿直的嘴唇碰著已經微涼的咖啡，心頭塞著一團毛線。

最初將重要的人生規劃寄望在他人身上，就是關鍵的錯誤嗎？

可是，在這個時代作為女性，太無力了。

令知如堂財務體質強健均衡，足以規避危險；令自己受更高的教育取得充分社會資源，拓展可能的出路——儘管想做到這些事情，知如堂中流砥柱的阿嬤已經衰老，不透過阿爸、厝舅、獻文哥和惠風哥哥，雪子沒有其他低調而安全的遂願管道。

緊捉著知如堂的寵愛，不顧一切地前往東京，或許可以隻身逃避災禍，可是雪子做不到這種事情。如此一來，漫長未來的道路，要如同對歷史毫無所知的這塊土地的人們一樣，隨命運之輪不由自主地向前滾動嗎？雪子又如鯁在喉，無法坦然接受。

「不要愁眉苦臉的，來，吃點心，配咖啡正好。講半天話沒看見妳動手，長大了還要人餵到嘴裡嗎？」

隨著獻文哥的笑語推過來的碟子，上頭是整齊一列潔白細緻的鳳眼糕。

「『鄭玉珍』的？沒聽說誰去鹿港呀。」

「看到糕點就開心了吧，沒有枉費我今早吩咐林仔跑一趟。」

獻文哥與雪子宛如生活在不同的時空，還有心情使喚林司機買茶點。

雪子默默把杯裡最後一口咖啡喝完。

「雪子不喜歡嗎？」

「如果不是生在知如堂，哪一家的女兒能夠喝咖啡、吃鳳眼糕做早點？」

雪子這麼一說，獻文哥便笑起來，內雙眼皮底下的眼睛閃動光芒。

「怎麼說這種少女小說裡的傷懷心得？雪子啊，妳要記住，妳跟別人家的女兒都不一樣。洋樓、旅館、商店，這兩年的生意，不是別人的本事，現在妳吃的喝的，可都是妳自己爭取來的。妳難道真的不懂？」

雪子皺眉，舌尖舔到上顎的咖啡餘味。

獻文哥慢慢地斂下笑容。

一貫齋安靜著，只有竹節窗縫隙流入遠處細細的人聲與風聲。

雪子不確定獻文哥是否同樣回想起收到電報的那天傍晚。

初初知悉惠風哥哥仰藥，那時兩人無措，有過這樣的問答。她問「這件事最糟糕是什麼情形？」

而獻文哥回應「這家裡可是要亂了吧。」

現實世界的崩解卻是緩慢而沉默的。無聲無息，無從驚慌。

「知如堂要改朝換代了。妳要再來一杯咖啡嗎？」

獻文哥終於開口打破寧靜，前後兩句話同樣雲淡風輕。

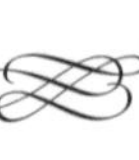

雪子還沒有說話，眼角瞥見門口有一道身影。

獻文哥比雪子更快轉頭過去。

「按怎樣隨意入來？」

這口氣有點無禮。

進來書房的是一襲湖綠色長衫的窈窕身影，臉上淡淡妝容。

「是我無禮了，可是確實有要緊事，想找屘千金處理。」

秋霜倌向雪子這邊望過來。

獻文哥露出不以為然的表情，手指輕敲桌面。

「內宅女人家的什麼要緊事情，找好子去吧！」

「就是三小姐的事情，這才想要請屘千金走一趟呢。」

「我知道了。獻文哥幫忙安排下午走訪各處的路線，我去去就回。」

雪子站起身來，出門前聽見獻文哥嘴裡發出聲音，像是嘀咕著什麼。仔細聽了，講的是「閣愛顧著細姨的面子，這什麼世界」。

——這個獻文哥，氣燄是不是越來越高張了？

雪子忍住沒把情緒露在臉上。

踏出一貫齋以後，秋霜倌自動地退在雪子身後。雪子狀若無事地伸手將秋霜倌往前帶一步。秋霜倌卻放緩腳步，端詳雪子幾秒鐘，把目光低下來。

秋霜倌不能出席正廳用餐，往年偶爾陪同二叔出席宴會或家裡庭園散步，這幾年頻率減少，好像連遠遠見面的機會都沒有了。雪子趁此也打量許久未能正面相看的秋霜倌。

不到四十歲的年紀，身段臉蛋保養極佳，時髦流行的長衫和卷髮依然流露自信，眼睛裡卻有風霜。秋霜倌那雙眼睛，顯出與外表不相襯的老態。

雪子覺得這樣的眼睛似曾相識，一時想不起來。

「慝千金長得真好，千嬌百寵的家裡長大，到來還是這樣體貼。不知道哪個男兒有幸能娶了妳，夢裡都會笑醒吧。」

秋霜倌輕聲笑說，挽著雪子的手臂往第二進走。

「慝千金心裡是不是奇怪，什麼時候我也會上一貫齋？三小姐有什麼事情，輪得到我說話了？」

「秋霜倌直說吧，究竟什麼事？」

「三小姐跟劉秘書起了爭執，後來咳嗽得厲害。如果不是我端補湯到三小姐房裡正巧遇上，這件事三小姐要隱瞞下來吧。」

「什麼？那個來寶，跟好子姊起爭執？」

「說實話，這件事情也隱瞞不住的。」

秋霜倌語調平靜。說話間已經到了第二進的正廳門口，內埕葡萄架下有零落的籮筐、雜什，卻沒有人影。往常的這個時間，內埕至少也有一、兩個使用人正在忙活。

「劉秘書跑進房裡跟三小姐吵架，怕人多嘴雜，所以我請阿免嬸帶大家進廚房喝些茶水。後來劉秘書出去了，三小姐說想要躺一躺。我算不上三小姐的長輩，想說還是慝千金去探望三小姐更合適。」

秋霜倌說完，望著雪子。

「這件事情有點嚴重了，慝千金是知道的吧？」

「秋霜倌……」

「劉秘書不適合當三小姐的贅婿。」

雪子一時愣愣的。

秋霜倌抿著嘴唇笑起來。

「三小姐的腦袋聰明，可是感情這回事，不是聰明人就能走正確的道路呢。而且，我的身分低微，這樣的話我說了也沒有用。屘千金不一樣，妳們是感情深厚的姊妹，比一般人家的親姊妹還要親。如果勸得住，就請勸住三小姐吧。」

「……。」

「今天日頭特別大，大家心情不免浮躁。屘千金如果想給大家煮鍋綠豆湯，我這就去跟阿蘭說一聲，請廚房加菜。」

這提示雪子有聽懂。以點心作為遮口費的效果有限，主要還是對使用人們表態，不許私下再生議論了。雪子想想，託了秋霜倌轉達阿蘭姑，上午給大家煮一鍋綠豆湯，再加一個菜燕做下午的點心。

送走秋霜倌，踏進第二進正廳，雪子一眼看見好子姊房門敞開。

八仙桌前好子姊直直地站著，嫻靜的側臉，手執毛筆低頭寫字。

彷彿平靜如昔的假期早晨，日光燦亮，只有扇風機運轉的細細聲響。唯獨桌面桌腳落著好幾張紙，雪白的棉紙上墨跡點點，傳遞異樣訊息。

雪子撿拾地上的一張草書，讀了兩遍，再看好子姊手邊寫的，筆下是端秀裡透出一股勁利的行書。

「坐。」好子姊說。

雪子沒有依言行動，向前去幫忙研墨。

墨條細磨兩下，那頭好子姊寫完字擱筆了。毛筆沒擱好，在桌面上滾兩圈，碰到瓷盅停下來。

雪子揭蓋，川貝水梨湯，清香淡淡，已經微溫了，一口都沒有動過。

「好子姊不喝湯嗎？潤肺的，喝了比較不咳嗽吧。」

「都知道了？」

「……我不確定。秋霜信說來寶跟好子姊吵架，害得妳要臥床休息。」

「呵，氣息不順，咳嗽得厲害，不如起來寫字，現在好多了。」

「來寶跑進房間裡來，怎麼會發生這種事情？」

「是啊，真是傻瓜，肯定會被開除了。」

「好子姊，究竟是為什麼？」

「來寶說要跟我結婚，我拒絕了。」

好子姊與雪子對望一眼，微微一笑，端起湯盅坐到旁邊，一口一口地慢慢喝起來。

雪子看著好子姊。

好子姊到底只喝了幾口，吐出嘆息。

「昨天晚飯後，為了置辦重陽節要分送的菊花盆栽，我跟來寶多講兩句話，他說看見一只翡翠手鐲，要買下來給我當聘禮。那個時候，我就斷然拒絕了。今天早飯結束，我跟來寶把話說開，這輩子我不會婚配，請他另覓良緣。沒想到他過了小半天，竟然冒失闖進房間裡來，說甘願入贅，如果我不明白他的心意，可以剖心肝給我看，剪刀扎在胸口上……我說，讓我見血，這輩子就再不見他，他把剪刀丟在地上走了。」

雪子靜靜去坐到好子姊身邊。目光掃過室內地面，門檻的下方有一把鑄鐵剪刀。

好子姊狀似困惑地歪了一下頭，隨後又端正坐直了。

「來寶說，如果妳從來沒有喜歡我，為什麼不早點說。我……會鬧出這樣的事情，果然我也有錯。」

雪子默默嘆氣。

相較於其他同樣坐擁恆產的傳統本島人家，知如堂確實開放前衛，然而那也只是跟傳統家庭相比罷了。說穿了，宛如自由戀愛的屘姑，如果對象不是任職公學校、擁有文官佩劍的王姑丈，如何可能締結連理？所以春子姊會嫁給大稻埕的茶商張家，而恩子姊就算擁有選擇夫婿的自主權，也只是在既有的清單當中挑選。

恩子姊出嫁，好子姊招贅。雪子以為這是知如堂檯面下很早就有的共識。來寶和好子姊是親上加親，不但勤懇做事，又對好子姊死心踋地。好子姊過年就二十六歲，這年紀換做同年齡的女人，孩子都會撿柴跑腿了，來寶等候至此，堪稱癡情種子一枚。只是，等候了這幾年，怎麼這個時候忽然急起來……？

「來寶竟然是這樣莽撞的男人，眼光放長遠來看，也是做不來贅婿的吧。」

雪子說道，「可是儘管如此，好子姊說到不結婚，這又是怎麼了？」

二叔遲遲不收養子，二房的陳姓香火必然斷絕，好子姊不婚配，可能嗎？

「當年恩子下嫁許家，鄉人耳語不是門當戶對，其實說對了，我們兩家簽訂文書，恩子生的第二個男孩要過繼到二房，做我的兒子。要是恩子沒有生下兩個兒子，我就會抱養女孩回家，過個十年、十五年，再讓她招個上門女婿。」

好子姊對雪子彎起嘴角，苦笑一聲。

「大哥打壞了雪子的計畫，對嗎？我也是。原來我想，借著大哥明年春天完成學業的名義，安排來寶離開知如堂打理外頭生意，疏遠幾年，來寶就不得不打消念頭了，不至於演變成今天這樣的難看場面。」

雪子第一次聽說這樣的事情。

如果雪子單純是個天真浪漫的昭和年代少女，或許會說，既然好子姊不需要招贅，那麼嫁給來寶也是可行的呀。可是，雪子不是天真的少女。

或許是看見雪子謹嚴的臉色，好子姊眼睛流露出讚賞的光采。

「雪子，妳真是心竅剔透的孩子。」

「好子姊的身體，真的這麼差嗎？」

雙胞胎的母親，二嬸的身體也並不強健。大正八年，猛烈的流行性感冒席捲本島，知如堂送走了兩個家人，一個是年幼的雪子二哥，一個就是二嬸。當年同樣染上流行性感冒的好子姊，罹病後期併發支氣管炎，調養半年才康復，留下心肺功能貧弱的病灶。

「身子弱是一個原因，不是最關鍵的。」好子姊微笑說，「今天秋霜倌找妳來的，知道為什麼嗎？」

乍聽之下是毫無相關的話題，雪子卻頓時心思透亮。

「……知如堂要改朝換代了。」

雪子重複了稍早獻文哥才說過的話語，好子姊嘴邊的笑意就加深了。

「對，就是這樣。人說富不過三代，為什麼？因為家族裡沒有一個可以支撐家業的能人。知如堂要換人接手了，可是大哥支撐得起來嗎？大哥回來就立刻要結婚了吧，到時候二房的處境，還要看進門大嫂的臉色。二房的我們，過的日子肯定會一天比一天微妙了。」

「秋霜倌對妳說了什麼？是不是說來寶不能當我的贅婿？」

說著這樣現實的話題，好子姊口氣卻依然清淺。

「可是，這跟秋霜倌有什麼關係？」

「我們知如堂，總有一天要分房的。到時候，誰來操持二房的家業？來寶是表親，又是贅婿，那不是太危險了嗎？不用等我阿爸百年以後，作人細姨的秋霜倌在二房裡就很難過好日子了……秋霜倌沒有孩子，肯定會害怕下半輩子無依無靠吧。她是明白的人，所以跟我們想到一樣的地方去了，希望的是我一直留在二房做老姑婆呢。她只是不知道，我不招贅，也不嫁人，阿嬤早就做了這樣的打算了，平白做了一次壞人。」

「……。」

啊，秋霜倌那雙眼睛。雪子想起來，那雙眼睛就跟阿蘭姑是一樣的。在這座大宅裡消磨了全部的青春，眼底有秋天蕭索的風霜。

而且我怎麼會這麼傻呢？雪子心頭沉甸甸的。

因為阿嬤始終是知如堂的蒸汽火車頭，雪子就徹底遺忘招贅女的難處了。

儘管大多數的贅婿在妻家總是低人一等，報紙卻也可見女性招贅引來禍端的新聞。有的贅婿鑽研契約漏洞，掌握財產後苛待妻家，反而成為妻家的吸血寄生蟲。有的贅婿全心投入妻家的家業，直到財產分配的那一刻，由於無法取得共識而引發財務紛爭，甚至大打出手鬧出刑案。

阿嬤是知如堂秀才老爺傾力栽培的獨生嫡女，贅婿阿公更是謹慎物色而來，自然沒有發生這種會登上報紙的局面。

然而好子姊呢？

知如堂尚未分房以前，好子姊的贅婿地位就很微妙了。知如堂歲入三萬圓，歲出的一萬圓分配在知如堂長房楊姓、二房陳姓的公共支出，別說雪子一輩的少爺小姐照例領有零用錢，連二叔買車也是知如堂公出的花費，如果好子姊有贅婿，難道比照惠風哥哥娶妻，也給贅婿每個月的零用錢嗎？儘管現在阿嬤、阿母可以睜隻眼閉隻眼，日後繼承家業的惠風哥哥，以及未來的嫂嫂又真的能夠毫無芥蒂？

那麼，如果知如堂分房？

二叔一輩子都是富貴閒人，能夠扞家的好子姊則體質病弱，期待贅婿一輩子毫無異心，絕對是對人性的嚴酷考驗。所以說，秋霜倌今天的態度洩漏了她的危機意識。細姨這樣的身分，要在這樣的二房未來日子裡取得更好的生存空間，不得不費心留意每個細微的變化吧。

阿嬷比所有人都更早洞悉這一切，於是有了這樣的安排。恩子姊低嫁，寄望給二房抱回一個陳姓香火；好子姊不婚不嫁，守住二房家業。

「可是這樣……」

這樣不就等於犧牲了好子姊的婚姻嗎？

雪子要說出口的瞬間就頓住了。這不就是春子姊所說的那些話嗎？

——妳一天是知如堂的囝千金，就有照顧大家、為家族奉獻的責任。

——雪子，妳要記住，一個家族的興旺，當家的人要有取捨的能耐，可是底下的人，也要知道自己的本分才行。

春子姊很早很早就說過了。

雪子心思透亮，透亮得生出寒意。

怎麼會直到現在才覺察呢？

上輩子加這輩子，雪子兩世為人還沒有看透作為女人的悲哀。

她自以為不是一介單純無知的少女，到頭來還是知如堂嬌生慣養的屘千金，十年呼風喚雨，看不見有人生存在現實的夾縫裡。比如做人細姨的秋霜信。比如做人養女的阿蘭姑。

不，不對，我完全弄錯了。雪子一陣悲哀。我也是其中的一個啊。

知如堂的女兒們，不想結婚而必須遠嫁的春子姊，肩負起二房子嗣重擔的恩子姊，接受安排斷然斬斷情緣的好子姊，以及此刻才意識到命運無從自主的屘千金，全都只是拚命地活在世界的狹縫之中。

「好子姊，這樣真的好嗎？這樣的事情也可以接受嗎？」

「噓……」

好子姊輕輕地撫摸雪子的鬢髮。

雪子依稀能聽見那個彩霞消逝在夜幕裡，好子姊的輕語：雪子，接下來要艱難了。

啊，那時好子姊就比雪子透徹許多許多了。

「傻瓜，傻雪子。」

好子姊說，「在知如堂裡，有能力的要幫沒能力的擔起來。雪子妳，也要擔起大哥擔不起來的東西了。」

雪子彷彿也是第一次看清楚好子姊。

體弱多病，溫柔親切，在這之外的好子姊。

氣憤難堪之餘，不是臥床流淚，而是首先揮毫草書，隨後行書，如果雪子更晚些走進房門，也許下一張是隸書，楷書，簪花小楷。全部的氣燄收斂在嬌弱的身軀裡面。

雪子愣愣地望向桌面上下零落的幾張白紙。

失去語言，於是只能機械式地反覆咀嚼紙上讀到的幾個字：

荷盡已無擎雨蓋，菊殘猶有傲霜枝。

一年好景君須記，最是橙黃橘綠時。

十二、日日春

近日經常想起就讀中學的住宿生活。「去吃四果湯！」有人吆喝，同學們就結伴上街。不是只有四果湯，杏仁茶、綠豆湯、紅豆湯，加了糖及米酒的燒米糕，回想起來垂涎欲滴。東京也有名為「善哉」的紅豆湯圓，年糕湯，以及蕎麥麵店鋪的燙蕎麥糕，卻是完全不同的滋味。

即使如此，早稻田大學的生活仍然有令人愉快的事情。本島少見的書本與曲盤，像是寶山一樣挖掘不盡，也可以每天去澡堂洗澡。

在書店與曲盤專賣店度過的假日，有時一整天都沒有進食也不會感到饑餓。傍晚自錢湯洗浴完畢，走入洋食屋叫來冰淇淋汽水，一口氣吃完冰淇淋，痛飲果汁汽水，相當暢快。那之後開始飢腸轆轆，滿腦子都是本島的肉臊飯和炒米粉，東京沒有，只好去吃雞肉炒飯、支那蕎麥麵了。支那蕎麥麵並沒有使用蕎麥，是支那人烹煮販售才有這個名稱吧，在橫濱蔚為流行，神田街頭也看得見，味道不能與本島的擔仔麵相提並論，畢竟價格相當低廉。

跟朋友分享這樣的體驗，幾日以後對方來說「楊君，當真是極樂啊！」在澡堂和食物之前，內地人與本島人之間是毫無分別的。

雪子就讀高女了，放學途中也在路邊偷吃點心嗎？

說起來，新富町市場的紅豆饅頭真好吃啊。

楊惠風

一九三四、夏、東京

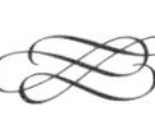

惠風哥哥的信件經常提到食物，總是不厭其煩的描述細節。胃口極好的惠風哥哥，品嚐食物不分價格高低與場所貴賤，能夠單純以食物的本質說出真實感受，這一點或許稱得上美食家。

惠風哥哥溫柔寡斷肖似阿爸，閒情逸致則更像二叔。

重陽節前夕來寶跟好子姊吵架的那一齣鬧劇，勉強壓在家裡沒有傳出去，知如堂上下卻無人不知。然而二叔有如無風的海洋，沒有掀起一點動靜。來寶不再出現，先前跟在來寶身邊當助手的少年再添，靜悄悄地接替了來寶的工作。

再添是車伕大勇叔及幫傭阿英嬸的長子，公學校卒業後讀過一年的中學校。雪子後來知道，那是恩子姊出嫁前，雙胞胎費了心思找來栽培的，預計來寶為二房出門做生意，要讓再添接手吧，沒有想到的是行程匆匆提前了。

公學校學生要考上中學校的難度很高，那年二房說要找秘書助手，再添果斷放棄學業主動爭取，如今得償所願，臉上卻沒有喜色。

再添送報紙進一貫齋，在雪子桌前駐足了一會兒，變聲期的難聽聲音壓得低低說話：「屘千金可以讓來寶大哥回來嗎？」可是沒有等雪子回應，已經脹紅臉迭聲道歉，請求雪子當他沒開口問過，九十度鞠躬行禮以後不回頭的出去了。

再添進知如堂不到三年，少年衝動也合情合理，二叔每天老樣子悠哉遊哉，反而令人困惑不解。

重陽節的菊花盆栽、菊花酒、麻糬、發糕等祭拜和應酬的雜什，諸事繁瑣，雪子隨著好子姊學習籌辦。二叔攜著再添出門，回家時再添雙手滿滿的糕仔封、鹽梅糕、綠豆糕，山一樣堆到她們面前。見雪子目瞪口呆，二叔指著再添笑說，「看這憨面的，做代誌跤手閣真扭掠，缺點是頇顢講話，無親像來寶遐嘴甜。」說話間提到來寶，照樣沒有一點火氣。

重陽節是禮拜五，雪子向學校請假，早飯過後與女人們一同忙碌。公媽龕前的供桌擺開，三牲、四果、十二菜碗，白飯，熱湯，菊花酒，各色糕餅，鮮花庫銀，置上十二副碗筷。

巳時半，知如堂眾人準時進入正廳祭拜。以阿嬤為首，阿母與雪子，二叔與好子姊，尾處還有三姨婆、阿蘭姑與獻文哥，跟雪子第一年見識到的浩蕩行伍已不可同日而語了。今年阿爸、惠風哥哥都不在，祭拜以後由二叔收束線香，端端正正插入公媽龕前的金絲蓮花寶子銀鑄小香爐。

等候先人享用祭品的大半晌，雪子扶阿嬤回房暫歇，正好越過窗戶看見二叔與好子姊先後踏進二房所在的右護龍。那裡供著陳姓公媽龕，供桌是六個菜碗熱飯熱湯，要趕著午時之前上香。

雪子想著剛才楊姓公媽華麗神龕前低眉順眼的二叔，想著致力籌備長房二房祭品的好子姊，以及往年此時跟前跟後的來寶。

那個時候的來寶在想什麼呢？

十八歲到知如堂當二叔秘書，跟著厝舅學習處理帳務、家業，頭兩年主要打理二叔的公私行程，逐漸從厝舅那裡將二叔名下土地的收租工作接回二房，在厝舅退休後，來寶正式掌管二房各項家務。

在那之後，來寶不只是收租，與好子姊參詳後買賣過幾筆土地。買在烏日車站附近的舊屋著手改建，也由來寶尋找住戶轉手賣出。職稱是秘書，實際上來寶可以視作二房獨當一面的家長了。

這樣的來寶，也認為自己有朝一日必定是好子姊的贅婿嗎？又是從什麼時候開始，就懷有這樣的念頭呢？

近午的豔陽，照得內埕一片敞亮。

雪子恍然想起夏天的事情。

今年好子姊嚴重苦夏，日頭一上就熱得吃不下飯。

那陣子，來寶天沒亮摸黑騎自轉車上街，等著販仔盛上一碗最新鮮的粉粿、愛玉、米苔目。趁著收租應酬、隨同二叔出門，就偷偷挾帶冰沙餅、鳳片糕，到家來摺一張紙條，連紙條帶點心託雪子送進好子姊房裡，給好子姊解暑止饑。

有一次雪子問好子姊，小小紙條裡能寫什麼，好子姊沒說話，打開摺好的紙條，空白紙條裡一朵淡紫色的日日春，一個字都沒有。「每天都只有日日春？」雪子問。好子姊點頭，微笑著舀一湯匙仙草餵到雪子嘴裡。

那個時候，每天收到日日春的好子姊，又想什麼呢？

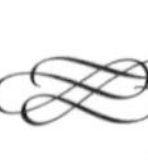

「雪在想什麼事情嗎？」

「啊，抱歉，我看起來沒什麼精神吧。」

雪子回過神來的時候，小早正放下托盤，伸手過來觸碰雪子的肩頭。觸及肩膀的手掌柔軟而溫熱，隔著水手服布料傳遞過來的體溫，令雪子心頭顫抖。

「是肚子餓了嗎？」

小早發出清脆的笑聲，雪子心中的陰霾也不翼而飛。

「是呀，因為我是貪吃鬼嘛。」

雪子從鼻子發出笑聲回應，隨後將書包裡的押花紙籤送到小早手裡。

小早慎重地以雙手拿了。

「是日日春，真可愛。」

小早注視著押花，輕聲說「我好喜歡」，簡直像是收到寶石或珍珠，而不是路邊隨處可見的小花。

雪子凝望著小早，心想就算是殞石從天降落的末日時刻，只要有小早在的地方，或許永遠都會像這樣安靜寧定。

重陽節過去了，很快迎來立冬時分。

立冬不一定都在假期，今年逢上禮拜六，學校只有半天課，本島人家子弟樂得回家過節。立冬吃麻油雞、油飯和燉米糕，恰好幸長先生返回京都辦事，阿母做主邀請清子夫人及小早到知如堂度過節慶，於是約定雪子在松崎家用過午飯，與松崎家母女結伴搭乘計程車回知如堂。

放學後，雪子和小早避開同學，悄悄在松崎宅邸會合。

小早在玄關迎接雪子的時候，「家裡現在沒有其他人喔」說了這樣的話。「上輩子」看的日本少女漫畫要是出現這種台詞，後續肯定接著旖旎畫面。近期心頭沉悶的雪子沒忍住笑，直把不明所以的小早弄得一頭霧水，歪著頭困惑詢問：「母親臨時有事出門，很奇怪嗎？」

然而，雪子看見正午的日光照得緣廊幽暗，花園盆栽細葉閃閃發亮，片刻的怔忡，思緒又一下子飛得遠了。

重陽節已經是兩個禮拜前的事情，這些日子來，雪子與好子姊聯手，連棉被都已經置辦妥當，拍棉磧，曬太陽，新被套，新冬衣……天氣一天涼過一天，等著補冬了。

雪子將目光移到小早把玩的押花紙籤上面。

「乾燥花比較能保持色澤與形狀，可是日日春乾燥之後並不好看，就只能做成押花了。」

「我會好好珍藏的。」

小早說著站起來，像是要立刻收藏到臥房的櫥櫃抽屜裡似的。

不過，離開客廳之際小早停住腳步，轉過來時滿臉通紅。

「對不起，我好像太興奮了，應該先準備午飯才對。」

小早臉上流露一絲苦惱，「因為好久沒有機會可以跟雪獨處，內心宛如回到童年時光了。」

雪子笑起來，「那麼今天下午去魚池釣魚吧！」

對於雪子的玩笑話，小早毫無異議地點著頭。

「午飯要吃什麼？我來幫忙。」

「怎麼能夠讓客人做這種事情，雪好好休息就行了。」

儘管小早這麼說，雪子還是緊隨著小早，先進臥室收好紙籤，再繞到松崎家的廚房。

松崎家是傳統形式的日本建築，近幾年在土間裡搭建起貼滿磁磚的灶台，接有自來水，鐵鑄的水龍頭潔淨發亮。

幸長先生、清子夫人期許來到本島度過簡樸的生活，最低限度地聘請管家齊藤先生，以及本島籍鐘點女傭阿最，此外並沒有長工與幫傭，許多家務都是清子夫人與小早的每日功課。同樣也是沒有轎車與冰箱。即使如此，這樣的家庭環境仍屬富貴。灶台上被稱為瓦斯器的瓦斯爐，是一般受薪家庭奢想不起的昂貴家用品。

不過，仰賴這個遠比傳統爐灶便利的瓦斯爐，小早說要做的高湯泡飯才能夠輕鬆地完成。

昆布切段放入水裡煮至滾沸，將枯木棒般的柴魚刨成片狀，放入滾沸起來的鍋裡，隨後加水，等候再次沸騰。第二次沸騰以前，以流動的水及竹篩輕柔洗散已經擱冷的白飯，徹底瀝去水分再盛入小丼碗。

佐料是切成細絲的紫蘇葉、碎海苔、醃梅子，些許鹽以及幾滴醬油，全部放在冷米飯上面。此時湯鍋也再次沸騰了，熄火後稍候柴魚片沉澱，以湯勺盛起熱湯，溫柔地傾注碗裡，就可以宣告完成。

高湯泡飯說穿了，只是把簡易高湯倒入隔餐的白米飯裡面，可以說是一種速食料理吧。這是唯有小早和雪子兩人的時候才會做的簡便料理。不需要顧及菜色齊全，也不需要考慮其他人的飲食需求，就像是從嚴整的生活規範裡逃逸出來，是令人心情愉快的料理。

雪子及小早有一句沒一句的聊著，做飯的半個鐘頭時間，彷彿只有十分鐘那樣短暫。

配菜是京都蕪菁千枚漬和松崎家自製的米糠茄子、小黃瓜。

肩膀碰著肩膀，雪子與小早將小丼碗和小缽一一放上托盤。

「本島的醬菜也非常美味，可是說到醃漬物，總覺得沒有比千枚漬滋味更好的了。明明並不是成長於內地，該說是食物和血緣有深刻牽連嗎？畢竟家裡還是維持京都的飲食習慣呢。」

「惠風哥哥曾經感慨過，內地人永遠無法理解蝦猴的滋味吧。或許真的有這麼一回事，只是我也並不喜歡蝦猴。」

小早聽著低笑，「雪這又是為什麼？」

「就像內地人也有不喜歡納豆的吧。」

雪子輕鬆帶開話題。其實比起以蝦醃製發酵的蝦膎，她更懷念罐頭年代的蔭瓜跟海苔醬，而白糜的配菜，最好是辣椒蒜蓉炒菜心。這個時代受限烹飪條件，炸、炒的料理幾乎不會出現在日常餐桌。

「聽說過一個食譜，將砂糖與納豆一同攪拌，可以做出和菓子的口感，如果是那樣……」

磅！

屋外傳來巨響。

小早發出「呀」的一聲，撞在雪子的身上。

雪子趕緊扶住，沒讓小早跌倒。小早抬起臉來，眼睛裡滾著一點淚光，可是立刻撐著雪子的手臂端正站姿。

「雪沒事吧？」

「我才想問小早呢，沒事嗎？」

小早搖搖頭，又點點頭。

雪子確認小早狀況才放開手，出了廚房土間，聽見稍遠處有人群笑聲細碎，這才把腳步轉回屋裡。

「別擔心，是『砰米芳』，嗯，砰菓子（パフライス）。」

「太嚇人了，以為是飛行機炸彈丟到台中州來了。」

說完，小早失笑，雪子受到感染，廚房裡頓時洋溢著笑聲。

平靜下來以後，小早以充滿水光的眼睛注視著雪子。

「只有跟雪在一起的時候，笨拙的一面被看見也無所謂。即使是炸彈掉落……這樣說起來對其他人很抱歉，可是只要雪在的話，我想必也會感覺內心平靜。」

「那得先解決小早害怕巨響的毛病才行。」

「說的也是呢。」

小早苦笑著到旁邊坐下來，或許是腿軟的緣故。

雪子走過去把頭挨在小早的肩膀上，而小早伸手過來握住雪子的手心，不知道是誰先發出了長長的嘆息。

只有跟小早在一起的時候，平靜幸福的感情油然而生。

無法攜手去內地讀書，知如堂正在發生無法預測的變化，以及日本與中國的戰爭確實即將要波及台灣……所有的風雨，都密密實實地擋在這方天地之外。

午後的知如堂，阿蘭姑回頭通報計程車抵達以後，阿母走到外埕來迎接，一路引領清子夫人

和小早入內埕。
「房間重新布置過了，希望清子夫人喜歡。」
阿母能聽懂國語，口說卻不算流利，想必這段話是重複練習過的。
清子夫人淺笑說著「每次拜訪總是非常愉快」、「早季子經常提起素卿夫人的照顧」云云的客套話。
「對了，跟以前一樣，早季子小姐與雪子住一間房間，沒問題嗎？」
阿母說著回過頭來，看向雪子與小早的表情有點淘氣，擺明是調侃，果然清子夫人也發出笑聲。
正廳擺上麻將及收音機，提供客人解悶之用。雪子中午戲言要釣魚，也因此作罷。湊一桌麻將必須四個人，剛睡過午覺而精神正好的阿嬤、好子姊都上桌，加上只有打牌時必定現身的三姨婆，雪子便與小早組合，補作最後一個牌腳。
本島人熱中麻將遊戲，風氣盛行到政府不時查緝賭博，受新式教育的知識分子多半避而遠之，內地人如清子夫人略知規則，也通常不加入玩牌行伍，只在旁邊看著趣味。
知如堂這樣的人家不在保正、警察的關切之列，小早童年寄居期間逐漸玩出一套心法，能讓牌精三姨婆都嘖嘖稱奇。雪子玩不上手，不是不喜歡，她「上輩子」的手機甚至有麻將遊戲APP，但二十一世紀的台灣麻將是十六張，這裡卻玩十四張，還有沒聽過的牌型像十三么九、清老頭，寧願看小早玩牌。四色牌跟麻將相似，可是更講究運氣，雪子看出小早喜歡麻將更多一些。

幾年前阿嬤曾在牌桌上說，打麻將見個性，小早上了牌桌不慍不火、不急不躁，細看牌河推斷其他三家的牌型，處在弱勢時懂得閃避鋒芒，靈活變更手裡牌型，該棄胡的時候當斷則斷，毫不戀棧，真正的腦袋清楚、心志堅韌，若是男子則未來不可限量。

小早聽不懂太難的台灣話，雪子簡單扼要地翻譯，「阿嬤稱讚妳，意思是聰明的人打牌特別厲害。」小早向阿嬤道謝，再悄聲對雪子說，「因為雪不玩牌，不然最厲害的人會是雪哦。」

「小早太看得起我了。」

就算雪子這樣說，小早也不會改變態度。

洗牌嘩嘩，大家靈巧地堆起牌山。

正廳的牌桌上，三姨婆下莊就算摸完一圈，卻已經連莊第四次了，阿蘭姑來送茶水，不忘連聲稱讚「阿母誠賢」。三姨婆的牌精之名不是戲稱，她眼睛不好了，全靠手指摸牌、耳朵聽幼嫺報牌，可以牢牢記住牌河裡都有什麼，洞悉三個牌腳要的是什麼，比有眼睛的人都要心眼雪亮。阿嬤就笑起來說，大家講好只打一圈，讓三姨婆坐尾莊，看來是要打到天黑了。

說話間，阿母身後跟著盼弟、阿免嬸端托盤進來，頓時滿室麻油生香。

「母啊，食點心。」

阿母先讓阿免嬸給阿嬤端上一碗，親自去招呼了清子夫人和小早。

「才燉好的麻油雞，還請趁熱吃。內地人不吃內臟，清子夫人和早季子小姐的是雞腿肉。」

盼弟、阿免嬸陸續將小湯碗分端到各人手邊。

阿嬤那碗是麻油腰子，三姨婆、好子姊、雪子是麻油雞肝。

三姨婆聚精會神地摸牌，阿蘭姑在旁一湯匙一湯匙的服侍。阿嬤不讓人服侍，阿母便坐到清子夫人旁邊。好子姊一心二用，喝湯打牌兩不相誤。

小早一向奉行專心致志做一件事，喝一口湯就擱著。

雪子「喏」的一湯匙過去，小早低頭咬一口就皺起臉蛋。

「雪欺負人。」小早側頭小聲地抱怨。

「雞肝很營養的。」雪子咬著嘴唇笑。

數年與雪子共同飲食起居，小早也能吃內臟，只是依舊無法喜歡。

「雪和早季子小姐講什麼事情這麼開心？」

好子姊含笑問，「是不是吃不習慣麻油料理？」

「不是的，我很喜歡。麻油料理很有季節感，如果沒有在這個季節吃一次麻油料理，好像就沒有迎接冬天的力氣了。」

「別說我們家早季子的舌頭已經是本島人了，其實我對麻油料理也是鍾情不已。託各位的福，才有機會享用美味的料理呢。」

清子夫人笑說，拿著湯匙舀湯的樣子相當優雅。小早微笑點頭以示附和，母女倆有相似的溫文姿態。

「知如堂的『圓仔綁糖』也令我時常想念，今天早上就很期待了呢。」

「『圓仔綁糖』……嗎？」好子姊的湯匙停頓下來。

「是的。雪，我弄錯台灣話的發音了嗎？」

「發音沒有錯，很標準。」

圓仔綁糖，是知如堂每年搓製湯圓的時節一定會做的湯圓再製品。新鮮烹煮的湯圓吃過第一輪以後，以炒過的砂糖大量加入原來的湯圓甜湯，熬到糖汁包裹湯圓，放冷後會成為外皮硬脆而內裡柔韌的季節限定甜品。

所謂的季節限定嘛，雪子搜尋記憶，往年只有一次，為了春子姊能在知如堂吃最後一次湯圓，特地提前到立冬搓湯圓、煮湯圓，當然也做了湯圓綁糖……

「可是小早，圓仔綁糖是冬至吃湯圓才會做的，立冬跟冬至吃的食物並不相同喔。」

雪子盡量讓口氣輕描淡寫，可是大家還是一起笑起來。

「畢竟是女孩子呀，而且誰都喜歡甜的東西嘛。」好子姊打圓場。

小早臉都紅了，困窘地伸手摸牌。

是個暗槓，只好再摸一張。

「啊，槓上開花。」

一時之間正廳裡聲音四起，有低叫聲，有笑聲。

自從惠風哥哥出事以後，知如堂多久沒有這樣輕鬆的時刻了？

小早胡牌，三姨婆下了莊結束這一圈麻將。

太陽還沒斜西，阿母提議清子夫人去庭園散步，叫來可以充作翻譯的秋霜倌便往外頭出去。牌桌上三姨婆意猶未盡的樣子，阿嬤說不然找其他人進來玩四色牌吧，阿蘭姑笑著應了。

而雪子揉著眼睛，想到今天沒有睡午覺。

「小早還要去釣魚嗎？」

「雪一臉倦容，不如去午睡吧？」

正要出去的好子姊聽見雪子和小早的對話，將身子回過來。

「說起來，妳們小時候常常一起午睡，我和恩子偶爾會去偷看呢。」

好子姊說著，露出回憶往事的表情。

或許是好子姊回想起少女時代的暑假吧，那個時候恩子姊尚未出嫁，雙胞胎姊妹一同寫字讀書，每天都是笑語朗朗。

「有什麼好偷看的？」

「雪子不知道，小早……早季子小姐總是坐著等妳醒來，那個模樣像極了可憐的小狗狗呢。」

「好子姊姊好過份。」小早小聲抗議。

好子姊笑著道歉。

「啊，好懷念那個時候哪。」

結果仍然發出了這樣的感想。

雪子望著好子姊手扶門框邁步出去的纖瘦身影。

許多年前，她第一次抵達知如堂，正廳裡也是這樣看著雙胞胎出門的背影。那時恩子姊扶著好子姊的手臂，兩人一起越過矮矮的門檻。

「去睡午覺吧。」

雪子說，拉著小早進了正廳旁阿嬤的房間。

紅眠床已經置換上柔軟的棉花被褥，雪子和小早鑽進防蚊的紗帳，一人捉了一個枕頭躺下來。戶外有天光照映，屋內朱漆木架的描金雕飾顯得美麗而幽深。

「確實令人懷念呢。」

小早感嘆。

那幾年，小早跟隨雪子住在第二進，只有很少數的機會進來阿嬤的房間聽曲盤。

「學騎腳踏車，摘時計果當點心，釣魚一整個下午，然後以蘆薈汁液塗抹曬傷的地方，許多快樂的事情都是在知如堂發生的。」

「曬傷也是快樂的事情嗎？」

「是的哦，就算是在大雷雨之中奔跑，也是美好的回憶。」

「……。」

雪子半晌沒有辦法言語，回想起過去的日子，心頭感到既甜美又酸楚。

作為少女而受到家族羽翼護佑的日子，還有多長呢？

「知道嗎？日日春的花語。」

「不知道，是什麼呢？」

「就是『快樂的回憶』哦。」

「雪真是博學呢。」

小早笑起來，「跟雪睡午覺，也是快樂的回憶。雪睡吧，我看著就好。」

「是呀，像可憐的小狗狗一樣。」

雪子笑說，小早就用拳頭輕輕捶在雪子肩頭。

過去總是能夠心意相通，彷彿存在以心傳心的關係，所以開這樣的玩笑也完全沒有問題，說什麼話好像都能夠被原諒。

可是，雪子要經過了這許多日子以後，才能夠說出口：

「小早，對不起。哥哥發生了那樣的事情，我沒有辦法去內地讀書了。」

十三、曇花

我與獻彰作息並不相同，簡直只是共享住所的室友。有時深感自己忝為兄長，未能關照同在異鄉相依為命的表弟，獻彰卻對此毫不介懷，添增我內心的羞愧。

即使如此，每天搭乘小田急的私鐵，到新宿換車，直到高田馬場，隨後步行抵達早稻田大學的這段路，早晨裡朝氣蓬勃的人群，令我精神抖擻，讚嘆獨身的愉快與舒適。

只有一種狀況可以視作特例，那就是黑田君正巧搭上同一班車，同樣捨棄高田馬場駛往早稻田的擁擠巴士，兩個人結伴步行，暢談彼此都深懷熱情的文學與音樂。抵達校舍時黑田君說，啊，路途怎麼不長一點呢？我深有同感。

倘若獻彰也熱愛文學，我會更加地疼愛這位弟弟也說不定。

楊惠風

昭和九年六月東京一貫齋

雪子升上四年級的那個春天，惠風哥哥自殺的消息忽然在高女校園裡四處流竄。而且，流言的內容越發離奇了：王田楊氏的獨子、雪子的哥哥殉情身亡，不得不令雪子在卒業以後招贅，以延續家族的血脈。

事件發生在半年多以前，說起來並不是新聞，可是經過加油添醋的流言，雪子早在處理知如堂親族佃農的紛擾之時，就已經深刻明瞭那是無法控制、只能冷靜面對的事情。

半年以前，雪子的好友們曾經受到流言所惑，回應卻是給予溫暖的關懷，並且不輕易提及此事。事過境遷以後出現的這一波流言風浪，靜枝、花蕊與弓子猶如「不見、不聞、不言」的三猿，與雪子的互動就像平常一樣自然。

四位少女喜歡更實際的話題。

四年級是高等女學校的最後一個學年了，話題自然而然地轉向生涯道路。

靜枝預計投考東京女子藥學專門學校及東京女子醫學專門學校。南投郡四代同堂、茶商世家的簡氏一族，對屘千金靜枝呵護備至，安排她提前赴日備考。

弓子投考和田本町的東京女子美術專門學校，同時奔赴下谷區的東京美術學校當旁聽生。弓子的父親是大日本製糖株式會社台中製糖所的高層人士，有意支持么女的藝術事業，並非只是口頭說說的玩笑話。

花蕊則走向符合傳統期待的路徑。三代經營布匹買賣的富商黃家，經過大半年許多揣著紅紙的媒人婆上門議親，終於塵埃落定。對象是台南州虎尾郡西螺街的地主鄉紳，未婚夫幼年讀過兩年漢書房，台南第二中學校、國語學校師範部乙科卒業，也屬新式知識份子一派，迎娶高女卒業生的媳婦可說是門當戶對。由於對方是家中的嫡長子長孫，希望早日完婚生子，婚約議定後很快就敲定婚期，備嫁一年。

「這樣一來，豈不是十八歲就要結婚了嗎？」靜枝說。

十八歲的新娘並不罕見，對高女卒業生來說卻算得上早婚。

「因為是可愛又能幹的花蕊，想必會獲得幸福美滿的家庭吧，要是丈夫願意支持花蕊從事洋裁就太完美了。」弓子說。

「世間哪有事事完美的呢？即使是早季子同學那樣的完人，婚約或許也是身不由己的。」花蕊說。

「早季子同學不會結婚的。」

話語一出，雪子就被自己的不經大腦嚇了一跳。

「校長先生這次說的是傻話吧。」靜枝淡淡微笑。

「早季子同學想必也不想結婚吧，可是華族女性的婚姻，並不是可以輕易通融的事情哦。」弓子樂天積極，卻也不會輕視常識。

「是我說得太快了。我是想，畢竟早季子同學出身良好，繼續讀書的可能性是很高的。」

雪子與小早的密友關係並沒有讓摯友們知曉，此時此刻也無法反駁說，小早的目標是成為文學博士，不只是比之台中高等女學校，而是比之台中第一中學的男性，也都要來得志向遠大。

「雪子真傻，華族女性要學歷做什麼。」

花蕊說著，牽動嘴邊可愛的酒窩，「松崎家想必已經安排妥當，因為是那樣才貌兼備的女子，即使是灣生，也會嫁入名門的吧。」

「……。」

「雪子啊。」

靜枝忽然直直地望向雪子，「那麼妳呢？」

弓子也伸手碰觸雪子的肩頭，對雪子投以柔軟的目光。

雪子怔然，半晌輕輕搖頭，努力擠出笑容。

她知道好友們想問什麼，如今確定無法赴內地讀書了，那麼卒業以後要做什麼呢？投考本島女性的最高學府，也就是台北女子高等學院？抑或是高女的補習科，未來擔任公學校教師？又或者，會如同流言所稱，接受家族安排招贅夫婿？

校園雇員打起清脆響亮的鈴聲，四人只好中斷談話。

也是在這一天放學前，修身課的內藤老師在講臺前說道：「高女的每一位同學都是飽讀詩書、品格優良的女性，請各位寸度合乎禮儀的話題。」可見流言浮濫，連教師們也都耳聞了。

放學後，雪子前往州立圖書館。

圖書館開架式書庫的書櫃與書櫃之間，小早等候在那裡。

雪子與小早如同往昔、隱藏秘密似的在圖書館會合，借著還書及借書的片刻相聚，也許聊一兩句這天發生的小小的趣事。可是，由於稍早在課堂上內藤老師對同學們出言譴責，雪子和小早也心頭沉悶，於是安靜地分別了。

分別以前，雪子的手指碰觸到小早的制服海軍領，緩慢而仔細地撫順衣領邊緣。小早的衣領平整而毫無皺摺，那更像是想要撫平彼此心中的摺痕。

想必是無法輕易撫平摺痕吧。

雪子走在新盛橋通，有腳步聲從身後追上來。

回過身去看的時候，發現是因為加速步行而雙頰緋紅、額髮凌亂的小早，臉龐流露出凜然之色，加深了眉宇之間的冰霜氣息。

真的是小早嗎？同學間一向都說，早季子同學名符其實，有如盛開的花朵，立如芍藥，坐如牡丹，行如百合花。

「早季——」

「雪，這樣太奇怪了！」

小早並沒有給予雪子詢問「發生什麼事情了嗎」的機會，拋卻過去恪守的舉止禮儀，沒有端正站姿就開口說話。

「太奇怪了不是嗎？去內地讀書是雪一直以來的願望，不是嗎？為什麼要這樣輕言放棄？一名女性要如何做到自力更生，不仰賴任何人而生存在這個世界之中，不就是建立在獨立的經濟能力嗎？如果是金錢的話……」

「小早。」雪子喊住她。

並不是「早季子同學」，而是「小早」。

如同小早毫不顧忌同校女學生們可能就在身邊，此刻雪子也沒有顧慮言詞上的距離。

「如果只是談論富有，幸長先生與清子夫人難道並不富有嗎？可是小早，松崎家仍然要抵達本島，才能獲得真正想要度過的生活，不是嗎？在這種時候，財富並不是關鍵，而是沒有辦法不顧慮家族的緣故啊！」

「……。」

小早眼眶慢慢的變紅了，眼睛裡水光瀰漫，抿直了的嘴唇輕輕發顫。

啊！好想帶著小早逃走！

雪子也在內心裡發出了這樣的呼喊。

越來越大的呼喊聲，只在心底發出迴響。

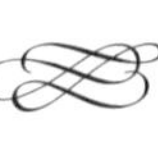

雪子沒有告訴任何朋友，弓子、靜枝及花蕊沒有，甚至小早也沒有。

如果是聰穎的小早，儘管雪子沒有說出口，或許也能夠預測這個結果。

——招贅夫婿的傳言並非空穴來風。

卒業以後，雪子不去內地也不升學，而是招贅夫婿以支撐知如堂家業。

阿爸與惠風哥哥的歸期一再向後延遲，早先說好是舊曆年前返鄉，新曆年剛過幾日，一封長信寄來知如堂取消原定計畫。惠風哥哥生了心理上的疾病，無法擺脫傷感的情緒，阿爸決定投以緩和的內地中醫療法治療，直到哥哥痊癒為止。

那一天雪子單獨給阿嬤、阿母讀了這封漢文書寫的長信，阿母氣憤流淚，阿嬤面沉如水。就是那天夜裡，阿嬤對雪子說「家用長子，國用大臣」。一家之長接班人的重要性不可輕忽，因此一直以來楊家傾注心力栽培長房長子的惠風哥哥，也對於惠風哥哥所犯下的錯誤給予寬恕的空間，試圖將他引導回到正途。可是，觀察結果不盡理想的時候，也必須果斷裁奪。

知如堂，無法託付給惠風哥哥。

那是阿嬤嘴裡輕輕的淡淡的一句話。

過去知如堂的女孩子跪坐紅眠床前的腳踏板凳，俯在阿嬤腿邊的時候，心裡都想著什麼呢？長房長子尚能婚育的情況下讓屘千金招贅，聽起來很荒謬。

然而，知如堂長房嫡長女遠嫁大稻埕的茶商暴發戶，二房嫡長女低嫁無根基的小商戶、嫡次女終身不婚，荒謬程度究竟如何比較高下？

距離適婚年紀還有四年、五年，阿嬤並不著急雪子的婚配，因為良配需要花時間細細觀察。本島女學校教育旨在培育學生成為良家婦女，比起遠赴台北女子高等學院，不如在家讀書，小說、傳記、雜誌，想要什麼，就讓人去買來……

雪子心裡腦裡一片空白。

確定無法往內地升學的那一刻起，雪子就陷落在無法看見未來的迷霧之中，沒有辦法知道下一步會走到哪裡。可以確知的是，如果終究要走到婚配這條道路，招贅夫婿絕對遠比嫁人為婦更為理想。

不，不對。

招贅夫婿背後所蘊含的意義是，雪子可以守著知如堂，並且在未來各種危機之中成為引領知如堂方向的主事者。如此一來，即使不去內地讀書，只要雪子到時候下了舉家搬遷避世的決定，這個願望就有實現的可能性。

——保全知如堂上下度過各種可能的劫難。

這不就是雪子想要的嗎？

可是紅眠床前腳踏板凳上的雪子，心裡腦裡一片空白，有寒鐵一樣堅硬冰冷的東西堵在胸口。

那個秋涼的立冬時節，阿嬤的寬敞紅眠床鋪，紗帳裡雪子坦承無法履行同去內地的約定，小早流露出複雜的表情，驚訝、困惑、迷惘、思索，沉吟片刻後浮上臉龐的是明顯的痛色。

「難道沒有別的……」

小早甚至沒有把話說完就沉默下來。

雪子一度以為像小早這樣堅毅的女孩會發出抗議，那個當下小早卻沒有對此多說一句話，臉上沉痛的表情意味著她對雪子立場的深刻理解。小早不希望為難雪子。

儘管如此，小早仍然在度過寒冬的新春季節奔跑在新盛橋通，碎髮凌亂，眼睛泛紅。

「雪，這樣太奇怪了！」

這一定是小早的心聲。

雪子胸口鼓脹，想要過去緊緊拉住小早的手，奔走到沒有人知道的遠方。現實中卻只能打斷小早的話語，轉身走向與小早腳步相反的道路。

蒸汽火車尖銳鳴笛，王田車站前方魁星商店的招牌閃耀，等在那裡的美國轎車反射斜陽光線，全部都刺痛雪子。

回家的路上，轎車裡獻文哥抽了三根菸，直到車輪滾進知如堂的庭園。

「聽說連校園裡都有妳要招贅的流言了。」

「獻文哥消息真靈通。」

「壓千金不知道，表少爺吩咐不少人去探聽呢！」

「林仔，閉嘴！」

獻文哥嚴厲喝斥，別說林司機嚇一跳，雪子也頓時醒覺過來。

火柴擦響，燃起紅焰，獻文哥點了第四根菸。

「我可以讓雪子過妳想過的日子，包括讓妳繼續讀書。」

「……獻文哥這是想要入贅的意思嗎？」

「呵，小雪子長大了，還是什麼話都敢說。」

獻文哥笑了一下，吞吐著菸雲，「雪子只要知道一件事，妳的結婚對象，我會是最好的人選。」

「……。」

轎車緩慢平穩地繞過半月池，在鋪滿紅普石的外埕停下來。

外埕越過矮牆，裡頭是背負著四知楊家自清國以來無數歲月的大紅厝。沉著古樸的知如堂，傍晚彩霞照映如濃血，如深沉的紅寶石，氣勢逼人。

雪子凝望的癡了，那裡彷彿有無數身影倏忽閃逝，阿嬤，阿母，阿蘭姑，秋霜倌，還有那如花盛開的春子姊，恩子姊，好子姊，以及惠風哥哥……

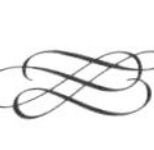

春花盛放過後，一日日凋零。

天氣逐漸熱起來的時候，松崎家發請帖到知如堂，邀請賞玩曇花。

曇花在深夜綻放，夜晚留宿松崎家，阿嬤、阿母於是推派雪子代表出席。雪子本來有點遲疑，阿母說「毋免煩擾，做汝去。」又說，「汝愛做，想欲做啥物，攏去做。」

雪子覺得阿母也知道阿嬤的決定了。又或者，那其實是阿嬤與阿母的決定。

赴約那天是上半天課的禮拜六，雪子放學後繞道小路，前往松崎宅邸。

迎門的是小早，換下制服而穿著風格樸素的英國式洋裝。

「家裡沒有其他人……」

小早說著忽然停頓，與雪子目光相觸。

雪子知道兩人同樣回想起前一個冬天、在這個門前曾經發生的對話情景。那時小早才說完「家裡現在沒有其他人喔」，雪子就忍俊不住地笑了。如今兩人站立在同一個玄關土間，互相望著彼此，誰也沒有笑。

這天小早還是給雪子做了高湯泡飯，說著「可是今天沒有茄子的米糠醬菜」而端上桌的是小黃瓜和白蘿蔔，當然還有蕪菁千枚漬。飯桌安靜得只有細細的咀嚼聲，半晌小早的筷子停頓下來。

「啊，真想要世界就這樣毀滅了。」

雪子的眼淚差點奪眶而出。

世界沒有毀滅。

位在川端町的松崎宅邸，圍牆以內靜謐悠然，圍牆外頭直到掌燈時分仍然有人聲鼎沸。清子夫人買回養老軒的和菓子做宵夜，聽見杏仁茶的叫賣聲時，還是吩咐齊藤先生買進幾碗熱燙的杏仁茶和報紙包裹著的油炸粿。深夜裡綻放的曇花異常美麗，在午夜時分盛放極致，濃郁的香氣沁入脾肺。夏季的夜空無雲無月，滿天星光閃爍，指得出金星、北極星與夏季大三角。世界不斷的運轉前行。

雪子側首看見小早倚靠著緣廊的柱子安靜沉睡，輕手輕腳地將外衫輕輕罩在小早肩膀上。

「雪子小姐真溫柔。」

清子夫人笑著這麼說，幸長先生在旁邊面露笑容。不知道從什麼時候受到注目，雪子也只能頷首表示回應。

「正因為是這樣的雪子小姐吧。」

幸長先生彷彿想到什麼，補充說了這樣的話，「所以心高氣傲的早季子，打從心底欽慕的人就只有雪子小姐了。」

「早季子小姐對待雪子小姐，赤誠之心有如親姊妹一般。如今就明白了，因為雪子小姐對待早季子小姐也是同樣的心意。」

齊藤先生在旁邊發出附和之詞。

作為松崎家管家的齊藤先生，每年大小節日專程前往知如堂贈送節禮，經常一併為小早帶去送給雪子的小物件。往來日久，彼此也很熟悉。

雪子有點困窘，體貼的松崎家人也無意調侃追擊。清子夫人笑著叫起小早，「進房間去睡吧，曇花接下來就要閉合了。」

賞花宴算是就此散席，雪子跟在清子夫人及小早的身後離開。各自簡單地梳洗清潔過後，雪子與小早也換上睡衣。

進入小早房間之前，清子夫人「哎呀」一聲。

「雪子小姐的裙襬似乎沾到污物，我們到明亮一點的地方看一下好嗎？」

「好的。」

儘管說了那樣的話，客廳裡的明亮光源下，從小早那裡借來換上的睡衣裙襬一片潔白。心頭感到異樣，雪子看向清子夫人。

「幸長先生說的沒錯，正因為雪子小姐細膩又聰明，想必有許多人為雪子小姐深感心折吧。」

清子夫人眼睛裡有一點歉意。

「可是呀，身為母親還是有許多難處，所以沒有辦法答應早季子的要求，這一點如果雪子小姐能夠寬宥就太好了。」

「抱歉，恕我失禮，可是我並不明白清子夫人的意思。」

「咦，雪子小姐不知道嗎？」

清子夫人面露驚訝，隨後平靜下來注視著雪子。

「早季子對幸長先生提出請求，讓台三郎到知如堂提親求娶雪子小姐。」

「這、怎麼會？怎麼可能？」

比起清子夫人剛才的驚訝，雪子過於詫異的表情接近失態。

清子夫人搖頭苦笑。

「幸長先生拒絕以後，早季子請求卒業後留在本島升學，不返回內地就讀京都學校了。當然，幸長先生並沒有應允這樣的要求，而是痛責『妳的志向只是戲言嗎？』不瞞雪子小姐，那個時候我們都很失望。」

雪子努力地克制臉上的表情，手指頭捏著手指頭，嘗試在腦海裡篩選出此刻合宜的應對詞語，卻因為緊咬嘴唇而一句話都說不出來。

「……雪子小姐，果然是我們錯怪您了。繼承了父親與母親的傻瓜血緣，所以早季子才會是個頑固的傻瓜吧！既然妳們懷抱有如親姊妹的情感，也請雪子小姐一定要明瞭，對早季子而言，應該要走上什麼樣的道路才是正確的。」

清子夫人小聲嘆息，「今晚請雪子小姐好好休息吧」這樣的說著，親自送雪子到小早的房間門口。

榻榻米上頭鋪好兩套棉被，雪子摸黑鑽進了空著的那一個。

「雪換了衣服嗎？好像有點久呢。」

黑暗中傳來小早的聲音。

雪子搖搖頭，想起黑暗裡小早不會看見。

「衣服是乾淨的，清子夫人看錯了，只是，我們後來稍微聊了一下。」

小早輕笑了一聲。

「因為母親也喜歡雪。」

雪子心頭酸楚，把身軀往小早那裡靠過去，直到額頭碰到小早的肩膀。

小早的回應是撫摸雪子的頭髮。

「雪身體不舒服嗎？」

雪子無法言語，在小早手心底下輕輕地搖頭，咬住牙關沒有呼喊小早的名字。對父母提出為難的要求而受到責難，這件事小早一句話都不曾透露。

小早是怎麼想的呢？

惠風哥哥發生了那樣的事情，雪子因而無法赴內地讀書，可是小早認為雪子值得更好的處遇，只好對雙親做出唐突莽撞的請求嗎？

狹隘而有限的環境條件之中，小早獨自為雪子尋找解套的方法。

那並不是松崎家的「傻瓜血緣」。

沒有任何人比雪子更明白的了，奮力想要開拓前路的小早，是無雲無月深邃夜空裡的、最明亮閃爍的一顆星星。

小早用盡全力想要為雪子照亮前路。

然而雪子卻清晰預見前路泥濘，所以頹喪而無法積極，那就像雪子同樣內心透澈地知道，從今往後，松崎家和知如堂肯定存在著一道深刻的裂痕了。

世界持續不斷地運轉前行。

一周以後的端午節，阿爸攜惠風哥哥返回知如堂。隔幾日便是二叔的五十壽宴，家裡買進一輛嶄新的美國福特流線型轎車。

一個月以後，報紙披露「北支事變」、「支那事變」。那是一九三七年七月七日。差不多同時，鹿港吳家傳來關於婚事的回音，婚約延後至隔年夏天。

半年之間，報紙刊登南京攻略戰的種種訊息，直到年底日本皇軍攻占支那南京城。

再兩個月，台北城傳來露西亞蘇聯及支那中華民國的軍隊飛行機空襲，報稱「松山大空襲」。與此同時，皇軍捷報連連，戰況一片榮景。

一九三八年的春花再一次盛開了。

繁花綻放到極致的時刻，花瓣如雨紛紛凋落。

十四、苦楝

西曆一九三八年是雪子的慣用時序，這一年是昭和十三年。

雪子曾經想像戰爭年代的失序光景，可是一九三七年夏天那個未來教科書上稱為「盧溝橋事變」、以及從此爆發的「中日戰爭」——此時叫做「日支事變」、「日華事變」——對台灣島嶼生活起居的人們來說，是遙遠的事件。

無論是內地人或本島人，台中州的人們出入如昔，即使國家整體的經濟敗象漸露端倪，報紙及廣播不時呼籲皇國國民應該謹慎儉約，部分學校的制服也更換為國民服布料，鄰里親戚、街道攤販、往來客戶以及校園友朋，仍然沒有人在談起日本皇軍四處征伐的時候面露憂愁。

弓子與靜枝經常在禮拜日結伴上戲院看映畫，聊天時隨口提起「已經看不到支那的映畫了」這種事情，絲毫沒有面對兩國交戰的緊張感。如果不是雪子留意時局，或許會跟高女校園裡所有的少女一樣，渾然未覺的度過每一天吧。

實際上的氛圍正好相反，日本帝國的國民看好國情與戰局，本島各處的土地開發也明顯升溫，狀似一片榮景。台北城新興的住宅建案規模宏大，大手筆推出兩萬多坪的建設案，幾個禮拜就全數售罄。

雪子預知未來而投入資金，目的是在戰後保住財產，當前土地住宅株式會社的人們卻是審度時勢、展露商人的勃勃野心，而拿出積蓄購買新屋的國民，想必也是懷抱對未來的美好想望。

這一年，春雨滋養繁花。

城內春花爛漫，內地老人說要是有櫻花就好了。

台中城沒有櫻花，首先盛開的是各色杜鵑。紅色、粉紅色、洋紅色、乳白色、白底紅邊、白底紅點，杜鵑花色彩斑斕，不到二月就綻放出第一朵蓓蕾。那時好友靜枝早已遠赴內地，落腳東京。離別之際，靜枝贈送圖書給摯友們作為紀念。花蕊是洋裁圖冊，弓子是西洋畫冊，而雪子的是遊記。

「如果有朝一日抵達東京，請務必寫信給我。」

靜枝對大家這麼說著，最後把目光放在雪子臉上。

「雪子，不要輕言放棄。結髮夫妻攜手到內地留學，這種情形也是有的。台南州的許世賢女醫師，目前就與丈夫同在九州帝國大學研習醫學呀！」

寒假期間，新曆年後，靜枝離開台灣。內地專門學校及大學的入學考試通常在二月、三月，四月份開學。當年惠風哥哥卒業赴東京，備考一年，儘管考試難度有所差異，可是靜枝僅僅提前兩個月赴東京備考，也意味著對自身的雄厚實力擁有信心吧。

弓子比靜枝晚幾日出發。拒絕好友的餞別，弓子笑嘻嘻說著「落榜就會立刻回來呀」這樣的玩笑話。花蕊俯在弓子的肩膀上哭泣。世居九州福岡的弓子不是灣生，隨著老父就職台中製糖所，遷居本島僅僅十年，福岡井上家由長兄廣太郎繼承，與老母共同等候弓子卒業返鄉。雪子還有赴內地旅遊的機會，花蕊卻即將嫁作人婦，也許從此留守內宅，眼下告別了弓子，可能就是永生不見。

雪子深有感慨。

小早出發日期更晚弓子許多。

松崎家每年都會返回京都短暫度假，小早沒有水土不服的疑慮，而學業能力優秀這一點也是毋庸置疑的，赴考便不像其他考生那樣慎重。出發日期訂在三月最後一天。每一次圖書館見面過後，雪子倒數日期，午夜夢迴之際心想為什麼今年的三月沒有三十九日？

送行的三十八日是禮拜一，出發的船班則在禮拜二。跟阿爸搭飛行機去東京相同，內地與本島之間通行的連絡船早晨起航，必須提前在北部過夜。台中開往基隆的蒸汽火車，歷時六個鐘頭，火車班次選得早，雪子比往常早起，大勇叔的人力車拉到王田車站，火車駛向台中車站，飛越筏子溪、犁頭店溪、柳川、綠川……啊，這一天畢竟是來了。

台中車站的剪票口出去，小早已經等候在白色站房的僻靜角落。

沒有清子夫人，也沒有齊藤先生。小早穿著作為學生正裝的水手領制服，腳邊有一只輕便的皮製行李箱。雪子靠近，看見小早那雙黑色眼睛裡閃動堅毅的光芒。

小早伸手過來，雪子感覺到相握的手心裡有硬紙。

「這是……」

雪子辨識出來，是內台連絡船的船票。

「雪子小姐，請您聽我說。」

不只是忽然使用正式稱謂，小早緊緊握住雪子雙手，臉上是前所未見的威嚴肅穆的神色。

「即使無法取得妳的原諒，那樣也沒有關係，可是請妳答應我的請求，我們一同去內地吧！船票已經買好，對不起，不只是船票，瞞著雪擅自妄為，我做了許多安排。經由台三郎兄長協助，母親已經提前離開本島，齊藤先生則在基隆等候，為我們安排住宿。朝日丸明天早晨出發，兩天之後的門司港，我下船轉以鐵路前往京都，請雪搭乘到終點站的神戶港，齊藤先生的妹妹登代夫人將會在那裡接引。食宿以及入學考試申請準備俱全了，以便雪在東京能夠專注準備考試。儘管短期之內無法見面，可是透過登代夫人，我們可以通一、兩次電話……」

或許是因為雪子沒有打斷，小早一口氣說了許多。

緊握在兩人手裡的船票扎痛雪子的手心。

「對不起，小雪……。」

把話說完的小早，臉色忽然軟化下來，露出泫然欲泣的表情。

雪子小姐、雪、小雪，混亂的稱謂可能來自小早同樣紊亂不已的內心。

最初結識的時候是「雪子小姐」，而童年有很長一段時間都是「小雪」，連雪子也不知道從何時開始小早已經完全改口為「雪」了。

小聲呢喃著「小雪」的小早好像退化成小孩子似的。即使如此，小早一點也沒有放鬆握住雪子雙手的力氣。

「……走吧。」

雪子說，「走吧，上火車，去基隆，我們兩個人一起。」

會不會是雪子答應得太乾脆了呢？設想並規劃這種驚人之舉的小早竟然一臉錯愕迷惘，「那麼雪的學校課程……」脫口說了這樣的半句傻話。

蒸汽火車出站的鳴笛聲「嗚——嗚——」響起。

小早咬住嘴唇忍耐汽笛尖銳的聲響過去，直到汽笛聲平靜下來，小早戰戰兢兢的態度才見緩和。

放鬆下來的小早側過頭看著雪子，看了又看。

「雪，對不起，對不起。」

「噓……。」

雪子讓小早依靠在自己的肩頭。

小早想必是緊繃了很久，起初呼吸僵硬急促，經過許久才變得輕柔順暢。蒸汽火車轟隆轟隆一路向北，雪子把臉頰輕輕地靠在小早的頭髮之上。

閉起眼睛的時候，會想起昔日共同經歷過的鐵道旅行，彷彿此時只是普通而悠哉的春假出遊——抵達台北，下榻台北鐵道旅館，晚餐會在鐵道旅館的西洋料理以及梅屋敷的日本料理之間猶豫不決吧，或者要選擇江山樓的台灣料理呢？隔天早起，要去草山踏青，或者去柊牧場吃新鮮的酸乳才好？滿腦子都是這種微不足道的、幸福的煩惱。

台中車站到基隆車站要花去半天的時間，如同往日，雪子和小早在途中買了月台小販叫賣的炒米粉，以及放有煎魚片的鐵路便當。

「雪記得嗎?去年春天，似乎也是同樣的便當。」

「配菜減少了，或許是戰爭的緣故吧。」

不打盹時，雪子與小早閒聊著過去的往事。

「如果能夠跟雪再去一次淡水就好了。」

「想要去的地方太多了，曾經說過夏天要去能高山的。」

「到達內地以後，去嵯峨野，去上野恩賜公園吧。」

「小早太貪心了啦。」

「嗚。」

「可是，真想跟小早再去一次海水浴場啊!」

即將通過車站而鳴放汽笛的時候，雪子就去給小早摀住耳朵，然後兩人互視著對方笑起來。

基隆站是終點站。

預警進站的鳴笛聲彷彿特別響亮。

雪子摀在小早耳朵上的雙手，直到鳴笛聲告終了都沒有放下來。

四周的乘客陸續起身整理行李，浪動著細細的喧嘩聲。小早起先以眼神表示疑惑，卻在雪子的注視中變得凝重，終於抿直嘴唇將雪子的手拿來握在兩人的膝上。

「對不起，只能送小早到這裡了。」

小早直直地望著雪子，彷彿端詳那臉上是不是存在任何說出玩笑話的跡象。片刻以後小早把臉低了下去。

「雪好殘酷。」

「對不起，小早，對不起……」

有水滴打在雪子的手背上。

啊，真的，這一天畢竟是來了啊。

「……如果能夠永遠都是少女就好了。」

小早以虛弱的氣音說出了雪子的心聲。

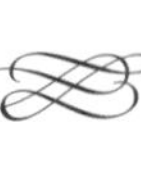

春雨下不停。

從幾年前開始，春假改制以春季皇靈祭為起點，成為十天的連續長假。由於正是春暖花開的美好季節，連綿綿細細的雨水也顯得溫柔不已，於是不顧雨水而撐傘遠足，遊客打從心底露出笑容。

知如堂和松崎家結伴出遊，進入城中的新盛橋通、榮橋通散步購物，上寫真館拍照，在娛樂館與台中座看舊劇、新劇和映畫。到大肚山的高爾夫球場揮杆，騎馬，在油綠的草皮上野餐，松崎家拿出美味的手握飯糰與炒蕎麥麵，知如堂就回敬潤餅皮及花樣繁多的餡料。

雙方配合調整假期、時間寬裕的時候，跳上蒸汽火車進行鐵道旅行，去新竹州的海水浴場，去台北城內的菊元百貨、芳乃館，搭乘浴場線去北投洗溫泉，齊聲哼著〈北投小唄〉。也可以南下，走訪台南州的山仔頂林業試驗場，遊歷安平地區清國時代的遺留古蹟……

雪子和小早一同注視著車窗外閃逝的風光景致，湧入窗內的春風偶爾夾帶微雨細細撲面。雪子已經能夠掌握汽笛鳴叫的時機，不慌不忙地將雙手摀在小早耳朵上。鳴笛貫耳，雪子仍然能在尖銳的汽笛聲裡聽見小早的輕輕笑聲，那比汽笛更精準地敲動胸口裡的心門。

雪子「上輩子」搭乘過飛機、高速鐵路列車、遊輪、汽艇，相較之下，昭和初期的旅行方式速度緩慢，崎嶇曲折，可是那份閒適令人心情平靜，漫長的踏青步行以後，飲水和食物會變得格外美味。

讀別人的遊記也充滿樂趣。雪子和小早剪下霧峰望族林獻堂先生在報紙刊載的〈環球遊記〉，也剪下王添灯的〈南洋遊記〉，製作成私藏本子。剪報裡的文章一旦出版成冊，便請獻文哥或齊藤先生去城內書局買回來。

「如果林夫人也寫旅行筆記，或許會呈現完全不相同的風貌。」

林獻堂先生的夫人楊氏是台中州富有名氣的上流階級女性，據說林獻堂先生環遊世界期間，獨力守在霧峰林家頂厝支撐門戶。

「總覺得是欺負人嘛。如果地方鄉紳、華族與貴族家庭的婦女無法行使應有的權利，也不懂得爭取，那麼底層的婦女們又該怎麼辦？這種令人悲傷的狀況，到底要持續到什麼時候呢？」

小早一臉憤慨，好像可以站到肥皂箱上倡議女性社會地位的改革目標。

有段時間兩人一讀再讀的遊記是《女性眼中的蓬萊島》。著作者高橋鏡子卒業自台北第二高等女學校，成長於本島，以細膩的文筆描繪台灣島嶼各種情狀。小早讀得眼睛有光。貼近火車窗邊，和煦春陽底下小早望著窗外的眼睛更顯閃閃發亮。

雪子凝望著小早的側臉，有時感到一陣心痛。

……如果可以，真想帶著小早走到天涯海角，走到世界的盡頭。

可是，就是小早緊捉著雪子、兩人共赴基隆的那一天，蒸汽火車的鳴笛震動雪子小小的胸腔，擊碎了雪子的夢境。

果然啊，雪子心想，我還是沒有辦法做出這種事情，沒有辦法恣意妄為地拋棄知如堂，跟著小早逃到遠方。

那不只是因為雪子與小早搭上朝日丸，已然產生裂痕的知如堂與松崎家，就會完全絕裂。原本鐵路便當裡美味的米飯變得難吃了，並非雪子沉重心情導致口味的變化，而是裡頭混入了品級比較低劣的稻米。

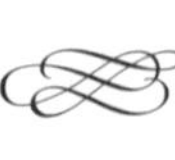

雪子那個時候瞭解了，儘管本島的人們還沒有捲入戰局，戰爭仍然不斷地逼近到眼前來了啊。

杜鵑花盛開以後，很快輪到苦楝花綻放。

如果說內地的卒業花是櫻花，本島就是苦楝。

高女的校花同樣也是苦楝，在春天的樹冠盛開。校歌第一段便吟唱著「綻放的苦楝／紫色的／高尚沉靜的花／優雅的微笑著／迎接新的每一天／是日本的／少女我等的／幸福與榮譽」。

為了即將到來的卒業典禮，學生們一遍一遍的練唱校歌。奔赴內地以前的小早同樣練唱，歌聲美妙動聽。然而在那之後，雪子每次歌唱，都深感諷刺。

綻放的苦楝　紫色的　高尚沉靜的花
優雅的微笑著　迎接新的每一天
是日本的　少女我等的　幸福與榮譽

有如高潔雄偉的　新高山
年輕我等的姿態　強健的挺立著　迎接新的每一天
是日本的　少女我等的　幸福與榮譽

映照著岸上柳影　獨自奔流

富含深刻啟示的綠川　迎接新的每一天
是日本的　少女我等的　幸福與榮譽

令人心曠神怡　濃綠的　樹蔭下休憩
清朗的風　喃喃低語著　迎接新的每一天
是日本的　少女我等的　幸福與榮譽

幸福與榮譽，指的到底是什麼樣的東西呢？

雪子所迎接的，都是更加靠近戰火的每一天。

台中高女的卒業典禮之前，小早返回本島。

計程車來到知如堂外埕，雪子聽見陌生的轎車引擎聲而步出一貫齋，在傍晚夕色裡看見小早的身影，一度以為是幻覺。

直到走到小早面前，正好出來外埕迎客的阿蘭姑笑說「屘千金的木屐未免踩得太響亮了」，雪子才敢確定沒有弄錯。

「雪子小姐充滿元氣，不是很好嗎？」

清子夫人含笑說，「早季子也很想念雪子小姐，問候玉壺老夫人及素卿夫人以後，請雪子小姐帶領早季子去賞花吧，好嗎？」

宛如對小早與雪子的短暫冒險毫無所悉，清子夫人的微笑真誠而溫暖。

大家先後進內埕，雪子和小早落在行伍尾端。

「小早……」

「噓。」

面無表情的小早把什麼東西放進了雪子的嘴裡。

融化以後柔軟的、苦澀又甜蜜的滋味。

「是毒藥哦。」小早說。

雪子眼睛裡都是淚水。

隔天就是高女的卒業典禮，松崎母女率先為這個時間拜訪道歉。清子夫人解釋說道，小早順利考取京都女子高等專門學校，將持續攻讀國文科直到大學，身為人母有意陪伴初期就學生活，松崎家將來僅有幸長先生定居台中州。由於過去交往密切，儘管之後會擇期正式道別，還是專程前來致意。阿母回應以她國語能力所知的所有讚美之辭，阿嬤淡淡微笑留清子阿姨和小早過夜。

清子夫人笑著答應了，拿出手帕揾去眼角淚水。「一直以來，承蒙各位親切關照，如今不禁內心傷感。我們家的本島生活，如果沒有楊家的各位，實在太寂寞了。」聽見清子夫人一番懇切的言語，阿母眼角也閃動淚光。還沒有正式道別，氛圍卻已經充滿離情。

晚飯過後，天空邊緣殘留著藍紫色的晚霞，懸著一輪十六夜的滿月。

雪子與小早並肩散步，安靜走出知如堂的庭園，走上夏季裡會到處掛滿時計果的小山丘，繞徑農田水圳周圍，一直走到天空完全掛上黑幕，僅剩月光照路，圳裡流水波光瀲灩。

月光下，兩人走了很長很長的路，誰也沒有先開口。

儘管什麼都沒有說，又好像什麼都說了。

感覺落花掉落頭頂、地面鋪滿柔軟花泥而抬起頭來，發現月亮和銀河都清晰可見。以前她們曾經躺在內埕裡指畫，那個是北斗七星，那個是春季大鑽石。

雪子癡癡凝望樹縫之間美麗璀璨的夜空，小早或許也有同樣的感觸，不知道什麼時候兩人的雙手緊緊地握在一起。

宛如台中車站裡小早緊握雪子雙手那樣的力道。

雪子內心那樣透澈，所以沒有辦法做到小早那樣的猛烈衝撞。

單方面毀壞約定的是雪子，順利走向兩人理想道路的是小早。如此說來，究竟是誰拋棄了誰？

「對不起，小早，是我的錯。」

「不，我並不憎恨雪。」

「是——嗎？」

「是——的。」

小早沉默下來，忽然把臉埋到兩人交握的手上。

雪子的手背上全是熱燙的淚水。

咬鼓了臉頰，雪子一句安慰的話語也說不出來。

不，不如說是熱氣梗塞咽喉，鼻頭酸楚，雪子無法說話。

直到春風輕輕地吹撫過來，降下了一陣花雨。細小的花朵點點滴滴，比春天最微弱的雨絲還要溫柔。

「小早妳看，今晚的月色多美啊。」

雪子拚命地仰著臉龐。

映入眼簾的，是淚光裡模糊扭曲的苦楝花。

這一年的苦楝花盛放，有如紫色的彩霧。

卒業典禮很快地過去了。

小早就讀的京都女子高等專門學校四月開學，並沒有旅行的餘裕，也未向任何學校同學道別，再度搭上內台連絡船，輕巧地離開了本島。等著雪子的也不再是有小早共同歡度的春假，而是告別女學生身分以後的社會人生涯。

前一年端午節返回知如堂的惠風哥哥，歷經大半年的接班訓練，如今山林田地、茶葉投資、精米所、商用建築、旅館和商店……全面地接手了知如堂家業生計，對外邊人而言，惠風哥哥堪稱知如堂的新主人。

不過，是對外邊人而言罷了。

長房的正廳會議決定，如同阿爸與哥哥在內地生活的那段期間，由雪子主持一貫齋，獻文哥、好子姊分別做外邊事務與內宅中饋的幫手。惠風哥哥贊同，阿爸也僅僅猶豫了片刻，「等惠風娶妻了後，到時看款。」

惠風哥哥像是換一個人似的，過去流動溫柔水光的眼睛，變得黯淡無神。雪子想，也許是憂鬱症，這個年代沒有心理醫生可以開藥治療。

惠風哥哥持續服用中藥。廚房每天三次煎煮水藥，任何人都要在那蒸騰的藥味裡潮濕陰鬱了。四月學生開學，旅遊名勝之地的人潮散去，雪子索性建議惠風哥哥出門走走。這個建議不用開會，飯桌上問一聲，阿嬤、阿爸、阿母說都好。

獻文哥私下對雪子抗議。

「惠風整個人已經懶散了，怎麼還讓他出門遊玩呢？」

「就當作是我貪玩，今年春天可還沒有遠足呢。」

雪子這麼一說，獻文哥立刻鬆口。

「小雪子想去哪裡，我帶妳去吧。阿里山森林鐵路怎麼樣？聽說春天有許多吉野櫻。我們去看櫻花吧。」

雪子沒有採納這個意見，讓獻文哥留守知如堂，最終出行的是惠風哥哥、好子姊和雪子三人。考量惠風哥哥的精神狀況以及好子姊的柔弱身體，選擇了地點不遠、搭乘公車可以抵達的台中州名勝日月潭。

獻文哥又說，氣象報告倒春寒，日月潭邊多冷啊！

好子姊在旁發笑，投射過來的那個眼神，雪子想起自己以前也是這樣看著好子姊和來寶。旅行卻還是極好的。

短暫放下工作，兄妹三人躍上公共汽車。沒有蒸汽鳴笛聲，車窗外的景色以及流逝速度也完全不同，反而心情輕鬆。接近中午的時候，好子姊拿出煮好的鴨蛋分給雪子和惠風哥哥。

「小心不要噎到喔。」

「特別是蛋黃，太乾燥了。」

「哎呀，我不是小孩子了啦。」

雪子故作嬌憨地回應惠風哥哥和好子姊的叮嚀，哥哥姊姊就同樣露出愛憐的微笑。感覺起來，就這樣一直生活下去也並不是太糟糕的事情。

搖搖晃晃的公車，好子姊很快睡著，雪子盯著前一排座位的惠風哥哥後腦髮旋，昏昏欲睡。睡夢裡隱約有個念頭，惠風哥哥到底為什麼選擇自殺的道路？然而睜開眼睛，雪子心裡迷惘，為什麼直到現在了，還會浮現這樣的疑惑？

無論是什麼理由，畢竟所有人都走上了眼前的這條道路，只能走到最後。

第二天的行程是乘船遊潭。

內地文學家佐藤春夫寫作本島的旅行遊記，雪子並不喜歡，閱讀過同樣文章的好子姊卻認為可以對照一訪文中提及的景色。惠風哥哥無可無不可，只說了「本地蕃人烹製的奇力魚據說相當美味」這種話，有往日美食家的作風。

上了小船，潭面寒意絲絲沁人，雪子和好子姊加裹一件西洋披巾在肩頭，穿著輕薄西裝的惠風哥哥卻閉起眼睛享受寒風吹拂。

「哥哥不冷嗎？」

「不冷，冷一點好，東京比這裡冷多了。」

惠風哥哥說著，望向好子姊才想到什麼似的脫下外套。

「好子會冷吧，我的外套拿去穿上，不然晚上又要咳嗽。雪子一向強健，稍微忍耐可以嗎？下船以後，再買件厚的。」

即使是內心生病，惠風哥哥依然溫柔。

「惠風哥哥想念東京嗎？」

「為什麼這麼問呢？東京很好，本島也很好。」

「哥哥不必勉強自己，想念東京有什麼關係？我是這麼想的。東京有哥哥難以忘懷的各種事物吧，難道不是嗎？」

惠風哥哥露出苦笑。

好子姊悄悄地拉了雪子的衣襬。

「你們看，竟然有櫻花呢！」

好子姊伸手一指，惠風哥哥和雪子都順著手指的方向看過去。

岸邊一片紅艷。

有別於阿里山粉紅色的染井吉野櫻，岸邊滿樹深紅的星火，那是名為緋寒櫻的台灣山櫻花。想必是天氣寒冷才會再度綻放開來。

雪子著迷的看著，身邊傳來一聲悠長的嘆息。

「對不起啊，雪子。」

雪子轉頭望向惠風哥哥，仔細一看，那雙眼睛裡面正流動著薄薄的淚光。

「原本這個時候，我們應該在東京的。那時我一直想著，趁著春天，要帶妳去恩賜公園看櫻花。」

「大哥……」

「哥哥，也許我們明年此時，就在恩賜公園看櫻花呀。到時候，好子姊也一起，對了，那時還會有嫂嫂吧！」

雪子努力以輕鬆的口吻說道。

惠風哥哥卻對雪子的鼓舞露出難看的笑容。

「妳們的兄長太過軟弱了……雪子，未來想必會很辛苦的！」

這番話語的沉痛自嘲驚痛雪子，好子姊也同樣保持了沉默。

由於沒有辦法回應哥哥，雪子只好將目光重新放到岸邊的緋寒櫻。

潭岸的春風捲動，吹送落櫻到船上。

——到達內地以後，去嵯峨野，去上野恩賜公園吧。

——小早太貪心了啦。

——嗚。

——可是，真想跟小早再去一次海水浴場啊！

雪子的胸口有針刺痛。

京都的嵯峨野，現在開的是什麼樣的櫻花呢？

十五、仙丹花

進入新曆年的四月份，立刻接來天氣變換不定的季節。

正中午燒得人頭頂著火，早晚卻是春寒襲人，隨後更是不見停止的梅雨。梅雨季曬不乾衣衫，食物也容易發出青色白色的霉皮，儲存糧食的倉庫裡，使用人們一再確認瓶罐甕缸裡的醃漬品、鹽糖米麵、豆薯地瓜，以及過年時做起來保存的甜粿簽。廚房裡的冷藏器有如避難所似的塞滿食物。

令人討厭的梅雨季一旦結束，就是日頭赤焰的初夏，暑氣蒸騰，許多人露出夏季疲勞的懶洋洋表情，得開始吃燉泥鰍和鱉湯了。

阿蘭姑將鱉血米酒端進一貫齋，盯著雪子捏緊鼻子全部喝掉。鱉血米酒入肚，雪子一連猛灌兩杯冷開水清口。水杯放在桌面上「砰」地一聲，喃喃說出「真討厭這個季節啊」的瞬間，雪子一時怔然。

以前最期待的，明明就是暑假。那許多年，梅雨季過後一日一日熱起來，阿蘭姑請人到知如堂給雪子做浴衣，木屐也換上顏色鮮豔的新繫帶。雪子喜歡的不是新衣服，是要看看暑假來訪的小早是否再次巧合地穿上相似的浴衣。

現在卻是令人討厭的季節了。

雪子沒有多餘的時間抱怨季節，端午節前夕忙碌得昏頭轉向，有時恨不得地球暫時停止轉動。包肉粽必須洗曬粽葉鹹草、置辦糯米豬肉香菇雞蛋與鹹蛋黃，也要新紮榕艾苦草、買檀香紅綢紅線縫香包、備雄黃酒午時水。最困難的是依照現有人手調兵遣將，同時又少不了要四處送禮問候。

雪子首次主持端午節慶，無論怎麼提前準備，還是有捉襟見肘的侷促感。阿母、阿蘭姑笑說，第一年嘛，以後就敏捷了。

男人那邊是不同的熱鬧。

鹿港郭大姑丈力邀惠風哥哥參與當地盛大的龍舟競渡，於是哥哥與獻文哥經常乘車往返王田與鹿港。期間雪子、好子姊跟隨去了一趟，正好逢上請水神。水岸邊道士焚香燒燭，水道裡裝束齊全的人們划龍舟、打船鼓，氣勢洶湧。想必是禮拜日的緣故，四周圍滿攜家帶眷的鄉人，莊嚴氛圍裡夾帶活潑的熱鬧氣息，令人深感這就是本島的特色。

請水神是舊曆年五月初一，惠風哥哥索性寄居鹿港郭家，等著五月五端午節的龍舟賽事。獻文哥說工作忙，反而沒在自家過夜。郭大姑丈低語，「就猶未予人招去，真無使事。」大姑狠狠一個眼刀子刮過去，轉過頭來像沒事人一樣招呼雪子和好子姊。

跟大姑一樣笑臉迎人的是郭家長房女主人，也就是郭大姑丈的長嫂吳氏。吳氏是大姑的妯娌，雪子幾個隨獻文哥喊吳氏「大姆」。惠風哥哥的未婚妻吳小姐是吳氏的小姪女，不知道惠風哥哥有沒有為該喊吳氏「大姆」還是「阿姑」而困擾？

晚飯時間，吳氏頻頻招呼惠風哥哥，隔著飯桌吩咐使用人給哥哥佈筷，挾魚就說「阿翠上愛食虱目魚」，挾雞就說「阿翠十歲就會曉殺雞」。惠風哥哥說話不多，斯文微笑便風靡郭家婦女。吳氏也教人給雪子挾芋粿、雞捲，笑咪咪說「阮阿翠上明理，以後雪子佮阿翠做伙，定著就歡喜的」。

回知如堂的路上，雪子忍不住吐露困惑。

「吳家那是什麼意思，莫非怕哥哥不想娶吳小姐？」

「哈！」

獻文哥發出笑聲，「這個啊，是在叮嚀惠風了，我大姆腦袋精明得很呢。」

好子姊也面露微笑。

「這次大姑丈邀請大哥，想來是吳家的意思。儘管前兩年已經仔細相過了，這回還想再一次好好觀望大哥的品性吧。」

「啊，原來是這樣。」

如果是往常的雪子，或許不會這麼遲鈍，最近忙碌而睡眠不足，腦袋就不那麼靈活了。

惠風哥哥前後兩次脫軌，這次更是在內地拖沓許久才返回本島，若說吳家完全沒聽見風聲，那是絕無可能的。如今找個名目把惠風哥哥叫到眼前觀察，雖說端午節距離訂好的婚禮日期並不遠，可是嫁壞了不如不嫁，寧願悔婚。

「多虧惠風長得好看，那張臉皮討人喜歡，這下子婚約跑不掉了。」

「婚約也不會只是因為皮相呀。」

「哎，妳大哥除了皮相，還有別的嗎？」

獻文哥慢悠悠地說。

雪子皺了皺眉頭，與身邊的好子姊對上目光。

好子姊淡淡一笑，把手指豎在嘴唇上，示意雪子不要反駁。一股氣堵在雪子胸口裡頭，把目光調向窗外，正有獻文哥手裡香菸的一縷菸雲流過去。

知如堂的端午節慶活動告一段落，埋首忙碌小半個月的雪子累壞了，隔天睡到日頭高掛，胃口全失，早飯連一口都沒吃。

阿蘭姑說是疲勞，好子姊說是中暑，結果中午飯桌端上來薑絲蜆湯、愛玉、綠豆湯和青草茶，還有獻文哥專程進城裡料亭買來的鰻魚盒飯。飯後雪子連跑好幾趟廁所，在新式廁所裡蹲得腿腳發麻，心想這個年代到底有沒有諾羅病毒和腸病毒？又想，什麼時候能夠引進坐式沖水馬桶？

雪子忽然迷茫。成為知如堂招贅女的話，可以隨心所欲買入文明便利的舶來品，可以決定知如堂的未來走向，卻沒有辦法選擇夫婿，這……？

可是，好像真的是獻文哥了。走鹿港那一趟，不只惠風哥哥受到審視，大姑的妯娌們同樣端量雪子。她們或許都是同樣的狐疑：什麼樣的富貴天仙，招得起台中第一中學校的卒業生當贅婿？獻文哥是三房用心栽培的嫡長子，就算郭家三房的身家不如知如堂豐厚，好男兒給人招贅的這種情形還是相當少見的。

如果兩家合意，雪子就完全沒有拒絕的道理了。

——要是在二十一世紀，楊馨儀會因為婚嫁而煩惱嗎？

這個念頭讓雪子疲憊加劇，無法動彈。

好子姊在廁所外敲門叫雪子，「要是以前的茅坑，還以為人掉進去了，要想辦法搭救呢！」

阿嬤找雪子進房間午睡。午後烈陽照映內埕煙絲冉冉，襯得房內一片幽涼。細心擦拭過的水竹涼席紅亮反光，躺上去沁涼入心，雪子抱著肚子蜷起身軀，試圖調整一個舒適的姿勢。

說著「阿雪毋好閫風」的阿嬤，吩咐阿蘭姑關閉扇風機，自己拿起蒲扇給雪子輕輕搧風。阿蘭姑連忙回過身子來說「姨母，予我來就好」，阿嬤搖搖頭。接受差遣的阿蘭姑默默出去，雪子身邊的阿嬤仍然一下一下地搖著蒲扇。

雪子放鬆地轉為仰躺，感覺微風吹拂瀏海，睜開眼睛看見阿嬤臉上肌理紋路的陰影深陷。

「阿嬤，會寒，毋免擛風。」

阿嬤眼睛半瞇半張，牽動嘴角，把蒲扇拍在雪子的額頭上。

「阿雪唬人，阿嬤毋愛予汝騙去。」

「真正無騙阿嬤，無阿嬤予家己擛風就好。」

即使雪子這麼說，阿嬤也沒有因此停下蒲扇，柔軟的表情好像雪子還是幼童似的。

「攏講做序大的，對待序小的毋通大細心，猶毋過，做人真正有偏心，走袂去。」

阿嬤口氣輕輕淡淡，「天公伯保庇，阿嬤這世人好命，育囝大漢，逐个攏是好的，到今毋驚共別人講，上尾一個是汝，阿嬤心內歡喜。」

雪子安靜地看著阿嬤。

阿嬤睜開微瞇的眼睛，眼睛裡有深邃睿智的光采。

「阿雪，汝看阿嬤這手指頭仔，也有聽人講古，知影自我出世，這紅指頭仔一時有人褒，亦一時有人貶。汝想為啥物？人性爾爾。阿嬤自細漢佇知如堂做千金大小姐，毋是少年時陣就捌這個道理，後來才知人生在世，必須喙軟心肝硬。燕雀安知鴻鵠之志？人愛呲閒仔話，予人呲去，咱家己有主見，毋免事事管待。阿雪，阿嬤心內歡喜，因為汝有智慧，較早阿嬤體會這道理……所以彼一日，最後汝會曉倒轉來。」

雪子聽得恍惚，直到最後一句。

彼一日，那一天，雪子跟小早奔赴基隆車站，終究選擇回頭。

基隆再返，到台中必然是午夜時分，向齊藤先生借錢買車票的時候，一併拍了電報回知如堂。深夜的台中車站外頭等候著獻文哥與林司機，車上獻文哥笑罵一句沒聽說過送人送到基隆的。進了內埕，正廳裡阿母、好子姊和阿蘭姑都在，端上廚房備著的熱湯熱飯，雪子邊吃邊流淚。阿母以比往常更溫柔沙啞的嗓音說，「好矣，轉來就好。」

男人們渾然未覺，可是阿嬤、阿母、阿蘭姑、好子姊想必都知道，雪子歷劫回歸，實實在在是割斷情義、出走又再復返的。

「阿雪共早季子小姐這個心內掛礙放落來，才是真正大漢矣。了後，汝就愛做厝裡的樑柱。」

阿嬤的蒲扇停下來，伸手撫摸雪子的頭髮。

「松崎一家伙仔真心誠意，沒話講。清子夫人頂擺來蹛彼暗，講起會當𤆬汝做伙佇京都生活……阿雪，汝是好囝，逐家攏毋甘，攏心內疼惜，阿嬤攏總知影。毋過阿嬤私心，汝也愛了解。」

雪子挪動身子去俯在阿嬤腿上，無法言語，只能點頭再點頭。

原來，原來直到最後，松崎家仍然對小早妥協了。

說出可以帶雪子去京都生活的清子夫人，內心懷抱著什麼樣的想法呢？在同一個時候，十六夜圓月燦星底下說著「我並不憎恨雪」的小早，又是懷抱著什麼而說出這樣的話？

松崎家客廳裡懇切傾訴的清子夫人，曇花綻放的庭園裡面帶微笑的幸長先生，基隆車站裡一臉憐憫之色的齊藤先生……還有小早虛弱無助的表情，以及流淌在雪子手上的灼熱淚水，全部都讓雪子心情複雜難言。

阿嬤再次搖動起手裡的蒲扇，微風徐徐，溫柔如春雨。

這次阿嬤說得更明白了，做厝裡的梁柱，雪子的任務是支撐起知如堂。這是赤裸裸的情感綁架。春子姊、恩子姊、好子姊，也許每個姊姊都是一樣的，可是阿嬤赤誠地交付寄託與信任，所以沒有一個人拒絕，雪子也不例外。

——雪子，大家都稱呼妳屘千金，可是妳千萬不能被這樣的稱呼所迷惑了，誤以為我們是高高在上的人，恰恰好相反，妳一天是知如堂的屘千金，就有照顧大家、為家族奉獻的責任。

春子姊說。

——在知如堂裡，有能力的要幫沒能力的擔起來。雪子妳，也要擔起大哥擔不起來的東西了。

好子姊說。

——雪子小姐，果然是我們錯怪您了。繼承了父親與母親的傻瓜血緣，所以早季子才會是個頑固的傻瓜吧！既然妳們懷抱有如親姊妹的情感，也請雪子小姐一定要明瞭，對早季子而言，應該要走上什麼樣的道路才是正確的。

清子夫人說。

——妳們的兄長太過軟弱了……雪子，未來想必會很辛苦的！

惠風哥哥說。

雪子心裡透澈，所以沒有逃避也沒有衝撞地走上應行的道路。

可是雪子仍然悲傷，在阿嬤搧來的涼風裡，與胸口裡透澈而寒冷的冰山一同深沉地睡去。

夢裡有風，清風浪動，醒來彷彿在水邊，雪子看見一汪人工湖泊有樹環繞，有兩個女孩呼喚她，星星、馨儀……雪子卻知道一切只是夢，十年前她經常做這樣的夢，這幾年很少了，她是雪子，楊雪泥，再不是二十一世紀的楊馨儀了。

四月以來變化多端的氣候在端午抵達尾聲，忙碌炎熱的端午節過後，便是氣候穩定的溽暑時節。別稱龍船花的仙丹花正值花季，花團是與熾熱日頭十分相襯的鮮艷丹紅色，知如堂庭園邊緣栽種的仙丹花錦簇艷艷，有如錦繡滚邊。由於距離內埕較遠，雪子搭車出入知如堂外圍大門總想著要摘一朵兩朵小花，可是回到一貫齋，就會很快埋首公務而遺忘。

那天隨惠風哥哥出門，雪子眼角瞥見紅花團團，轉頭多看了一眼。

「雪子看什麼呢？」

旁邊的惠風哥哥出聲詢問。

雪子搖搖頭。

「沒有什麼，仙丹花開了，以前常會摘來舔花蜜的。」

「啊，那是孩童時代的事情了。」

惠風哥哥笑起來，伸手拍前座的椅背，「林仔，閞回去吧。」

「是，少爺。」

「哪來這麼多閒情逸致呀。」副駕駛座的獻文哥抱怨。

「有什麼關係嘛。」惠風哥哥輕鬆地說。

轎車靠近仙丹花停下來，惠風哥哥率先下去，雪子跟隨，看著哥哥骨節分明的手指小心摘花，

「尾端留一截花蕊，才方便帶出花蜜，哥哥幫雪子多摘幾朵。」雪子低聲道謝，獻文哥在後面車裡問到底好了沒有。

「都是要結婚的人了。」

獻文哥這樣說著。

回到後座的雪子和惠風哥哥都沒反駁。小心翼翼拉出柔嫩花蕊，一顆圓珠般的花蜜停駐在頂端，雪子笑著跟哥哥說，「這次很成功，給哥哥。」

惠風哥哥微笑拿去放在嘴裡。

「啊，好甜啊。」

前座的獻文哥搖晃腦袋，點起了香菸。

端午節過後的要事，頭一件就是惠風哥哥的婚事。

吳氏觀察惠風哥哥想必相當滿意，早就敲好在新曆七月初的婚禮正式活絡起來。惠風哥哥居住的第一進左護龍，原本分了一間房給獻文哥使用，如今也要搬出來，清空留給吳小姐收藏嫁妝，將是新婦獨有的房間。哥哥原來的房間整修裝潢，做為夫妻新房之用。

獻文哥搬進一貫齋的藏書間。過去幾年那裡專做家長和助手休憩之用，厝舅退休以後，來寶搬入獨住一間，等到來寶離開，藏書間的床鋪從此空下來。二房秘書再添沒有寄居，每天早上跟著雙親通勤。

獻文哥家私不少，再添被支來當幫手。辦公書房裡雪子聽見聲音，過去藏書間探望，再添正好拿著毛巾擦小平頭上的汗水。

「再添住進來給獻文哥做伴好了。」

「這、怎麼敢冒犯表少爺。」

再添連忙捉緊了毛巾說。

旁邊拿著白色中折帽搧風的獻文哥對這個建議皺起眉毛。

「我跟再添住一間！開什麼玩笑？」

再添露出尷尬的傻笑。

雪子也不對獻文哥多說什麼。

儘管是趾高氣昂、公子哥兒作派的郭家三房大少爺，獻文哥仍然是知如堂這一世代的家長，處理庶務井井有條，精通國語、台灣話，能說簡單的英語與客家話，對外處事非常圓滑。獻文哥不但能夠與雪子合作無間地管理歲入三萬餘圓、歲出一萬圓的知如堂，毫無二話接納雪子對會計收支及財務報表形式的改良，所以有些毛病只能睜一隻眼閉一隻眼。

雪子必須再三自我安慰，至少獻文哥不是豬隊友。隨著惠風哥哥的婚禮日子越來越近，雪子的忙碌指數直線攀升，資金出入、生意洽談、往來應酬，如果沒有精明俐落的獻文哥，肯定會加倍艱難。

另一方面，本島尚未捲入日華事變的戰局，戰爭影響仍然浮現。

庄長、副庄長、保正分別來知如堂拜訪，建議知如堂長房唯一男丁的婚禮更應該領頭奉行儉約政策。這是進入戰時體制的明確勢頭。當年阿嬤七十壽誕筵席大開三十桌，流水席三日不斷，惠風哥哥的婚禮不再能夠那樣鋪張了，只是婚禮細節繁瑣，知如堂以阿母為首的女人們謹慎態度也跟打仗無異。

迎娶新嫂嫂的日子很快到來。

依照習俗，迎娶要在上午。知如堂到吳家的車程，以火車計算都超過四個鐘頭，惠風哥哥與迎親隊伍提前一天投宿台南市，出發前的清晨先在正廳拜過公媽。婚禮訂在舊曆半年節的後一天，這天便是半年節。惠風哥哥祭拜結束往台南市出發，獻文哥就來問要不要去犁頭店的媽祖廟拜拜。雪子拒絕，回到第二進左間房裡，和衣躺上床鋪，銅鑄床架發出細碎的聲響。

竟然又是半年節了。這是雪子降生此世的第一個節日。

六月六開天門，願望可以上達天聽。如果神明大人能夠實現願望，雪子凝望著床頂心想，現在的我想實現哪一個願望呢？

「雪子在睡覺嗎？」

雪子聞聲翻身起來，看見是好子姊。

門口的好子姊擺擺手示意雪子不用起身，踩著地毯無聲無息，去坐那座暖紅色的貴妃椅絲絨沙發。

「西洋沙發好看，就是夏天坐著太熱了。好子姊要不要坐桃花心木那張？」

「坐這張就好。都說『有一好，無兩好』嘛。」

雪子還是起來將扇風機轉到好子姊的方向去。

「那天，妳為什麼回來？」

雪子被好子姊這句話問得呆住，手指差點伸到扇風機裡頭。

「我以為雪子會去的，妳想去內地的吧。」

「好子姊。」

「如果是恩子的話，一定不會再回來了。」

「……騙人，好子姊說謊。恩子姊不會丟下妳，所以我也不會丟下阿嬤。其實好子姊也是，春子姊也是，沒有人可以丟下知如堂。」

雪子說著，看見好子姊笑起來，笑靨如花。

「雪子，好子姊心裡複雜。我期盼妳能逃走，又想要妳留下來。我想著，我們姊妹裡總有一個可以走自己的路，那樣多好呀。可是，知如堂長房二房要團結合作，長房主事的人比起大哥，我更希望是妳。」

好子姊調整坐姿，端正地面向雪子。

「差不多也是在妳這個年紀，我和恩子知道了阿嬤的安排。那個時候，大哥在台北讀高等科，常常零用錢不夠，拍電報回來請求匯錢。一個月四十圓、五十圓開銷，高等科學生卒業後的月薪也不過如此。問大哥為什麼，他說請同學吃喝用完了。厝舅派阿保叔去台北探望，阿保叔回來說，真的是請客吃飯，去喫茶店吃洋食、上酒樓開酒席，同學們可能習慣了，竟然沒有人客氣推辭。

自從那時開始，阿嬤就讓我們留意大哥和妳。阿嬤說的，扞家的人會決定家族的命運。幾年前，大哥第一次從早稻田休學回來，阿嬤已經失望，是大姆力保大哥回去讀書。這一次……我猜想，收到大哥自殺的電報那一天，阿嬤就決定要讓妳招贅了。」

雪子因為這番話而驚訝迷惑。

「這都是阿嬤跟好子姊說的嗎？」

「雪子，聰明人的心靈是相通的。」

「……。」

「當年我阿爸花費千圓娶藝旦秋霜倌為細姨，從那一刻開始，阿嬤和大姆，以及之後的恩子與我，就算沒有經過討論，我們做的卻都是同樣的事情。我阿爸喜歡什麼，就讓他做什麼，不要惹出大事就行了……雪子明白我的意思嗎？」

好子姊微微一笑，「知如堂底下有許多人，親族、佃農、長工，都仰賴知如堂生活。有的人必須成為肩負重擔的棟樑，而不是棟樑之材的人們，也必須安分地留在棟樑之下。唯有如此，家族才能安寧、長久地繁衍下去。」

「好子姊是說……可是，這是真的嗎？」

好子姊用溫柔的眼睛注視著雪子。

「妳看，聰明人一點就通了。」

雪子卻覺得心驚。

富貴閒人的二叔，買轎車、上遊廓、打高爾夫球、賭競馬券，都是知如堂公家支應。如果好子姊的說法屬實，那麼二叔就是知如堂刻意養成的紈褲子弟。

從娶入細姨開始，如今年過五十，漫長歲月裡二叔一點也沒有覺察內情？這件事情雪子無從知道答案，可是雪子知道，一個人大半輩子養在溫室裡，再不會想要出去了。已經遭到捨棄的惠風哥哥，也要步入二叔的後塵嗎？

——保全知如堂上下度過各種可能的劫難。

這是雪子留下來的理由，為此付出的代價是捨棄小早，招贅獻文哥。

雪子越想越深。所以說，即將成為長房的棟樑，我現在所要做的，就是圈養哥哥嫂嫂，讓他們安份地待在樑柱之下，成為一對只懂得風月玩樂的富家夫婦，以便維持知如堂目前的權力運作狀況是嗎？

雪子不想爭奪權力，只是想讓大家安全的走向未來。可是，所有人都是用盡全力才能活在命運的狹縫之中，此時此地就是雪子身處的現實夾縫啊。

藝旦出身的細姨秋霜倌，也會在料想知如堂即將分家之際，努力爭取更多的生存空間，那麼以知如堂長房長子長孫媳婦的身分嫁進來的新嫂嫂、明正言順的未來知如堂長房女主人，可能毫無怨言地接受這樣的安排嗎？

反過來說，如果有一天要雪子交出帶領知如堂方向的權柄……想到小早那雙盈滿淚水的眼睛，想到那就是已經付出的重要代價，她就做不到。越是想深了，便越發理解為什麼要將二叔、秋霜倌養成走不出溫室的廢人，那是為了從根本處剷除可能萌芽的衝突。

阿嬤囑託的話語如微風如春雨，絲毫沒有顯露潛藏的風暴。這不是爭奪而來的權力，是阿嬤親自交到雪子手中的。雪子要做的，是不辜負寄望，並且牢牢守住這份權柄，以招贅女之姿帶領新一代的知如堂長房。

雪子透亮發寒的心竅，再一次顫抖不已。戰爭的巨大陰霾使人驚懼，唯恐喪命身亡，日常生活卻像深海波浪，無聲無息令人起伏翻騰。

——我到底，這十年來都活在什麼樣的世界？從二十一世紀穿越而來，我到底是為了什麼？

「……這樣的事情，我做得來嗎？好子姊，我覺得很害怕。」

好子姊過來輕輕摟住雪子肩膀。

「好孩子，不要忘記現在害怕的心情，要把持住。好嗎？」

好子姊幽幽嘆息，「不知道嫂嫂會是什麼樣的人，如果是可以心意相通的人就好了……。」

好子姊說的想必是大家的心聲吧。

雪子想著即將要嫁入家門的新嫂嫂，也想著出門迎親的惠風哥哥。

仙丹花的花蕊頂端有圓珠般的一滴花蜜，惠風哥哥把花蕊輕輕放進嘴裡。

「啊，好甜啊。」

說著這樣的話，惠風哥哥望著雪子的那雙眼睛裡，流動著溫柔的水光。

十六、櫻

惠風哥哥的婚禮仍然相當風光。

儘管略遜阿嬤七十大壽的壽宴，知如堂不分親疏的親戚朋友也幾乎到齊，現場拍攝婚禮紀念照，按照地位和身高排序就花去小半天。席開二十八桌，筵席從冷盤、主菜到點心，二湯十菜全套十二道，上完點心重頭再上冷盤，一個日夜上菜足足五輪，接待不知道多少賓客。天色完全漆黑以前，獻文哥、阿蘭姑為首連帶底下使用人們陸續送客，直到燈火通明的深夜。

隔日天光一亮，新娘奉茶，行禮如儀，午後新婚夫妻搭乘新型的美國轎車南下預備歸寧，知如堂親族浩浩蕩蕩乘上蒸汽火車，在台南市的旅館下榻會合。

婚禮盛大瑣碎，連日下來公務耽擱不少。第三天的吳家歸寧宴宣告結束，雪子連新娘子都沒能正眼多看，留下藉此機會在府城遊覽觀光的家人，獨自返回台中。

幾日以後雪子起早入廚房，幾個使用人的說笑聲從後門井邊傳來，通勤的廚師水牛伯還沒到，有個陌生的女人在摸索瓦斯器。女人的衣著整齊低調，是翡翠色格子花紋綢緞、暗金色刺繡滾邊的改良台灣長衫，黑色長髮綰成傳統髮髻，只有腳上那雙高跟鞋光鮮亮麗。

雪子心裡奇怪，對方已經轉過身子來，見到雪子就面露微笑。

「早安，您一定是雪子小姐，對嗎？」

講得一口流利的國語，面容清秀而氣質出眾，神采奕奕。

雪子知道這就是翠嫂嫂了。

前一天深夜，惠風哥哥新婚夫妻殿後回到知如堂。天剛微亮的清晨，新婦起早進入廚房，臉蛋上一絲疲倦的痕跡都沒有。就是那雙亮晶晶的眼睛，阿嬤說的，看見就知道是可以勝任長房長孫媳婦的眼睛。

翠嫂嫂是彰化高等女學校的卒業生，離開學校的這四、五年隨著台南吳家參與許多社交活動，即使如此也沒有將頭髮剪短或燙捲追求時髦，而是大方規矩，一身輕便俐落的風采。

如同雪子會對那雙眼睛自然生出好感，翠嫂嫂那股討人喜歡的率真氣質，令她在那之後迅速順暢地融入了知如堂。

惠風哥哥宛如暱稱般稱呼嫂嫂的名字「翠」（みどり），翠嫂嫂則稱呼哥哥為「惠風先生」（けいかさん），似乎相敬如賓，但相對多數本島人日文發音總是忽略中間的い音而讀成けか，翠嫂嫂稱呼哥哥名字時拉長了い的讀音，聽起來有淡淡的柔情。

由阿母引領，翠嫂嫂開始學習主持廚房中饋。阿母細說知如堂素來跟哪家店鋪小販進貨買米麵油鹽、菜肉瓜果，天氣熱的時候、冷的時候分別吃些什麼，以及眾人的用餐習慣云云，翠嫂嫂一一記住，複誦的時候一個字都不會出錯。阿母又找來已經退隱的大廚坤禮婆，傳授幾道需要費心伺候的私房菜色，翠嫂嫂很快掌握訣竅，練手幾次就能端出一樣的料理。

阿母私下說，有個這樣的嫂嫂，以後雪子就輕鬆多了。

遙遠的事情雪子不敢想像，可是有了翠嫂嫂進門，好子姊和雪子確實減輕負擔，不約而同地讓渡廚房諸事，各自將重心轉向公務。

惠風哥哥結婚以後，再添正式從二房秘書轉為哥哥的秘書，相應而來的，是好子姊延聘恩子姊的丈夫擔任二房秘書。

找許姊夫擔任使用人，本來就是雙胞胎的原定計畫。倘若來寶接受安排出知如堂擔任外部工作的使用人，再添升為二叔秘書，許姊夫便會任職相當於二房家長的工作。儘管來寶出事令計畫出現波折，最終還是走上軌道。

這件事說起來有點複雜，在富有之家卻算是人事分配的常識。

所謂的家長相當於一家的庶務經理，秘書則是助理。知如堂還沒有分家，昔日兩房統一以厝舅擔任家長，直到厝舅退休，來寶接手二房的家長工作，即使如此，名義上來寶始終都是秘書。

惠風哥哥結婚娶妻，意味長房和二房庶務分界將會日漸明顯，以其他人家的慣例來看，此後各房有自己的家長也不奇怪。經過討論，於是有了這樣的人事調動：再添任職惠風哥哥的秘書，許姊夫以秘書之名擔任二房家長，恩子姊與許姊夫名下「星喫茶店」的青年店員武雄轉任二叔秘書。

拜人事調動所賜，許姊夫通勤，恩子姊同樣勤快往返知如堂。

「雪子要不要喝咖啡？如果要喝的話，可以幫我多沖一杯嗎？現在我啊，每天不喝兩、三杯咖啡，簡直沒有辦法過日子了。」

恩子姊老樣子的氣勢洶洶，微笑起來臉色紅潤，宛如盛開的牡丹花。

「不是懷著孩子嗎？恩子姊少喝一點咖啡比較好哦。」

「所以說沖一杯嘛。我飲一半，好子一半，感情才袂散。」

恩子姊這麼一說，好子姊就在旁邊搖頭笑起來。

好子姊笑，恩子姊也像受到感染一樣笑得更為燦爛。

「好期待小嬰兒出生呀，會是雙胞胎嗎？」

好子姊一臉神往。

「那樣就太好了，畢竟好不容易才懷上的。一次生兩個，也分給妳一半。」

恩子姊笑嘻嘻地說，又轉過頭來對著雪子嚷嚷。

「好了，雪子，快點沖杯咖啡過來，妳兩個姪子想喝咖啡了。」

雪子失笑，「註生娘娘是答應了嗎？恩子姊話說得這麼滿！」

就算忍不住吐槽，雪子也是聽命而去。再過一個鐘頭，雙胞胎就得出門了，這趟說是要去星喫茶店確認即將引進的新口味冰淇淋。

雙胞胎最近相當忙碌。

許家原是小商戶，兩代經營米店，恩子姊嫁入以後氣象一新。先是投資開設喫茶店，隨後與知如堂二房合作土地開發，買屋買地重整、對外出租商用店鋪，順勢也將米店拓大經營規模了。近期逢上許姊夫與喫茶店店員武雄轉進知如堂，許家那邊的人手必須補足，免不了應酬接洽。而為了確保喫茶店的生意不受人員更替影響，雙胞胎巡店也比往常勤勞。

恩子姊的預產期在三個月後，肚子明顯隆起，好子姊接手協助各項事務，兩人每天同進同出，整天聊個沒完。

多了進出的人口，知如堂的氣氛變得輕快起來。

惠風哥哥與翠嫂嫂那邊也是這樣的。

翠嫂嫂出身府城富戶，不僅音樂素養深厚，讀過許多文學小說，連拿得出手的料理也比別人豐富。惠風哥哥向來耽溺音樂、文學與美食，新婚夫妻竟然一拍即合。有回說到翠嫂嫂的家傳手路菜五柳枝，惠風哥哥聞之嚮往，竟然提議來個夫妻鬥菜，一較廚藝高下。

五柳枝是清蒸虱目魚淋上五柳醬做成的料理。香菇、紅蘿蔔、黑木耳、酸筍、金針切成細絲，以烏醋、冰糖調味，熬煮為醇厚的醬汁，最後加入大量的新鮮蒜末，淋在剛剛清蒸揭鍋起來的虱目魚上面。

這道料理是府城名菜，惠風哥哥說，那麼他要做一道東京風行的洋食。挑選豬的里肌肉，切成兩、三公分的厚片，以鹽巴和胡椒揉醃入味，而後裹上蛋汁以及粗粗的西洋麵包粉，油炸起鍋切成適口大小，盤子堆一層切碎的生高麗菜，淋上伍斯特醬汁。這叫做炸豬排。

為著鬥菜，惠風哥哥和翠嫂嫂一早去了烏日庄的早市，親自挑菜、買肉。本島人的市場沒有麵包粉和伍斯特醬汁，便掉頭直驅台中城內的新富町市場。傍晚夫妻倆同時進廚房，忙活大半天，直到夕陽西墜。

晚飯時間，兩道料理端上正廳的八仙桌，眾人面面相覷，筷子都先伸向了翠嫂嫂的那盤。只有雪子邊吃邊感嘆，睽違已久的炸物料理啊，可惜這年代的本島人沒有生吃高麗菜的習慣，更別說聽都沒聽過的伍斯特醬汁了。

「敢講無好食？」

惠風哥哥一臉困惑的樣子。

「逐家是予我這个新婦做面子哩！」

翠嫂嫂笑起來這麼說。

雪子坐的近，聽見翠嫂嫂小聲對惠風哥哥說了一句：「我覺得非常美味。」惠風哥哥於是微微一笑，眼睛裡水光閃閃。

那天晚飯過後，雪子出門散步，越過小山丘，遠繞農田水圳，走完一圈返回家門，在庭園邊緣遠遠看見仙丹花叢邊的兩道身影。夏天晚霞還有餘光，靠近了再看，惠風哥哥正將仙丹花的花蕊遞給翠嫂嫂，翠嫂嫂接手後反過來放到哥哥嘴邊。

惠風哥哥低下頭，清澈的笑聲從胸腔裡傳出來。

雪子不敢打擾，回頭再去走路。

小山丘，農田，水圳，雪子直直走到已經繁花落盡的苦楝樹下，伏在樹身默數太快了的心跳，試著平息急促的呼吸。抬起頭來一望，中元節剛剛過去，正要攀上樹梢的是十六夜團圓燦亮的滿月。

如果，那一年惠風哥哥首次休學就不再復返早稻田，如果，早一點讓哥哥嫂嫂相見，如果，惠風哥哥沒有跟另外一個女人戀愛……

如果哥哥沒有殉情，雪子想，那麼現在的我也許……

也許，雪子自問，也許怎麼樣呢？

那一天，雪子在苦楝樹下待到夜色深邃，星光滿天。

後來雪子經常沿著那樣的路徑散步。

夏季的尾聲，晚飯後還能趁著天光彩霞走路，只有偶爾因為傍晚的陣雨以及颱風受到阻擾。

儘管如此，宛如天公傾倒水缸般的大雨在屋頂上轟然作響，遠方偶有雷鳴滾滾，至少比起春天梅雨來得令人感覺暢快多了。

「這種時候家裡都吃什麼呢？」

翠嫂嫂來第二進的和室書房請教雪子。

暴雨令氣溫降低，帶來接近秋天的涼意。或許翠嫂嫂的娘家在這種時候會有特別的料理，才會特意前來詢問。

「可以增加一道平補的熱湯，白果、薏仁、山藥燉排骨這一類，不要太燥熱的……」

雪子說著忽然醒覺過來，再看了翠嫂嫂一眼。

「如果是哥哥的話，我記得……對了，炸甜粿簽如何？」

在翠嫂嫂好奇的目光下，雪子翻出自己輯成的惠風哥哥書信集，指出其中一段：

我在東京遙想本島的雨季。豆腐乳極好，我卻因為想起颱風天，滿心懷念過去在家中度過風雨的日子。最好的便是煮得濃濃的熱茶，配一碟子炸甜粿簽。對了，記得灑上許多砂糖。

翠嫂嫂低聲笑起來。

「惠風先生真是……」

雪子看見翠嫂嫂溫柔的眼神，不禁也心底柔軟。

「『就連遙遠的神代裡，也不曾聽說過』……翠嫂嫂知道這首和歌嗎？」

「是《百人一首》，對嗎？『龍田川上，鋪滿了鮮豔的紅葉，潺潺河水在紅葉之下流動』。儘管是古日語，仍然是非常美的和歌。」

翠嫂嫂不愧是經常進出傳統神社的吳家小姐，想必有深厚的日本文學素養，讀起和歌的韻律聲調也十分好聽。

雪子翻到僅僅寫了這首短歌的信件那一頁。

「那個時候真的被惠風哥哥搞迷糊了呢，如果不是有人告訴我的話，根本不會發現是《百人一首》，而且完全不明白寄回來這首短歌的用意呀。」

「肯定是那個時候的內心充滿難言之隱吧。」

翠嫂嫂聲音柔和而明快，「因為惠風先生並不是坦率的人呢。」

雪子驚訝地看向翠嫂嫂，而對方只是回以微笑，小聲地說著「畢竟我也是那位的妻子了呀」。

雪子笑了，「所以今天晚上要做炸甜粿簽了。」

「嗯，而且要加上許多砂糖呢！」

如果是這樣的嫂嫂，雪子想，或許能夠和樂融融地相處很久吧。

可是聰明溫柔的翠嫂嫂，會是日後可以心意相通的明白人嗎？

雪子無法想得那麼遠。

可以確知的是，毫不手軟地灑上價格昂貴的砂糖，甜粿簽果然非常美味。連阿爸都懷想往事的說著，以前好像一到大雨天就會炸來吃呢。

這一天晚上惠風哥哥卻沒有吃到甜粿簽。

不只是砂糖甜粿簽，還有白果薏仁豬肚湯，洋食料理的炸馬鈴薯可樂餅，惠風哥哥錯過了翠嫂嫂費心整治的這頓晚飯。秘書再添在晚飯前回來說，惠風哥哥臨時接受魁星商店進貨廠商的邀請，到城內的料亭去了。

一貫齋裡聽見這個消息，雪子眉頭攏聚。

「對方是哪位？」

「是森下博藥房代理商的吳先生。」

吳先生是全國等級暢銷商品「仁丹」藥丸的台中州代理商底下的員工，負責接洽這一帶藥店、商店的鋪貨通路。魁星商店在王田車站一帶頗有些規模，但也沒有找惠風哥哥應酬的必要。

雪子還在思索，獻文哥手掌拍在桌面「砰」地一聲。

「莫名其妙，就是去吃烤牛排、生魚片，魁星能賣更多仁丹出去嗎？不能給別人許下好處，又去吃飯，最後誰要結帳？雪子，這筆帳不准從公家出錢！」

再添苦著臉。雪子不管獻文哥怎麼說，讓再添領錢去了。

「雪子，妳會寵壞惠風。」

雪子默默望著獻文哥嚴厲的表情。

相較狀況外的獻文哥，屘舅想必是不需要把話明說的聰明人吧。

獻文哥還在氣頭上，沒留意雪子的目光。

「妳二叔就是這樣變成廢物東西的，妳等著看！」

「……。」

再添傍晚披著風雨出門，再回來知如堂，夜已經很深了。

爛醉如泥的惠風哥哥被再添扶進左護龍私廳。阿爸、阿母、獻文哥、阿蘭姑和雪子過來探看的時候，翠嫂嫂拿著面巾給惠風哥哥擦臉，再添正脫下惠風哥哥淋溼的皮鞋。

阿爸阿母只看一眼就出去了，阿蘭姑忙著要燒熱水，翠嫂嫂跟去廚房煮解酒湯藥。獻文哥打發再添去換套乾淨衣服，自己端了痰盂過來。

雪子重新拾起面巾給哥哥擦拭頭髮，看見哥哥雙眼緊閉，面露痛苦之色。
「到底是喝了多少酒？」
「不會喝酒還要喝，白白浪費了。」
惠風哥哥亂髮裡的雨水流淌到臉頰，雪子嘆息著拭乾水痕。
哥哥勉力睜開眼睛，「雪子？」
「哥哥，不舒服吧？等一下喝點熱湯。」
「雪子。」
惠風哥哥晃動身軀，差點沒有跌倒。
「雪子，我心裡好苦。」
這句話，竟然帶了哭腔。
雪子和獻文哥不由得對上目光，獻文哥氣極反笑，那樣的表情就像再次複述稍早的指責。
——雪子，妳會寵壞惠風。妳二叔就是這樣變成廢物東西的，妳等著看！
「吶，雪子啊。」
惠風哥哥渾然未覺，嘴裡模糊不清地呼喚著雪子。
「哥哥帶妳去吧，去恩賜公園，看櫻花……。」

就算說了這樣的醉話，現實世界照樣月沉日升。天亮了，宿醉的惠風哥哥坐上早飯餐桌，竭力掩飾難受地吃著白糜和豆醬醃瓜，往日喜歡的鹽醃肉切片，一筷子都不挾，好像碰到葷腥就會吐出來的樣子。

早飯過後，惠風哥哥也必須按照行程前往豐原。

翠嫂嫂擔憂惠風哥哥身體不適，私下請求雪子跟哥哥同行，結果就成為林司機開車送惠風哥哥與雪子兩人到車站，再添留在知如堂給獻文哥幫手。

儘管比不上土地住宅株式會社，可是自從第一筆王田建案成功獲利，知如堂便陸續在幾個地方同步進行小規模的整地興建，主要都是對外出租的住宅與商用店鋪。

這天要去的豐原就是其中一處。

那是距離豐原車站步行半個鐘頭，一列和、洋式折衷兩層樓的木造住宅建築，總計六間房屋。說大不大，卻也不是可以隨意放任管理的規模。知如堂安排在此擔任收租及維護產業的管理人，是十幾年前就在厝舅底下做事、深受信賴的阿保叔。

土地開發這項生意，接手主導權的雪子無意獵地出售以累積財富。由於最終目標在於迴避未來國民黨政府的土地掠奪，而且空襲可能會造成房屋破壞，所以只需要有充足的名義留下土地就夠了。如此說來，第一次的建案在王田車站蓋起磚造洋樓，算是雪子的失策吧，如果會在戰火之中焚毀，木造建築的成本比磚造建築低得多了。

今天這一趟算是「巡田水」，每一季至少探訪一次。先前都是獻文哥單獨來訪，這是惠風哥哥到豐原住宅建案的頭一回。

抵達豐原車站，颱風過後的陰天偶有微雨，惠風哥哥撐傘帶著雪子奔赴冰果室，一人點來一杯酸甜冰涼的鳳梨冰，悠悠喝了幾口，惠風哥哥低語說「總算舒服多了」。

鳳梨冰喝完結帳出門，一個又高又瘦的身影筆直走過來。

「少爺，豇千金！我就臆著少爺先來遮，果然如此。」

三十歲靠後半的中年男人，乾瘦臉頰卻滿面笑容。

許久不見，對方一點也沒有改變，雪子和惠風哥哥不免也笑起來。

「阿保叔，歹勢，予汝等待矣。」

「少爺莫按呢客氣！」

阿保叔開朗率直，顯得態度不卑不亢，「豇千金這馬敢聽有台灣話？現今有誠濟囡仔人干焦會曉講國語囉！毋過佳哉，我也會曉淡薄仔國語，上輾轉的是這句：『對不起，小的聽不懂日本話！』」

說完，阿保叔自己哈哈大笑起來。

隨後立刻引在前頭，直奔附近的媽祖廟。阿保叔自顧自地講古起來，這座廟宇明治時代遭到徵收，充當國語學校，直到在地鄉紳奔走，最終由番仔駙馬張達京的後人張麗俊先生主持修建。

如今所見雕刻、剪黏、神像都是名家出手，連木材、石材的挑選都有可觀之處，前後花費將近十年歲月終告竣工。

隱約感覺這聆聽經驗似曾相識，雪子才想到許多年前的知如堂，小早問起樑枋、花柴上的圖樣雕刻，就是阿保叔來跟她們說了許多故事。

雪子反正是把公務丟在知如堂了，於是津津有味地聽阿保叔從三川殿聊到後殿，從媽祖娘娘講到福德正神，一晃眼日頭從陰雲中露臉，天光都亮了。

「叔仔，敢袂嘴焦?咧欲透中晝，會當食飯矣。」

惠風哥哥笑著打趣。

阿保叔定住，看了看天色便「啊啊」地發出苦惱的聲音，可見是經常在此地擔任地陪導遊，也經常耽誤了別人的時間吧。

那樣的熱情真誠，毫不掩飾，雪子忍不住想笑。

「阿保叔講話趣味，親像先生同款，小等阮做學生的，愛請阿保叔飲一杯黃梨汁。」

阿保叔聽得咧嘴一笑。

「屘千金真正會曉講話，莫怪老夫人看重！」

說完，風風火火地拉走雪子和惠風哥哥，兩層樓木造住宅從第一間房子看到最後一間，畢竟是才建起來不到三年的新房屋，講解反而沒有廟宇詳細。

日頭真的高懸天空、準備吃午飯的時候，阿保叔忽然露出回憶的表情。

「彼年去台北城，少爺請同學佮我去蓬萊閣食中晝……」

惠風哥哥的表情卻變得有點微妙，是一種難以形容的神色。

在惠風哥哥讀中學、高等科的那時，阿保叔是果園田地的管理人，同時常給哥哥跑腿，哥哥赴內地以後才免去跑腿這項工作。幾年前，因為是值得信賴的老使用人，分派來做重要的收租工作。

「閣有彼時陣，少爺讀一中，蹛佇學校學寮。彼年樣仔大出，我提去學寮予少爺，少爺抑分予同學，講物件逐家分享才會好食。」

惠風哥哥嘆口氣笑起來。

「阿保叔彼時提來規大籠，逐家食甲叫毋敢。」

「對，就是彼時，少爺食甲運動靴攏滴烏去，彼个運動靴貴參參，我打一个生驚，猶毋過少爺一點仔也無掛意。」

阿保叔不久之前的熱情亢奮褪得乾乾淨淨，定定地望著惠風哥哥，又望向雪子，半晌過後側頭去好小聲說，「少爺細漢時講過，欲予知如堂起大厝，兩房囝孫永遠湊做伙。少爺是按呢了不起的人物，想無哪會做出彼款代誌？」

「叔仔……。」

惠風哥哥吶吶地喊了一聲。

雪子無從介入，也沒有辦法介入這個話題。

話題沉重，雪子與惠風哥哥草草在阿保叔家用過午飯就道別。

阿保叔搶著幫忙拿傘，一路送行到豐原車站月台，途中買了漢餅店雪花齋的雪花餅、冰沙餅，連聲說「老夫人上愛吃這雪花餅，啊這冰沙餅有夠出名，逐家攏愛吃」，恢復了那健談多話的開朗神情，午飯前那一段對話好像是剪接錯誤的映畫底片。即使惠風哥哥與雪子再三推辭，阿保叔仍然在月台邊把漢餅塞到惠風哥哥懷裡，目送他們搭乘的蒸汽火車遠行。

「啊，忘記請阿保叔喝鳳梨冰了。」

雪子說著，轉頭看見惠風哥哥嘴邊淡淡的微笑。

「下次吧，也許下次是雪子和獻文哥過來了。」

雪子沉默下來。

惠風哥哥其實是複雜的。

追求美味的食物，深邃的文學與音樂，喜歡旅行，浪漫而熱切地愛著這個世界，如果只是這一面的惠風哥哥，那就單純的多了。可是，雪子重複閱讀哥哥的信件，在幽微處窺見了過去所不知道的惠風哥哥。

在「內台融合」的口號裡，惠風哥哥宛如孤挺花，無論如何沒有辦法忽視真實存在的隔閡。來信裡寫著「在澡堂和食物之前，內地人與本島人之間是毫無分別的」這樣的文字，實際上那份「分別」是真實且巨大的存在，是哥哥無法突破的心魔。

藝術層面總是心意相通的摯友黑田君，在最根本之處、也就是維持生命的食物，黑田君喜歡的生魚片和海膽，哥哥喜歡的蝦䱩與豆腐乳，怎麼樣也不可能互相理解。越是與黑田君親密無間，越是理解雙方之間的距離吧。

休學再返早稻田大學的第一個學期，惠風哥哥的來信日期仍然使用昭和年號，第二個學期開始便轉為當代少見的西曆紀年。

翠嫂嫂說，因為惠風先生並不是坦率的人呢。雪子終於了悟，那段期間，惠風哥哥的內心肯定經歷過什麼樣的變化了。

「哥哥並不是為了那個女人才做傻事的吧。」

「……。」

「比起來路不明的殉情對象，如果是為了黑田先生的情義而死，還比較像是哥哥的作風。」

「呵呵，這張嘴巴還真是敢說呢。」

惠風哥哥側過臉來望著雪子，眼睛有水光。

水光閃閃，像是日月潭畔那風裡捲動的櫻花花瓣。

「雪子，我對這個世界充滿質疑。」

這是一句陳義太高的傻話，雪子卻受到震懾。

「這個世界太奇怪了，不是嗎？本島人既不是日本人，也不是支那人。昭和九年，也就是西曆一九三四年，台灣議會設置請願運動徹底的結束了。黑田君對請願運動的看法與我截然不同，無論怎麼努力，我都無法消弭內心的扞格。而林君斷然捨棄學業奔往支那，加入支那的革命青年團，我也做不到那樣瘋狂的事情。那種時候，我恨不得自己打從出生就是內地人，或者打從出生就是支那人。本島人到底是什麼呢？沒有人可以解答，這不是太奇怪了嗎？寄情於文學與音樂的時候，我可以忘卻痛苦，可是回頭看見妳，看見好子……我不明白，為什麼好像只有我一個人走在暴風雨之中，所有人都活得那樣平靜、快樂？我越是拚命地想要把目光放在這個世界的現實層面，越是混亂不堪，連學業都一蹋糊塗，令我無顏面對大家。走投無路的時候，千榮子對我說，那個世界比這裡美好得多了……」

惠風哥哥聲音輕柔而悠長地說著。

「對不起啊，雪子，因為哥哥軟弱的緣故，造成妳的困擾了。可是跟千榮子一起仰藥的時候，我真的覺得心裡好輕鬆。阿嬤、阿母、阿爸，家裡的人看重妳是對的，因為即使直到現在，我也對這樣平凡安靜的每一天感到痛苦不已，只是努力活著罷了。黑田君是日本人，林君是支那人，只有我無所適從，我想要忘記這種事情啊……雪子，我想不透，我為什麼誕生在這個世界上？為什麼要來走這一趟夢幻泡影般的虛妄人生呢？」

雪子啞然無言。

早在哥哥自殺電報傳來的那一天，雪子描摹多年的計畫就破滅了。

可是，必須直到今天雪子才彷彿真實看見，過往描摹的那個筆直、卻有如虛線般的幻想道路，完完全全地遭到重擊而粉碎。

十七、鈴蘭

雪子墜入了深邃的湖水裡頭。

乘水漂浮，浪動久久，終於依靠岸邊草皮。

樹木環繞的人工湖畔有水聲潺潺，兩個女孩呼喚著她，星星，馨儀，該是時候起床了，哪會猶未起床咧。雪子想，小汪好像會日語吧，可是什麼時候老貓學會講台灣話了？

雪子眼皮沉重，四肢無力，無法輕鬆地睜開眼睛。

「讓我，再躺，五分鐘……」

「咦，這是北京話嗎，雪子小姐？」

雪子陡然清醒。

出現在眼前的是翠嫂嫂，對著雪子噗哧一笑。

「翠嫂嫂……」

「睡得好熟呀，做了什麼樣的美夢嗎？」

「這個、該說是美夢嗎？不如說是令人懷念的夢吧。」

夢中的感覺好像還在，雪子揉著臉頰起床，看見窗外已經天色大亮，連忙轉頭去看時鐘。

「這麼晚了？」

「大家都用完早飯了，不用著急，留著雪子小姐的呢。更早的時候想來叫起，好子小姐說難得晏起，不如多睡一些，可是睡得比平常晚許多，惠風先生擔心您或許是生病了。」

「沒有生病，只是有點疲倦。」

雪子說著伸展手腳，試著打起精神。

翠嫂嫂上下看著雪子。

「嗯，看起來沒有感冒。該不會是貪看小說，太晚睡覺了吧？」

翠嫂嫂說完自己先笑起來，「因為我以前也是這樣的呢！」

「翠嫂嫂……」

「好了，來，雪子小姐請用。」

翠嫂嫂將水盆裡的面巾擰乾了遞到雪子手邊。

面巾柔軟而潔淨，雪子仔細擦過臉，嗅到熟悉的淡雅香氣。

「加了一點茉莉花哦，雪子小姐喜歡嗎？」

「真有雅興呢，很多謝，讓翠嫂嫂費心了。一早上顧著我這邊，翠嫂嫂早飯有吃飽嗎？」

「哎呀，雪子小姐果然跟惠風先生一樣溫柔。能夠像這樣相親相愛真好，我一直想要有個可愛的妹妹呢。」

翠嫂嫂笑說。

雪子知道翠嫂嫂上有幾位兄長，卻是吳家唯一的女兒。嫂嫂僅只年長雪子五歲左右，儘管好子姊稱呼為「嫂子」，其實好子姊年紀更大，是翠嫂嫂在彰化高女相隔四屆、未曾有緣謀面的學姊。

「可是我並不可愛吧。」

「很可愛喲。而且雪子小姐腦袋靈活，相處起來也很愉快。」

翠嫂嫂笑起來說，「聽說廚房的冷藏器、瓦斯器，以及第二進這裡的新式廁所，都是雪子小姐主張置辦的，知道這件事情以後，我心想一定能夠跟您相處融洽呢。古人不是說嗎？『人無癖不可與交，以其無深情也。』沒有癖好的人，沒有感情可言。我也同樣喜歡有癖好的人哦。」

「這個不敢說是癖好，只不過是貪圖便利而已。翠嫂嫂想說的，其實是後面一句對吧？『人無疵不可與交，以其無真氣也。』沒有缺點的人，是虛假的人。沒關係的，因為我貪心又懶惰，這句話對我來說是讚美之辭。」

「惠風先生說的沒錯，雪子小姐真是教人吃驚不已。您會彈琴嗎？因為我的癖好就是彈琴呢。」

「學校音樂課教導簡單的風琴，我並沒有特別擅長。聽說過翠嫂嫂的專長是鋼琴演奏，肯定彈奏得很好了。」

「是呀，請恕我自傲，我的鋼琴演奏沒有多少人比得上呢！」

翠嫂嫂笑容洋溢。

受到翠嫂嫂的笑容所感染，雪子也嘴角彎起。

「這麼說起來，翠嫂嫂在娘家有一座山葉演奏鋼琴的樣子。」

「嗯，那是上高女之前就購置的鋼琴，是我小時候的重要玩伴哦。與姊妹四手聯彈，也是我從年幼學琴開始就懷有的夢想。哎呀，如果能夠帶來的話，就能夠教您彈奏了。」

「我笨手笨腳的，大概沒辦法跟翠嫂嫂學習。可是，我記得哥哥私廳那邊，再放置一架鋼琴的空間也還是有的，既然是那麼重要的東西，找時間請人搬來怎麼樣？」

「……雪子小姐真可愛。我很感謝這份心意哦。」

翠嫂嫂接過雪子遞還的面巾，端起水盆準備出去的樣子清爽而優雅，嘴唇微笑的弧度也相當完美。

那笑容令人眼花，雪子恍然間像是看見多年前的春子姊——彷彿所有的氣燄全數消散，化作柔軟的、安靜的春天落花——就像是那樣的笑容。

「雪子小姐喜歡的醬菜是醃瓜和筍乾，對嗎？今天逛早市看見品質優良的醬菜，於是買了一些回來，跟家裡的滋味不同，您要是會喜歡就太好了。等一會我端過來，雪子小姐換過衣衫以後，我們就在這邊的私廳用飯吧？」

啊，原來如此。

雪子的心沉墜在冰冷的湖水裡。

嫁為人婦，每天面帶笑容，柔軟迅速地融入知如堂，翠嫂嫂展現在眾人眼前的終究是新婦的必要姿態啊。

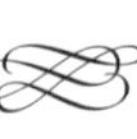

翠嫂嫂是不是可以心意相通的人，雪子還不知道。

雪子和好子姊將心思轉向各自的公務時，阿母曾經問過雪子一次，廚房中饋從此全盤交給翠嫂嫂，沒有關係嗎？雪子那時反問阿母一句，早晚都是要放給翠嫂嫂去試的，不是嗎？阿母點點頭，望著雪子的雙眼流露欣慰情感，此後再不提了。那個時候，雪子切實地體會到好子姊所說「聰明人心意相通」的涵義。

廚房是一塊試金石。

那裡每天進項、出項的是知如堂一干人等的每日飲食，也是經手財務的重要管道，可以說掌管廚房正是一家女主人的權力象徵。三姨婆養女出身的阿蘭姑，一輩子沒能以掌管人之姿主持廚房，就是這個道理。

翠嫂嫂是長孫媳婦，從阿母那裡接手廚房本該是順理成章的事情，中間卻卡著雪子這位內定繼承家業的招贅女，一時之間變得有點微妙。雪子與好子姊同時脫手出來，或許都是想要借此觀望入主廚房的翠嫂嫂。

……換個角度來說，阿嬤、阿母沒有主動向雪子及好子姊談論此事，說不定也是懷抱著觀望知如堂兩房未來主事者的盤算吧。

雪子深感疲倦。

疲倦的事情太多了。

雪子日漸投入一貫齋的辦公生活，招贅的事情也在知如堂內浮上檯面。大姑回知如堂的次數比往年頻繁，自然是鹿港郭家有意探聽雪子品性的緣故。有天午飯餐桌相見，大姑盯著雪子微笑，「聽講雪子生活誠講究，資生堂的齒刷子，三個月就換一支？閣逐日愛飲一、兩杯的咖啡佮牛奶？」話裡隱隱有刀光劍影。

隨之而來的，更是獻文哥與日俱增的殷勤態度。

當年來寶每天給好子姊送一朵日日春，充滿純樸的浪漫情懷。獻文哥送的是鈴蘭香味的香水，圓管狀的口紅，金屬制的機關筆，新高泡泡口香糖以及美國進口的盒裝葡萄乾。不都是討咖啡館女給歡心的小禮物嗎？

這天也是，早飯過後進一貫齋辦公，獻文哥立刻坐過來，把一盒東西推到雪子面前。

「小雪子，這個妳一定會喜歡的。」

雪子看一眼盒子上的字樣。

「謝謝獻文哥，可是我不想要。」

「怎麼會呢？這是森永的牛奶巧克力，大家都喜歡的。妳不喜歡嗎？」

獻文哥拆開包裝，拿了一塊要送到雪子嘴邊。

雪子忍不住站起來走開。

「唉，怎麼回事嘛，雪子？」

是吃下那塊巧克力了吧，獻文哥邊說話邊發出咀嚼聲。

雪子透過竹節窗看向外頭，看見牆邊一列即將謝盡了的金銀花。身後皮鞋聲靠近，獻文哥來到雪子身旁，雙手握住雪子的肩頭。

「不要這樣，我已經不是小孩子了。」

雪子冷冷地說，獻文哥嘆口氣收手。

「雪子，事情我都想好了。明年讓妳去台北女子高等學校讀書，卒業以後再結婚，家裡的事情有我在。如果妳想去內地，趁著暑假，我們結伴同行。我們去東京銀座的天賞堂，去挑選妳喜歡的手錶，妳說好不好？不只是內地，我可以帶妳去任何妳想去的地方。記得嗎？那時妳還小，我讓妳換上男裝去咖啡廳看熱鬧，看女給，不是所有男人都像我一樣心胸寬廣的。以後也會像過去那樣快樂，不是很好嗎？」

雪子抿直了嘴唇，無法言語。

獻文哥把頭側過來注視著雪子，搖搖頭。

「妳自己也說了，已經不是小孩子了，不知道怎麼樣的選擇是正確的嗎？那一年我家裡催婚，春生舅仔專程走了一趟，阻止我的婚約，舅仔心裡想的也就是同樣的事情。那個時候，大妗考慮過松崎家的台三郎先生，或者松崎家熟悉的內地人，舅仔說，雪子跟內地人結婚，對知如堂沒幫助，不如繼續跟早季子小姐親如姊妹，兩家的緣份還能走得比較長。我就下了決定，等妳高女卒業，要跟大舅求親，因為如果是我們兩個人的話，知如堂的家業一定可以更加茁壯，大舅會答應我的。現在都說是招贅夫婿，的確出乎原先的預料，可是第一個兒子姓楊，那樣也沒有關係……」

「不要說了。」

雪子打斷獻文哥，手指扣住窗緣。

「這些我都知道，所以獻文哥也不需要再說了。」

獻文哥皮鞋踩響地板，「砰」一聲坐進曲木椅子。

「雪子，難道妳憎恨我嗎！」

雪子收緊了扣在窗緣的手指。

這是獻文哥第一次赤誠地表達出情感。

可是雪子緊緊地扣著窗緣，沒有辦法說話。

厝舅是明白人。那樣的厝舅也期望雪子跟獻文哥結婚嗎？知如堂，早早就設想過她的人生道路了……。

「因為我視妳為妻子，才會做這麼多事情呀！這麼多年來，難道妳一次都沒有理解過我的心意嗎？」

獻文哥高聲的說。

雪子卻只能凝望著枯萎凋謝的金銀花。

她沒有辦法對獻文哥開口說話，有如冰山般寒冷堅硬的心，早就沉沉地墜到深邃的、沒有盡頭的湖水裡頭。身體漂浮水面，心還在湖底，所以獻文哥透過言語要傳達過來的情感，一絲一毫都無從接收。

可是那又怎麼樣呢？

這條道路一定要走到最後了，不是嗎？

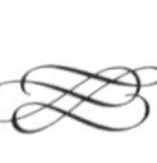

道路漫長地向前延伸，日沉月升，一天走過一天。

一九三八年十月，日華戰爭的影響悄悄進入本島生活。內務省發布婦女雜誌取締方針，禁止刊載戀愛報導與小說，聲稱這樣的作品將會削弱皇國子民的戰爭意志。與此同時，禮讚戰爭的文章泉湧而出，內地與本島作家都加入國家戰爭文宣的動員行列。國家當局不再只是呼喊婚喪禮儀的節約，而是透過各種管道對衣食住行提出詳細的注意事項，倡議停止節慶活動及互贈禮品。

儘管如此，本島社會整體的氛圍仍然穩定。日華戰爭的紀錄片《南京》在台北城戲院大世界館上映，總是全館爆滿。戰爭的悲傷混亂遭到亢奮血氣所掩蓋，走出戲院的人們將殘酷世界忘卻在布幕的那一端。

同樣的，知如堂的人們分派好各自的工作，投入每一天的日常生活。在國家聲嘶力竭的呼籲聲裡，中秋節前夕仍然置辦禮物，如同往常一樣前往拜訪親朋好友、佃農客戶。

內地的書信也如常地送來。

小早與雪子透過通信維持細線一般的聯繫。信件內容通常簡潔，小早寄來的明信片多是寥寥數語。

暮春時節，小早從嵯峨野寄來風景明信片，優雅好看的鋼筆字寫著：「春天是破曉的時候最好，夏天是夜裡最好，秋天是傍晚最好，冬天是早晨最好。」雪子讀了許多遍，這四句古日文抄引自清少納言的《枕草子》，只有仿照同樣句型的最後一句出自小早的手筆：「四時情趣是有良伴佳友最好。」

雪子陷入長考，最後假作若無其事地回信，詢問小早抵達內地以後是否結交到新的朋友了。

再收到明信片，小早只寫來一句：

「揀盡寒枝不肯棲。」

雪子凝視著明信片每一個字。

那是蘇軾的詞。

缺月挂疏桐，漏斷人初靜。誰見幽人獨往來，縹緲孤鴻影。

驚起卻回頭，有恨無人省。揀盡寒枝不肯棲，寂寞沙洲冷。

那天夜裡，雪子把明信片放在枕頭底下，想著那句「揀盡寒枝不肯棲」，以及後面的「寂寞沙洲冷」，想著小早，還有那嵯峨野的櫻花，在發出細響的銅床上一整夜沒有入眠。

許多年以前，年幼的雪子和小早鑽進雙胞胎房間，埋首閱讀蘇東坡全集。小早反覆誦讀雪子本名由來的句子，「人生到處知何似，應似飛鴻踏雪泥。泥上偶然留指爪，鴻飛那復計東西。」

圓圓的黑色眼睛閃動光彩，小聲的說「我喜歡蘇東坡先生」。

天邊浮現稀微日光，雪子起來寫好信，夾進日日春的押花：

「就連遙遠的神代裡，也不曾聽說過，龍田川上，鋪滿了鮮豔的紅葉，潺潺河水在紅葉之下流動。」

那是中元節過後的事情了。

雪子將小早的每一封來信標註記號，珍惜地收藏保存起來，每天等待著小早的回信。這一天沒有等到，就等候下一天。

「一臉失望的樣子呢。」

「畢竟，說不定，小早的課業很忙碌。」

「儘管說友誼隨著時光流逝總會變得淡薄，令人感到內心唏噓，可是這也是人生的緣份呀。」

好子姊輕輕拍撫雪子的肩膀，「而且，可能只是船隻耽誤了。」

「嗯……。」

搭乘家裡的轎車，後座的雪子與好子姊閒聊著平日起居的瑣事。

這一趟出門是分送中秋節禮，二房在霧峰庄有住宅建案管理人，雪子則是要去拜訪高女時期的摯友黃花蕊。

為了能夠在一天之內完成預定的拜訪行程，姊妹倆先行商量妥當，雪子拜訪花蕊家的同時，好子姊自去辦事，回頭約在距離花蕊家最近的巴士站會合。從霧峰庄轉進台中城內以後，好子姊送禮的幾家店鋪地點分散，需要用車，必須請雪子獨自拜訪松崎家，隨後自行返家。

「到時候就在城內吃午飯吧，到新富町市場怎麼樣？」

好子姊心裡都有詳盡的腹案了，雪子對這樣的安排也沒有異議。

抵達黃家的四合院，雪子立刻受到本島人風格的熱情迎接。花蕊的三個嫂嫂接待雪子進門，一人一句說個沒完。

「最近花蕊老是嚷嚷著好寂寞，說起來這個年紀結婚是也太早了。」

「哎呀，那是高女卒業生的想法吧，十八歲出嫁不是正好嗎？花朵一樣的年紀喲！」

「爸爸、媽媽都說捨不得小姑子，人家說要提前婚約，竟然也就答應了，怎麼這樣狠心呢……」

黃家是富商，想必是習慣交際應酬，氣氛遠比知如堂熱絡活潑，每個人都在搶著說話，雪子過了小半天才總算走進花蕊的閨房。使用人端上點心，擺開一桌子的糕點蜜餞。

「對不起呀雪子，我們家的嫂嫂都是哥哥們的得力助手，每個人都有講不完的話呢。不過，要不是擅長應酬，嫂嫂們的年紀沒有多少人會說流利的國語吧，而我不太懂得講台灣話，那就沒有辦法溝通了。」

花蕊對著雪子微笑，臉頰上浮現可愛的酒窩。

「請喝茶吧，是日月潭的紅茶喔。」

「花蕊要提前結婚，這是怎麼回事？」

「嫂嫂們這個也說了嗎？」

花蕊露出苦笑，搖著頭並沒有立刻回答，而是將茶水端到雪子面前，看著雪子啜飲一口熱茶才去坐下。

「未婚夫想要去滿洲國，說是那裡需要通曉兩國語言文字的人才。如果明年結婚的話，就會耽誤工作。所以，我們兩家決定提前到年底結婚，這樣就能夠早一點生下家族的繼承人了。」

「滿洲國，花蕊妳也要去嗎？儘管這不是我可以插嘴的事情……滿洲現在或許一片榮景，可是戰火很快就會波及到那裡了。」

「呵，雪子還是老樣子。為什麼可以充滿自信地說出這種話呢？」

花蕊微笑嘆息，「雪子，校長先生，我好希望妳一輩子都是這樣。招贅夫婿以後，妳也可以讀書吧，如果是妳的話，就算是當上帝國大學的女總長，我也不會吃驚的……不，不如說，我是這樣期待著的，弓子也是、靜枝也是，或許都對雪子妳有同樣的深厚寄望呢。」

雪子深深地看著花蕊。

「現實主義者也會對我懷抱不切實際的理想嗎？」

花蕊因為雪子的話而發出笑聲。

「是呀，比起懷抱不切實際的夢想，能夠使家庭美滿才是女人的榮譽，我是這樣想的。可是啊，如果是雪子的話……」

雪子與花蕊互相投以凝望，直到花蕊說「來，再喝一些紅茶吧」。日頭漸升，喝過茶以後，雪子正式告辭，花蕊卻說要送雪子出門。

「可以出門嗎？」

「不可以。可是看到雪子就覺得，只有在家的這段時間可以恣意妄為了，必須好好把握呢，不是嗎？」

「說的好像我是壞人呢。」

「就是。」

花蕊和雪子一起笑起來，最終兩人結伴步行到巴士站，躲在樹蔭底下等候知如堂的轎車。秋天的日頭仍然曬人，雪子留意到怕熱的花蕊拿著手巾頻頻揩去額邊汗水。

「天氣熱，別陪我等候了，先回家吧。」

「雪子不要趕我，為了未婚夫的喜好，最近只能讀那些漢詩文，以前喜歡的雜誌，全部丟掉了。現在我想要跟妳多說說話呢。」

「……以前聽妳說過，妳都讀嫂嫂們買的《主婦之友》和《婦人俱樂部》。」

「嗯，因為裡面有許多時尚的洋裁設計圖。」

「說是時尚，對十八歲的少女來說，這興趣未免太老氣了。」

雪子說著笑起來，「而且雜誌都是嫂嫂們的，全都丟了，她們才心疼吧。」

「也不是這麼說，丟掉的，都是我買的《裝苑》雜誌。」

「那是什麼?」

「是洋裁的專門雜誌，那些可花光了我的零用錢呢。」

花蕊笑說，有幾分自嘲的意味。

雪子側過頭去正眼凝視花蕊。

「以前大須老師說妳應該去內地讀裁縫，妳明明一口拒絕了。」

「真是傻瓜，因為啊，就現實主義者來說，那種事情是不可能的。」

「……。」

「雪子，像這樣自由自在的時刻，還剩下多少呢?即使是一分鐘，一秒鐘，我都想要珍惜。接下來，我就要拚命地學習台灣話了，要學習怎麼樣在漢學家庭裡勝任長孫媳婦，要生下強健的繼承人……《裝苑》，還有腳踏裁縫機，都不可能帶進夫家的嘛!」

花蕊對雪子露出微笑，臉頰上堆出甜美的酒窩，可是笑容有點勉強，一雙大眼睛裡面蓄滿淚水。

或許是雪子眉宇間也湧上了悲傷之色，花蕊一下子哭起來。

雪子去輕輕抱住花蕊顫抖的肩膀。

就在那個時候，聽見花蕊好小聲好小聲地說著:

「啊，真的，至少想要嫁到可以讓我做洋裁的家庭……」

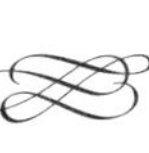

與好子姊會合，搭乘上轎車，入城內吃過午飯而且抵達松崎家，雪子始終因為花蕊而充滿憂鬱。

「不如等我過來接妳回家吧？」

想必是敏銳地感知雪子的情緒低落，好子姊提出這樣的建議。

雪子婉拒了。

可是，在松崎家玄關前等候的時候，連雪子自身都沒有覺察內心是那樣期盼拉開這扇門的人是小早，直到看見管家齊藤先生拉開格子木門，才因為深受失落情感所襲擊，痛切地感知到那份渴望。

啊，好想見到小早。

齊藤先生並未知悉雪子心底的呼喊，而是收下中秋節禮並再三致謝。

「響應當局政策，松崎家今年並沒有準備贈禮，在此轉達松崎家的歉意與感謝，懇請雪子小姐及府上各位的諒解。」

齊藤先生這樣說著，拿出小小的包裹。

「儘管沒有節禮，本人在內地承接早季子小姐的委託，幸不辱命，現在要將這項禮物確實地轉交到雪子小姐的手上了。」

雪子用雙手接下包裹，道謝後，齊藤先生面露微笑地送雪子出門。

走川端町通，遇見大正橋通轉彎，從此順行，就能夠抵達台中車站。那是雪子過去也曾無數次漫步走過的道路，可是到了某個路口，雙腳擅自轉向接往新盛橋通的路徑上。

新盛橋通兩旁有鈴蘭路燈夾道，玻璃在日光下反射光芒。

啊，小早。

雪子在心底呢喃。

小早，妳是點亮我世界的星。

是無雲無月深邃夜空裡的、最明亮閃爍的一顆星星。

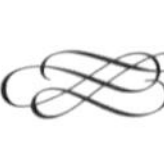

齊藤先生從內地帶來的包裹，拆開包裝以後，是個小小的美麗的硬紙盒。

雪子以手指頭摩挲著硬紙盒的邊緣，望著窗外飛逝的景色。

蒸汽火車鳴笛以後便不為任何人停留腳步，有如怪獸一樣兇猛前行。

這個世界也有如怪獸一樣。

指頭摩挲紙盒邊緣銳角的時候，帶來鈍鈍的刺痛感。雪子想著流淚的花蕊，想著分別考上藥學專門學校及美術專門學校的靜枝和弓子，想著小早那張寫著「揀盡寒枝不肯棲」的明信片。

火車規律震動，雪子彷彿睡去。

窗外的清風陣陣，撫面而來，帶著春天的細雨。

雪子睜開眼睛，看見身邊小早正在凝望火車窗外的景致，烏黑的眼睛裡面充滿光彩。好像是發現雪子甦醒，小早把身子轉過來，把什麼送到雪子的嘴裡，那東西融化以後變得苦苦甜甜，帶著醇酒的香味。

「是毒藥哦。」

「是——嗎？」

雪子拉長了聲音問。

小早抿著嘴唇笑，隨後同樣以拉長的聲音回答。

「是——的。」

雪子的心像喝了太多的醇酒那樣迷醉。

小早微笑拉起雪子，柔軟的手掌緊緊相握，在新盛橋通燦爛閃爍的鈴蘭燈火下輕快奔跑，直到抵達州立圖書館的開架書庫。書櫃與書櫃之間的狹窄通道裡，小早與雪子肩膀碰著肩膀，捧著漢文圖書小聲地一句一句學著台灣話。

斜陽穿透圖書館的玻璃窗，雪子和小早也毫不介懷。天色全部昏暗了。昏暗的室內雪子凝望小早溫柔的黑色眼睛，小早靠過來撫摸雪子的頭髮，輕柔得宛如觸碰美麗夢幻的時計草花朵。

天色漸漸亮起來，日頭掛在雲朵之間大放光明。遠方有浪聲，迅速地奔流過來，雪子和小早踩在沙灘之上，浪花騰騰，像是童話故事裡美人魚的白色泡沫。海水泡沫淹沒兩人的腳踝，冰涼的、沁潤的，有如月光的溫度。兩人的手指正忙著將二葉松的針葉仔細編成指環。編好了，雪子低頭給小早輕輕套上，抬起頭來卻看見小早嘴唇上畫著假鬍鬚，正拿著眉筆要塗墨雪子的下巴。

拍攝寫真的照相機在旁邊閃了又閃。

閃爍的燈光裡，雪子和小早一同墜入了阿麗思的冒險奇境。少女的身軀越變越小，穿上多年前夏天訂製的浴衣，去看曇花，日日春，看九重葛，蓮花和茉莉花，去趴在泥土地上看小小的紫白色的綬草。曬傷了以後，摘取蘆薈對半剖開，敷在創口之上，一面以鼻子哼著〈望春風〉和〈北投小唄〉。

天邊捲來又黑又沉的雷雨雲，童稚的小早和雪子連忙起身，攜手在雷聲大作的暴雨裡邊笑邊叫，再次鼓足力氣地奔跑起來。

跑吧，跑吧。雪子說。

啊，真想要世界就這樣毀滅了。小早說。

星光滿天的苦楝花樹下，兩人終於停駐腳步。

小早投進雪子的懷抱，雪子輕輕將臉頰依靠在小早的頭髮上。

「雪好殘酷。」

小早說。眼淚一滴一滴的往下掉。像是會灼傷人一樣熱燙的眼淚，全掉在雪子的手背上。啊，那是前往基隆的鐵軌上啊。蒸汽火車大聲鳴笛，雪子伸出手要去摀住小早的耳朵。

——撲空的瞬間，雪子驚醒過來。

火車窗外的日頭已經西斜了，遠山的林木樹冠有紅融融的光點。那是大肚山上的相思樹林，每一片葉子都在發亮。即將要抵達的是王田車站。

雪子的手還緊緊握著硬紙盒。

小早的禮物裡面並沒有信件，是一小株白色鈴蘭的乾燥花，還有兩張分別是紅仕與紅相的四色牌。

將、仕、相一組，缺少紅將的紙牌有個暗喻。

仕相欠君。我的身邊，獨缺妳一人。

——雪，約定好了，在內地讀書的春天，就到我們京都的家看鈴蘭花吧。

尖銳的汽笛聲響徹雲霄。

雪子心口刺痛，眼淚奪眶而出。

十八、桂花

中秋節過去，天氣很快就轉涼了。

雪子開始連日發燒。

儘管沒有感冒的症狀，雪子照樣西藥、中藥輪流吞服。端午鬧過肚子，中秋再犯怪毛病，阿爸說雪子今年星曜入宿疾厄宮，該請道士或乩童，結果又是幾帖符水下肚。不知道是哪一帖藥方收效，兩個禮拜過去，雪子總算在知如堂操辦重陽節慶以前恢復健康。

退燒以後的雪子起居如常，每天按表操課。只有一件事，就是睡覺時間稍微延長了，起得晚，午睡也晚。阿蘭姑說，要不是每天照常吃飯加點心，還真怕是生了重病。雪子模糊地想著，初來乍到那個時候，是不是也聽過類似的話語？

也是，雪子渾身沒勁，就跟初初穿越降生此身的時候一模一樣。

如同那個時候，阿蘭姑仍然細膩照看雪子。每天算準時間，等待雪子午睡了起來，換著花樣端上麻粩、豆沙包、麥芽餅、紅豆饅頭……這天的，是入口軟韌微溫的日本麻糬，搭配茶湯清香、溫度適中的烏龍茶。

看著雪子吃點心的阿蘭姑，表情跟當年同一個模樣。

阿蘭姑度過青春年華，好像是轉眼間的事情。沒有上學，沒有戀愛，沒有結婚，照料打點知如堂眾人的生活起居，邁入而立之年也幾個年頭了。直到今天，阿蘭姑依舊對著雪子微笑，只差沒有把繡帕伸過來擦拭雪子的嘴巴。

「屘千金免著急，元氣沓沓仔就會復原矣。」

阿蘭姑開朗而溫柔地說著鼓勵的話語。

又是從什麼時候開始，阿蘭姑不再以愛稱「雪子」稱呼，改口為「屘千金」了呢？

雪子無法忍耐那份悲傷。

滿樹花開，有的花朵掉落泥濘的土地，有的落在潔淨的緣廊。是誰決定了花朵的去處？為什麼有的人過這樣的生活，有的人過那樣的生活？為什麼世間所有人都只能接受橫暴的命運？

「阿蘭姑，我是不是太貪心了？」

「啥？」

「是毋是我傷過痟貪？從到今我過的生活，攏比別人較輕鬆，猶不過拄著一點仔打擊，就袂堪得矣……。」

雪子說完又心頭沮喪，這種話為什麼要對阿蘭姑說呢？對阿蘭姑來說，這不就是富貴千金的無病呻吟嗎？

阿蘭姑那張溫厚的臉龐卻浮現暖暖微笑。

「這毋是痟貪，是咱屘千金想的比別人較多。扞家的人，就愛親像屘千金按呢才會用得啊。」

「……。」

果然，連阿蘭姑也都是心底清楚的。

或許是雪子露出複雜難言的表情，阿蘭姑輕拍雪子的手掌。

「我定定咧想，我實在是誠好運的一個人。」

「這是按怎講？」

「自細漢予我阿母收養，佇知如堂長大，毋才有食有穿，會當讀冊認字。我原本的姊妹，猶有姊妹仔伴，無一個人會使讀書的。若講著我遇著的頭家，是姨母，是大兄大嫂，尾仔閣有屘千金。這世人，永遠有人為我遮風避雨。按呢敢毋是誠好運？」

「敢講，從來就無毋甘願？」

「做人著守本份，按呢才會快活啊！屘千金嘛知影，頂懸的人佮下底的人，本份是無仝矣。」

「……按呢敢真正有快活？」

「屘千金這馬會當按呢想，我就感覺誠快活，誠幸福矣。」

阿蘭姑的垂眉因為微笑而上揚，對雪子投以寬慰的眼神，「我是毋知影屘千金的煩惱，敢是毋甘袂當去內地？毋甘早季子小姐？我嘛袂曉講，猶不過世間萬事，等待時間過去，自然就會解決的。所以講，毋免著急，元氣沓沓仔就會復原矣。」

世間萬事，時間會自然解決的。

雪子咀嚼卻無語，心口有寒風飅飅。

歲月確實不斷地前行，許多事情也產生變化。

過往對待兒女態度嚴厲的阿母，漸漸變得柔軟了。

早晨帶領雪子和翠嫂嫂巡視知如堂的阿母，支開翠嫂嫂去廚房以後，輕聲地對雪子說，「敢是毋佮意獻文？若無閣揀別人，汝看按怎？」

事後，雪子跟好子姊提起這件事，好子姊只是淡淡微笑。

「事關重大，不到最後一刻都很難說呀。」

好子姊悠悠喝著熱茶，「這兩天不是聽說，阿嬤願意讓妳去台北讀書了嗎？即使沒有去讀書，也要三年、四年時間才會結婚。說到招贅，年紀小的夫婿比較好，再添小妳半歲……。」

「可是，有可能嗎？」

「咦？還以為妳聽到這個消息會開心的。」

「那一年的來寶……」

雪子沒有說下去，因為好子姊嘴邊浮現苦笑。

「說的也是呢，所以接下來就需要靠雪子的智慧了。」

好子姊隨即換上輕鬆的口氣，「雪子的話，肯定能做得比我更好吧。」

雪子沒有那樣的自信。

那一年，來寶甘願入贅，無法遂願的結果是拿著鐵剪自戕，說要剖開心肝對好子姊表明誠意。

如果換作獻文哥？獻文哥雖是長期遊走咖啡廳的花花公子，畢竟這幾年來力抗老家催婚，直到三十歲了都沒有成親。

——雪子，難道妳憎恨我嗎！

——這麼多年來，難道妳一次都沒有理解過我的心意嗎？

說出這種話的獻文哥，無論是不是如同語言所表達的那樣真心，至今為止確實付出了許多代價。假設這樁婚事破局，鬧出事端，那會是什麼情狀？沒有辦法解決問題的雪子，又有什麼資格帶領知如堂？

雪子疲倦極了，只能專注看著腳尖，一次走一步。早飯後陪同阿母、翠嫂嫂巡視頭尾，再進一貫齋辦理公務。午後小歇，喝咖啡，讀報，繼續下午的辦公。晚飯後散步，讀書，梳洗後睡覺，迎接新的一天。每天皆如此，日升到月落。不變的生活節奏，如同雞蛋裡固定蛋黃位置的小小繫帶，穩定雪子。

午睡以後，雪子在房裡讀完報紙喝過咖啡，拾步進一貫齋。

辦公書房裡惠風哥哥與獻文哥談論什麼事情，雪子腳步踏進去的時候兩人一齊把將視線投射過來。

「今天身體有沒有好一點？說過不要喝什麼符水，太不科學了，如果喝出病來怎麼辦？」

獻文哥高聲說話，一副以未婚夫自居的模樣。

相較之下，親生兄長惠風哥哥只是溫煦微笑。

「雪子要不要吃巧克力？美味的食物會讓人心情愉快喔。」

「雪子不喜歡巧克力，你不知道嗎？」

獻文哥嗤笑一聲，「我出門辦事有順路，晚上買鹹糕仔回來，還有鳳眼糕。雪子喜歡吧？」

沒等雪子回應，獻文哥仔細地穿上西裝外套，拿了招牌標誌般的白色中折帽就向外走，正好跟再添擦肩而過。

再添連忙閃躲，托盤上茶杯喀啦作響。

「對不起，表少爺。」

「你啊，走路要小心一點啊！」

雪子去坐進自己的曲木辦公椅。

再添過來輕手輕腳把杯子放在雪子面前。

「麼千金，請您用茶水。」

脫離變聲期，再添的嗓音溫吞好聽。因為先前好子姊那番話，雪子像是第一次看見再添。少年再添一頭理得極短的平頭，方頭大耳有幾分憨態，曬黑的臉龐顴骨上雀斑點點，勝在眼睛有神。送完茶水，再添轉身出去，走路四平八穩，寬闊的肩背看上去是青年的體格了。

不是獻文哥，就是再添嗎？

不，就是換作其他人，那又怎麼樣？

雪子伸手拿了桌上的巧克力。

巧克力融化在嘴裡苦苦甜甜，充滿可可香氣。

森永的片裝巧克力並沒有酒香，雪子還是忽然就淚水盈滿眼眶，想著那一年的酷熱夏天，那個人究竟怎麼樣在漫長的車程保護酒心巧克力不受融化，直到放進雪子嘴裡。

惠風哥哥坐到雪子旁邊。

「好吃嗎？」

「……好吃。」

「很無力吧，可是沒有關係，因為哥哥也是啊，想要走出來，為此竭盡全力，到現在還是跌跌撞撞。雪子的話，一定不會有問題的。」

以溫柔的語氣這樣說著，惠風哥哥也將巧克力放到嘴裡，像是細細品嚐融化的巧克力一樣閉起眼睛。

「啊，好甜啊。」

惠風哥哥發出感嘆。

「雪子，這樣就好了，不是嗎？浪漫主義的巨匠喬治桑這麼說過，朋友瞎了一隻眼睛，就去看他沒有瞎的那一邊。最近啊，因為找到生活的麻醉藥，我好像也能夠試著不去想其他的事情了。」

「麻醉藥……嗎？」

雪子定定地望著惠風哥哥的笑臉，和他眼睛裡溫柔的水光。

「哥哥我啊，沒有辦法幫雪子承擔這個家，至少想做到不讓雪子因為我而心生擔憂。像這樣沉醉在生活每一個小小的樂趣裡面，雪子會比較放心吧？未來，我和翠會這樣生活下去的。」

「哥哥都知道……」

「是啊，我都知道。」

「那麼，翠嫂嫂也是嗎？」

「沒有問過，可是翠是那樣聰明的人，應該也是心裡明白的。就像二叔，也是一樣的聰明人啊。」

惠風哥哥說著彎起了嘴角，「可惜，獻文哥好像沒有屘舅那樣的清楚腦袋，這樣會令人頭痛吧。所以說，雪子也要找到自己的麻醉藥才行。」

「惠風哥哥……」

「首先，再來一塊巧克力吧？」

惠風哥哥微笑說道，於是雪子再取過一塊放進嘴裡。巧克力全部融化以後，舌尖在上顎舔到苦澀的餘味，不由得吐出長長的嘆息。

「哥哥，桂花好像快要綻放了呢。」

「嗯，天氣正在變冷了。」

「不如今年來做桂花茶吧。」

「記得許多年以前，妳與早季子小姐一起製作過蓮花茶呢。」

「……是啊，如果是小早的話，一定會喜歡的吧。」

「一定會的吧。」

惠風哥哥輕聲的溫柔的說。

桂花盛放，濃烈香氣比酒心巧克力裡頭的醇酒還要醉人。

製作桂花茶程序繁複，破曉時分揀選飽滿厚實的小小花朵，小木箱裡一層茶葉、一層桂花重覆堆疊，罩上布料摀得溫熱，幾個小時以後翻動散熱，降溫了便進行第二次花朵與茶葉的層層堆疊。一日下來，篩去乾縮萎紅的花渣，再行烘乾茶葉。

隔日，雪子沖泡了新做起的桂花茶。

「味道很好，適合做早茶呢。」翠嫂嫂說。

「因為是玉露茶葉，不用桂花就很好喝了啊。」恩子姊說。

「不如說茶葉太好了，桂花的味道突顯不出來呢。」好子姊說。

「跟雪子小時候做的蓮花茶相比，好像是遜色了一些。」惠風哥哥說。

「童年時代的遊戲，用不著在這種時候回味吧！」獻文哥說。

雪子換了一種茶葉，效果不好，就再換一種。

包種茶，烏龍茶，紅茶……花去半個月時間，知如堂的桂花幾乎全數摘採殆盡，花茶做了又做，起先大家還奉陪，最後只剩惠風哥哥跟雪子討論幾種桂花茶在風味上的微妙差異。

雪子把味道最好的少許茶葉用上好的紙袋包裝妥當，紙包內側的角落以小楷寫著「砒霜」兩個漢字。害怕託運遺失，於是專程拜訪松崎家，珍而重之地請齊藤先生回內地的時候送到小早手上。

「本人會不辱使命的。」

齊藤先生說，「可是雪子小姐，您也是沒有寫信嗎？」

「如果是早季子小姐的話，應該會理解的。」

雪子這樣一說，齊藤先生臉上就露出興味又困惑的笑容。

「早季子小姐當初也是這麼說的。」

「當初也是？」

齊藤先生笑著補充，當初早季子小姐慎重囑咐的禮物只有花朵與紙牌，任誰詢問起紙牌的用途，早季子小姐都沒有回答。幸長先生最終說，要是雪子小姐詢問起來，齊藤該要怎麼回答才好？那時，早季子小姐便說了雷同的話語：雪子小姐看見以後，一定會明白的。

「啊，是這樣嗎……。」

雪子只能發出這樣小小的感嘆。

那就像落花一樣，掉落在地面沒有發出任何迴響。

道別以後回到自家轎車，後座裡坐著正在輕鬆聊天的雙胞胎。

「吃過點心再回家吧，雪子想吃什麼嗎？」

好子姊微笑著詢問。

雪子搖搖頭。

「那麼，去喫茶店吃個三明治吧，還有咖啡牛奶。」

恩子姊接口，「雪子不是喜歡咖啡牛奶嗎？吃完以後打起精神來吧！」

雪子「嗯」了一聲。

林司機平穩地將轎車向前方駛出去。

乘車入城，吃點心，如果放在雙胞胎還是少女時代的往日，肯定沒有這麼容易。可是無論雪子，好子姊或恩子姊，由於過去所付出的代價，現在逐漸變得更有舉足輕重的份量了。

「大哥跟翠嫂嫂過幾天要去吳家拜訪不是嗎？雪子不如也跟去玩吧，踏青旅行會讓心情舒暢喔。」

簡直像是看著喫茶店的菜單說「我要熱牛奶」那樣輕描淡寫，好子姊語氣淡淡的說著昔日必須通過正廳會議才能決定的事情。

「那麼吃完點心，順道買個要帶去吳家的禮物好了！」

立刻把話接下來的恩子姊，也不愧是好子姊的雙胞胎姊妹。

知如堂，完全改朝換代了。

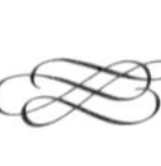

雪子很快便搭上一路向南的蒸汽火車。

鐵軌隆隆震動，汽笛聲大聲鳴響，車窗外頭風聲呼嘯。同車的惠風哥哥和翠嫂嫂，低語那些日常生活的微小瑣事，膝上是放著白飯糰、梅干與黃色蘿蔔乾的「愛國便當」。火車靠站的時候，熙來攘往的人們下車上車，氣流湧動。窗外的景色不斷變換，香蕉園、水稻田、河川、山稜、小城與鄉鎮，遠方浮著好看的晴天積雲，日頭和煦，光束偶然灑落山頭。

只有雪子彷彿被強風穿透。

隨同兄嫂拜候吳家的日子，說起來沒有什麼可以挑剔的地方。

十一月秋高氣爽，台南市街繁華熱鬧。位在台南市明治町的吳家是三層樓洋樓街屋樣式的美麗建築，有花鳥與富士山構圖的黑鐵窗花，幾何圖形的水泥花磚以及色彩瑰麗的馬約利卡壁面磁磚，襯得家屋富麗而別緻。中庭與後院種植昂貴的月季花，一年四季都有鮮花綻放，深夜清晨浮動淡淡花香。

位在市中心的吳家，一出門便看見販售砕米芳和紅豆羊羹的街面店鋪，不同模樣的小販挑著扁擔，叫售豆花、鹹粥、杏仁豆腐和冰鎮著的新鮮水果拼盤。清晨天際浮白，賣花婦女在街巷裡兜售含苞待放的茉莉花。

翠嫂嫂買來茉莉花裝點髮髻，不忘在雪子的耳鬢插上一朵。

「雪子小姐這樣真好看。比起珠寶，年輕的女孩子還是更適合鮮花。」

「這種季節也還有茉莉花開嗎？」

「是呀，應該是今年最後的花季了呢。」

光亮的鏡子裡面，翠嫂嫂面露微笑，輕輕調整雪子耳鬢上的茉莉花。

翠嫂嫂溫柔地對待雪子。早晨梳頭簪花，上午出遊散心，吃過美味的午飯，午後便帶領雪子彈奏那一架山葉牌演奏鋼琴，對雪子手指打結的彈琴技巧充滿耐性。

其實對雪子來說，彈琴，吃飯，睡覺，應對進退，全部的事情都一樣，只是按照劇本規規矩矩地演出罷了。要說的話，那就像是化身成為布袋戲操偶師手上的戲偶似的。可是翠嫂嫂截然相反。回到台南娘家的翠嫂嫂，逐日浮現少女的晶瑩眼神，宛如漸漸褪下完美人婦的偽裝。

稍早練習四手聯彈的曲子，是莫札特的《小星星變奏曲》。雪子到旁邊休息以後，翠嫂嫂獨自演奏起來。

鋼琴鍵盤上的指尖輕盈，音符跳動，翠嫂嫂嘴角含笑，流露沉浸其中的陶醉神情。一曲結束，翠嫂嫂手指停留琴鍵，像是細細回味音符的餘韻，一時之間沒有動彈。那是雪子沒有看見過的幸福模樣。

「翠嫂嫂是真的很喜歡彈琴吧。」

「是呀，這一刻鐘的時間，給我再好的東西也不願意交換的。」

「所以回到娘家以後每天彈琴，好像毫不厭倦的樣子。」

「畢竟時間不多嘛。」

「把鋼琴帶回知如堂吧，沒有問題的。」

翠嫂嫂聽見這話笑起來，望向雪子眼睛裡有跟惠風哥哥相似的薄薄水光，手指點著琴鍵，叮叮咚咚清脆作響。

「雪子小姐想要一個玩物喪志的嫂嫂。我可以理解成這個意思嗎？」

雪子默默地回望著翠嫂嫂。

如同惠風哥哥所說，翠嫂嫂是明白的人。

翠嫂嫂微微一笑，回頭演奏起新的琴曲。

琴聲清澈透明，曲子感情豐富而溫柔甜美。每一個音符都有羽毛般的柔軟與光彩，有如春風撥動心弦。冰融的雪水流淌河灣，有新綠的草皮散發芳香，花朵顫顫綻放。短曲停歇以後，翠嫂嫂輕輕嘆息，跟嘆息一樣聲響細微的話語是「可是這樣的雪子小姐，我也並不討厭喔」，隨後再次將目光投向了雪子。

這一次是明亮的果決的眼神。

「雪子小姐知道這是什麼曲子嗎？」

「有點耳熟……」

「是李斯特的鋼琴曲，像是在說『用盡全副心神去愛吧』這樣的，叫作《愛之夢》喲。因為生而為人，一路以來捨棄了許多東西，剩下的寶物才更應該珍惜了呀。」

翠嫂嫂率直的笑說。

那是在演奏短曲的期間，心裡做出最終的取捨了吧。作為將鋼琴帶入知如堂的交換條件，讓出長房女主人的實質權力。五分鐘的演奏裡就能夠做出這樣的決定，翠嫂嫂確實是殺伐果斷的人。

這樣的翠嫂嫂，知如堂長房女主人這樣的位置想必是完全可以勝任的，可是比起權力，寧願要鋼琴是嗎？

「總覺得有點羨慕翠嫂嫂呢。」

「雪子小姐說的是這個選擇嗎？在我來看，並沒有那麼困難哦。」

「是嗎？」

「需要的是覺悟吧，我是這麼想的。」

「我不明白？」

「這個嘛，首先要知道什麼是心底最珍貴的寶物，那個，一定要是其他任何東西都比不上的珍貴寶物哦。然後，為了這個寶物，願意丟下一切——就是這種覺悟。」

「……翠嫂嫂竟然是這麼熱愛著鋼琴嗎？」

「音樂的美妙之處，很難以言語表達呢。可是，雪子小姐想過嗎？歷時悠久的古典樂曲，五十年前、一百年前，曾經有人聆聽同樣的曲子，同樣的深深受到觸動，想必五十年後、一百年後，也會出現下一個內心感動的聆聽者吧？音樂可以跨越國家、種族、語言，甚至可以跨越時光，這是多麼不可思議的事情呀。而這個不可思議的感受，只會發生在演奏的瞬間哦。」

「……。」

「呵，難以想像是嗎？」

翠嫂嫂嘴角含著微笑，手指頭再一次敲在鋼琴的黑白鍵上。

「那麼，接下來是貝多芬的《暴風雨》第三樂章，請雪子小姐聽聽看吧。」

以輕柔的聲音這麼說，翠嫂嫂端正坐姿，面對鋼琴。

——有風吹拂。

從第一個音符開始，鋼琴便發出疾風吹皺心湖的聲音。

像是疾風咻咻，逐漸轉為強風，湖水掀起浪濤，幽綠的湖水翻騰，盪漾一汪粼粼波光。天邊陰霾密布，有烏雲捲來，風裡夾帶驟雨，嘩啦落下，又倏忽遠去。

風雨裡有花樹合聲如浪動，有光芒閃逝，如電光石火，如吉光片羽，如夢幻泡影。那是一場暴風雨，瘋魔狂亂，卻又無比潔淨透明。每一道勁風，每一線急雨都精準地擊碎世間虛妄的鏡花水月。

琴聲如珠如玉，熱烈而細膩，一聲一聲反復地敲在雪子寒冷堅硬的心頭。

那是雪子不懂得欣賞古典音樂，也能夠輕易辨識出來的高水平演奏。

據說翠嫂嫂待嫁期間，曾經短暫就讀內地的音樂專門學校附屬課程。可是，必須親身感受翠嫂嫂演奏現場所傳達出來的感情，雪子才知道擁有這樣演奏家天份的翠嫂嫂捨棄了什麼，又妥協了什麼。

彷彿是在風暴裡這樣透徹地訴說著，用盡全副心神去愛吧！因為生而為人，一路以來捨棄了許多東西，剩下的寶物才更應該珍惜了呀！

凝望翠嫂嫂靈動的手指，以及從那裡聲聲傳來的音符，雪子不由得喉頭酸澀而心生疑惑，布袋戲偶胸膛裡頭那個冰冷的、寒鐵的一樣的心，為什麼還會感覺到無邊的寂寞呢？

那就像是，暴風雨裡有落花紛紛，卻無一人知曉的寂寞。

暴風雨停歇以後，雪子的內心湧現一團迷霧，迷霧裡有彷彿即將枯槁的花樹。

惠風哥哥接受吳家的男人們招待，一同前去關子嶺溫泉玩樂，翠嫂嫂便找來家裡的司機開車，載著雪子遊歷府城。赴天后宮參拜，上宮古座看映畫，去白金町逛本島人的商店。

最多的還是食物。天剛亮就是虱目魚湯、小卷米粉，中午是土魠魚羹、魚丸湯，點心則是紅豆泥、八寶湯、冬瓜茶……對雪子敞開心懷的翠嫂嫂，親暱地說著「雪子小姐再吃一口吧」、「這個也很美味喔」。雪子投降說：「就算喜歡美食，胃口也沒有這麼大呀。」

於是，之後每一份東西上來都是姑嫂兩個人分著吃了。在旁的吳家司機笑著說，「我們家的厝小姐真是嫁到好人家了啊。」

作客吳家的一個禮拜很快就要到尾聲。

回去以後，就要迎接立冬時節，準備張羅補冬了。

恩子姊即將臨盆，儘管說是二房的外孫，畢竟是二房這一輩的第一個孫兒，所以三朝之禮、十二朝報喜肯定都會大肆操辦。進入十二月以後，要準備新曆年節的活動。一九三九年的春天，到底有沒有可能赴台北城考試讀書呢？

隨著翠嫂嫂抵達美稱台南銀座的末廣町，擁有電梯的「五層樓仔」林百貨開幕五年依然嶄新華麗，可是洋樓裡陳列軍司令部製造的國防服，其他國防色調、簡約改良的暗沉衣服，販售時也標榜著「時髦」、「摩登」，好像奮力地在扭曲人類的審美觀。面對這樣的世界，即使是布袋戲偶也會感到無力不是嗎？

雪子卻仍然搭乘吳家的轎車，跟著翠嫂嫂驅車前往各處古蹟廟宇，若無其事地走路，說話，微笑。

「買萬川號的包子回去作宵夜吧，雪子小姐覺得怎麼樣呢？」

翠嫂嫂提出詢問，雪子還沒回應，吳家的司機已經開懷地聊起萬川號餅鋪的點心，轎車也在繞過圓環以後直驅店鋪。

「這個時間必須排隊才買得到包子。對了，台灣府城隍廟去年重新修繕，新揭的牌匾也很有意思，送屘小姐和雪子小姐去那裡等候，可以嗎？」

吳家司機提出體貼的建議。

翠嫂嫂想了想，「可是城隍廟……儘管說已經不是鬼月了，也不知道雪子小姐有沒有這層禁忌，因為不久之前才請道士和乩童來過家裡不是嗎？」

「不要緊的，翠嫂嫂沒有忌諱的話，就一起去吧。」

「啊，這樣就太好了，城隍廟重修以後，我一直想看新掛在山川門上的大算盤呢！」

「大算盤？」

「是呀，城隍廟都有的，說是世人進了陰曹地府，城隍爺要拿來盤算人的是非功過。」

「我記得翠嫂嫂會參加神社的奉納射會，而且在教會擔任司琴不是嗎？」

「可是，那個很有趣嘛。」

翠嫂嫂自己講著忍不住一笑，「糟糕，要是被神明大人知道我說這種話，可能會被懲罰吧！」是因為已經與雪子之間「心意相通」了嗎？翠嫂嫂盡情流露吳家屘小姐開朗天真的一面。

雪子也微微一笑。

「這個世間，應該沒有神明大人吧。」

「惠風先生也這麼說呢。」

姑嫂倆妳一言我一語的不敬鬼神之說，令吳家司機搖頭不止。

一抵達城隍廟，翠嫂嫂便拉著雪子的手下車。

台灣府城隍廟是鄭成功時代興建起來的官建城隍廟，外觀看上去沒有鬱鬱的陰沉氣勢，而是精雕細琢、華麗非凡，唯有香火縈繞，令人沉靜。

翠嫂嫂與雪子先後走入廟宇右手邊的龍門。

輕手輕腳進門以後的翠嫂嫂，兀自去看高掛在正殿中門上頭的大算盤。

雪子抬起頭，黑底匾額上的簇新金字猛然撞來：

爾來了

爾來了。

雪子震懾，一時之間竟然無法呼吸。

彷彿有人對她說話，聲聲入耳。

爾來了。

汝來矣。

你來了。

有什麼東西震動雪子的胸腔，貫穿雪子的心口。

那比蒸汽火車的汽笛還要深刻尖銳地撼動雪子，比風聲透徹，比《暴風雨》第三樂章還要強而有力地撞擊在雪子寒冰般堅硬的心頭。

於是比一瞬間更短暫的事情，雪子心底的冰山嘩一聲全數迸裂開來。

迷霧唰地破散，有流水般的月光照映，每一株枯槁的花樹全數復甦，滿開盛放。喬木、灌木、藤本、草本，柔弱的強壯的，所有的花都開好了，盛放極時落花紛繁。

苦楝花，鈴蘭花，櫻花，二葉松，桂花，蓮花，孤挺花，仙丹花，玉蘭花，金銀花，牡丹花，山茶花，菊花，日日春，曇花，九重葛，時計草，茉莉花，鳳凰花……花會綻放，也會凋零，芬芳燦爛的本質卻永恆不變。

也是在同一個瞬間，雪子眼前有什麼浮光掠影般的一一閃逝。
阿蘭姑、秋霜倌、春子姊、恩子姊、好子姊、弓子、靜枝、花蕊、翠嫂嫂、惠風哥哥，以及小早，還有……星星，楊馨儀。
光芒閃爍，影影綽綽，雪子眨眼在光影裡看見每一次花開，每一次花謝。
每一次花謝花開，都有淚水，都有笑語。
眼睛裡有深刻風霜仍然微笑的阿蘭姑與秋霜倌。磨盡氣燄多年以後，笑聲在深夜裡依然有如皎潔月光般乾淨透澈的春子姊。
懷孕而四肢腫脹的恩子姊，紅潤嬌豔的臉頰還有少女時代的氣勢。目光日漸幽深的好子姊，在姊妹作伴的時候眼睛有光，有由衷而發的笑臉。
無論是什麼樣的前路，弓子、靜枝與花蕊朝著毫無所悉的未來邁進，流淚以後擦乾淚水，想必會再一次整裝出發吧。
翠嫂嫂專心且熱烈地演奏鋼琴，琴音聲聲訴說趕緊看清楚吧，妳內心裡那個最珍惜的寶物是什麼呢？那個，要是其他任何東西都比不上的珍貴寶物哦。暴風雨裡迷惘掙扎的惠風哥哥，閉起雙眼說著「好甜啊」，最終也用自己的方式逆風前行了。
早季子。小早。
笑起來露出可愛牙齒的小早，哭泣起來眼淚灼熱燙人的小早，堅毅的小早，溫柔的小早，為了摯友竭盡全力的小早，揀盡寒枝不肯棲的小早……

二十一世紀裡，可以隨心所欲走向世界每一個角落，可是舉目無親，經常感覺天地間所有人都消失了那樣深刻孤獨的楊馨儀。

雪子凝望那匾額幾乎癡了。

沒有任何理由，她穿越時空降生此地，承接原本並不屬於二十一世紀楊馨儀的、這一段二十世紀楊雪泥應該經歷的人生，同樣承接了楊雪泥的相聚與離散，花開與花謝。可是，人類不就是這樣嗎？沒有任何理由地被拋到這個世界，在現實狹小的縫隙之中尋找道路，在夢幻泡影的人生裡尋找意義。

如果願望可以上達天聽，神明大人能夠實現的話，我想實現哪一個願望？

穿越百年時光，我來此生此世，到底為什麼？

——如果可以回到二十一世紀，現在的我願意回去嗎？

你來了。

汝來矣。

爾來了。

雪子淚如泉湧。

盈滿眼眶的淚水無聲奔流，像是胸腔裡的冰山融解，雪水滿溢而出。在冰山全部融解，在淚如川流之際，雪子終於看見深邃的心湖底處那一片花天月地，不由得坦然釋懷，像是繁花落地，雙腳踏實，接受了降生此世的命運。

並不是天知地知你知我知，這份心情一定只有神明大人和雪子知道。

是啊，我來了。

無論好的壞的，善的惡的，我都來了。

所以，用盡全副心神去愛吧，愛著這個殘酷的世界。

終幕、月季花

致雪子小姐：

寄去本島的信件，總是只有隻字片語。那並不是以緘默對雪發出抗議，不如說是完全相反的事情。可是，雪是否因此埋怨我的無情呢？

「就連遙遠的神代裡，也不曾聽說過，龍田川上，鋪滿了鮮豔的紅葉，潺潺河水在紅葉之下流動。」隨著日日春押花，雪寄來這樣的信件。《百人一首》的和歌，這是我們曾經在圖書館一同讀過的吧。凝望雪的筆跡，我忍不住心想，雪的內心，是不是如同龍田川的河水，在紅葉覆蓋而看不見的地方有湍急的水流呢？鮮豔的紅葉底下，雪的內心裡面，到底都潛藏著些什麼樣的東西？那裡面，松崎早季子又位在什麼樣的地方呢？

春天看過櫻花以來，始終感到內心苦悶。一旦提筆，滿懷想要傾訴的話語便無法遏止，到最後只能捨棄寫滿胡言亂語的信紙了。儘管在戰爭時分而為此感到羞愧，撕碎丟棄的紙張仍然不計其數，因為那是對任何人都無法投遞的信件。最後雪收到的，就是在這種情形下寄出的明信片。那是刪減復刪減，我拚命修剪掉可能令雪感到困擾的那些話語的結果。

雪明白我的心意嗎？

有時候深感雪的殘酷，我也想要放下一切顧慮，任性地對雪大發牢騷。所以寄去了鈴蘭花與四色牌，嗔怪雪對我的失信。可是，刻意傷害雪的這種事情，我果然無法習慣。雪已經身陷困境，我竟然落井下石，這不是太過分了嗎？

懷抱悲傷不安，有時候想著雪會提出絕交吧，有時候則想著，如果是雪，一定會這麼說的：「只要是小早給的，即使是毒藥也沒有關係。」……不，不對。我必須對雪坦承，哪怕是作夢也好，我一直好想要聽見雪這樣對我說。

在那之後，收到了齊藤先生自本島送來的桂花紅茶。包裝紙上的砒霜二字，令我不禁淚溼衣襟。果然，雪是明白我的心意的吧？

哪，雪自己是知道的嗎？

從年紀很小的小雪開始，就是個冷酷的人呢。

聰明的小雪、厲害的小雪，我所崇拜的小雪，宛如位在跟常人不同的高度看著這個世界。小雪是孤高的月亮。看待這個世界的眼神，像是月球到地球的距離那樣遙遠。

明明是這樣孤高的、冷酷的雪，究竟為什麼會如此拚命呢？惠風先生無法承擔的事物，為什麼非得由雪承擔起來不可呢？那些是雪必須一個人沉默接受的事情嗎？那是除了雪以外，沒有任何人可以共同承擔的事情嗎？

在紅葉底下流動的龍田川的河水，雪的內心，我好想埋首進去看一看。在那裡面，楊雪泥位在什麼樣的地方，松崎早季子又位在什麼樣的地方？

可是，雪寄來了桂花紅茶。

「只要是小早給的，即使是毒藥也沒有關係。」

寫著砒霜，就是這個意思吧。

面對寬容了我的任性的雪，我就沒有辦法再發出怨言了。

雪知道這首短歌嗎？「山風疾勁地吹拂，三室的山上啊，紅葉漫卷飄零，紛紛飄落龍田川，化作彩色的錦織。」同樣出自《百人一首》，有如我的心聲，儘管感到悲哀，龍田川仍然是那樣美麗，令人眷戀不已。

如果雪的決定是成為照拂楊家的月亮，那麼我也必須成為理解雪的、支持雪的那個人。我想要持續地仰望那孤高的月亮。

只是請雪也容許我偶爾感傷，對雪發出探問。

請告訴我，這份心情應該怎麼辦才好呢？春天的嵯峨野，秋天的三室山，能跟雪同去就好了。直到如今，我都是這樣想的。

好想再見雪一面。

松崎早季子
一九三八年十一月一日

致早季子小姐：

這個世界原是一條昏暗無光的道路，唯有美好事物是路途中的光點，光點指引我向前方行進，而不至於頹喪放棄。小早，一直以來，妳是點亮我世界的星。可是不久以前，漫長時間我遠望前路迷霧重重，倍感道路漫長遙遠，由於疲憊而無力邁步——直到覺悟破除迷霧，我再一次看見了——妳是無雲無月深邃夜空裡的、最明亮閃爍的一顆星星。是黎明前，是夜空裡永遠第一顆上升的，璀璨的明星。

啊，坦率地說出來以後，我的內心一片敞亮了。

有個故事是這樣的，暴風雨夜裡一個人開著轎車，發現山路的躲雨處有三個人，一個是值得信賴的前輩，一個是需要照護的老人，一個是久別重逢的摯友，轎車只有讓一個人搭乘的空位，這個時候該怎麼選擇乘客呢？

過去的我無法捨棄轎車的方向盤，獨自苦思拯救所有人的辦法，自以為是悲劇故事裡的英雄。現在的我想通了，決定將轎車託付給前輩，由前輩載著老人前行，如此一來，我與摯友只要共同等候暴風雨平息就好了。事情也可以這麼簡單，不是嗎？

由於省略許多說明，或許小早無法理解我的意思吧。那樣也沒有關係，見面了以後，我希望妳能夠看一看那鮮豔紅葉底下的龍田川。

來年嵯峨野的櫻花什麼時候綻放呢？

到了那個時候，我就去見妳。

楊雪泥

一九三八年十一月十日

附註：隨信附上本島府城的月季花。

月季花四季盛放，說起來，落花時節就是花開時節呢。

後記：我們仍未知道那天所看見的花的名字

是双子，而非雙子。

日文裡「双子」作雙胞胎解。取這種看似只有簡繁差異的筆名，真是給人添麻煩啊。即使如此我也沒有辦法。「楊双子」原本是楊若慈及楊若暉孿生姊妹的共用筆名，然而這個筆名正式出道以前，二〇一五年夏天，妹妹若暉由於罹癌而提前一步離開了這個世界，遺留下來並且可能持續前行的能量之一，就是這個筆名。

大家好，這裡是（只剩姊姊的）楊双子。

「生命的意義」這種事情，在死亡面前毫無力量。

這是我真實的想法。

無論為了活下去做過多少努力，如何拚命使勁，全部的意義也只要一眨眼就會消失。美麗的事物，令人心醉神馳的事物，亟欲與人分享的事物，總是旋起旋滅。悲傷深刻於心，我側身就會看見那個巨大的虛無黑洞，為此無數次淚流滿面。

不過，人活於世需要食物果腹，需要床榻睡眠，需要金錢傍身，這種事情現實而堅定成為我的支柱，令我務實。腳步跟隨時光日日前進，我仍然看見無數花謝花開，能夠微笑以對。

我也不知道。

《花開時節》如果是花，開的是什麼樣的花呢？

知道的只是這花養得實在夠久的了。

二〇一四年春夏之交的季節，我和若暉決定創作以日本時代台中州為故事舞台的百合小說／少女小說／歷史小說，於是開始爬歷史文獻、讀日治時期的文學作品。就是那個時候，我們想著共同創作的作品該用一個共用的筆名，就是那個時候，「楊双子」誕生了。

二〇一五年春天起專心構思，動筆是那一年的四月，春暖正要花開。那時若暉的病況已經不好。小說其中一個章節，我在安寧病房裡每天寫一點點，每天給她讀一點點。一個星期就只寫了那一章。她插著氧氣鼻管讀小說，讀到莞爾就呵呵笑起來。就是那一章，後來我幾次重讀，都要咬牙忍耐。

到了居家安寧階段，她一天比一天更長的陷入昏睡，我每天開了Word檔就流淚，一個字也寫不出來。偶爾她醒來，會跟我聊起這個長篇小說的細節，偶爾叮嚀說「妳一定要把小說寫完喔」。

其實在這個萬物旋起旋滅的世界，這部小說只是微不足道的小小事物。

雖然只是微不足道的小小事物啊。

二〇一六年過去了。二〇一七年的四月正式完稿，又是春暖花開的時候。小說的最後，雪子對小早說：「落花時節就是花開時節呢。」生與死，興與衰，畢竟是世間一體的兩面。我想，我會持續凝望著這個世界的花開花謝吧。

在這個繁花盛開飄零的世界，有許多人與我一同拾步走過花徑，儘管有的人走得長，有的人短。唯恐掛一漏萬，終至無法在此一一列名感謝。那些人是曾經同我談論傷痛，談論生死，談論花與貓，星星與月亮的你們。

謝謝為我駐足停留的你們。

謝謝翻開這本書，與我共享花香的你們。

如果這部小說是花，開的是什麼樣的花呢？

我不知道。

腦海浮現的是日本動畫《未聞花名》的原文名稱：

あの日見た花の名前を僕達はまだ知らない

我們仍未知道那天所看見的花的名字

我知道的只是，走了三年，這一樹的花才正要綻放。

二〇一七年夏天於台中住處　楊双子

附錄：台中州地景

台中州立圖書館　今日所在位置：台中市中區自由路二段二號。台中州立圖書館為台中州廳建立的公共圖書館。一九二三年五月台中州立圖書館獨立建館，一九二九年十月遷至今址之新館舍。建築現為合作金庫台中分行。據《台中市志．地理志》記載，一九二八年起，州立圖書館提供巡迴書庫和臨時書庫等服務。「巡迴書庫」是在台中州內各郡區分為四個單位，各郡設置一書庫，各單位間每三個月輪替一回。「臨時書庫」則是應學校、講習會或者其他機關、公司的要求，臨時派出、巡迴各單位的圖書服務。

新盛橋通（鈴蘭通）　今日所在位置：台中市中區中山路。日治時期台中市街的干城橋通、櫻橋通、新盛橋通等，是因橋名出現的習稱，並非行政名稱。新盛橋為今日之中山綠橋，故新盛橋通即為中山路。

「鈴蘭通」為市民暱稱，因該路段設有鈴蘭街燈而得名。亦有一說鈴蘭燈設於大正町通（今台中市中區自由路），但根據日治時期留存影像，設於新盛橋通之說比較可信。

鈴蘭燈在戰後拆除，進入二十一世紀，台中市重新設置鈴蘭花街燈於台灣大道，與史實位置不符。自由路則因暱稱為太陽餅街，近年設有中華民國美學風格之太陽花街燈。

台中州立台中高等女學校　今日所在位置：台中市西區自由路一段九十五號。即今日的台中市立台中女子高級中等學校。一九一九年創校，原為二年制的「公立台中高等女學校」，一九二一年改為四年制的「台中州立台中高等女學校」，一九四一年因應新設第二高等女學校，更名「台中州立台中第一高等女學校」。

台中高等女學校畢業生多為日本人（內地人），戰後開放台日交流，據稱台中高女畢業生舉行同學會都會合唱校歌，可知就學期間經常唱誦。本部小說所使用之台中州立台中高等女學校校歌中譯版本，翻譯者為楊双子中的妹妹楊若暉。

台中州立台中第一中學校　今日所在位置：台中市北區育才街二號。即今日的台中市立台中第一高級中等學校。一九一三年由林獻堂、林烈堂、辜顯榮、蔡蓮舫、林熊徵等人為首籌資捐地，因台灣總督府不允許民間人士創辦教育機構，轉而以培育台灣青年為前提將資源捐獻官方單位，一九一五年創立專收台籍人士的「台灣公立台中中學校」。校名幾經更迭，一九二二年改制更名的「台中州立台中第一中學校」，乃日治時期此校使用最久的校名。

台中州立彰化高等女學校　今日所在位置：彰化縣彰化市光復路六十二號。即今日的國立彰化女子高級中學。一九一九年創校，初名「台灣公立彰化女子高等普通學校」，一九二一年改為州屬學校，名為「台中州立彰化女子高等普通學校」，並設師範講習科及實習小學。一九二二年，更名「台中州立彰化高等女學校」，從此沿用至日治時期結束。彰化高女為中台灣台籍女學生主要就讀的學校。

著名學生為林月雲（一九一五—一九九二），一九三一年在學期間，代表台灣參加第六回明治神宮競技大會，獲三級遠跳第二名。第七回神宮競技中得到三級跳優勝，並在百米、跳遠兩項刷新台灣紀錄。一九三六年畢業，同年成為柏林奧運日本代表隊第一候補選手。一九三八年，再次獲選為東京奧運的候補選手。

王田車站　今日所在位置：台中市烏日區榮泉里中山路三段五五〇號西方約一百公尺。即今日的台灣鐵路管理局臺中線、成追線通行的成功車站。設立於一九二〇年，為因應海岸線王田—清水路段啟用而設置。王田車站並非位於「王田」，而是「勝膌」，疑因王田聚落規模勝於勝膌而得此命名。一九六七年王田車站向東遷移，因比鄰成功嶺營區改名為成功車站。本部小說中所提及之塍腈、學田、同安厝等地，為今日的台中市烏日區榮泉里、三和里、學田里以及台中市南屯區春社里，地理位置最近的車站之一即為王田車站。

大肚山高爾夫球場與競馬場　今日所在位置：台中市境內大肚山台地，即今日的成功嶺營區所在。一九一九年淡水高爾夫球場闢成，此後台灣高爾夫球場陸續開闢，進入一九三〇年代，已經遍及淡水、新竹、台中、嘉義、高雄、花蓮等地。台中知名仕紳林獻堂的日記，即載有一九三一年多次與家人赴大肚山打高爾夫球的記事。同樣在大肚山台地的台中競馬場，闢成時間晚於高爾夫球場。競馬場即今日所稱的賽馬場，對民眾販售馬券，是官方認可的賭博娛樂。各地每年舉辦二至三場競馬賽事，常見為「春競馬」、「秋競馬」。台中自一九二九年即長期借用練兵場的馬場作為競馬之用，最終選定於大肚山建設常設競馬場。根據留存的「台中秋競馬」廣告傳單，可知台中競馬場最晚於一九三八年秋季即啟用。

犁頭店媽祖廟與豐原媽祖廟　今日所在位置：台中市南屯區萬和路一段五十一號、台中市豐原區中正路一七九號，即今日的南屯萬和宮與豐原慈濟宮。一七二六年建廟的萬和宮為台中市歷史最悠久的媽祖廟，該宮內存一七二七年（雍正五年）「福蔭全臺」匾，亦是台中市宮廟所存歷史最悠久的匾額。特色活動為字姓戲、老二媽省親、躦鯪鯉。

豐原慈濟宮原為觀音亭，創於一七七七年（乾隆四十二年），日漸改建為媽祖廟，為豐原最古老的廟宇，乃此地歷來的信仰中心。特殊文物是包含神像在內的雕塑、剪黏藝術，以及精緻的傳統建築。

娛樂館（已不存） 今日所在位置：台中市中區台灣大道一段與自由路二段交接口。娛樂館創立於一九三一年，佔地三百餘坪，為二層樓西洋建築，可容納觀眾六百人。由台中市役所以市庫預算興建，提供市民娛樂之用。

娛樂館乃台中市第一座專門播放電影的戲院，並因優良的硬體設備被視為中台灣地區首屈一指的戲院。一九三五年再度進行改裝，容納人數增加為一千人，並加裝冷氣機，為中台灣第一座擁有冷氣設備的戲院。

日治時期的台中市，除了市營的娛樂館，尚有民營的戲院如台中座、大正館（前身為高砂演藝館）、樂舞台成立在前，天外天成立在後。

台中座（已不存） 今日所在位置：台

中市中區台灣大道一段一三八號。台中座創立於一九〇二年，為台中市最早的戲院。一九〇九年發行股票，籌措資金成立「台中劇場株式會社」。設立之初為簡陋的木造建築，一九〇八年改建為可容納一千三百人的大型戲院。台中座主要劇目為日本傳統的戲劇、相聲及魔術表演，電影較少。戰後自日人民間產業轉為國民黨黨產，改名「台中戲院」。一九七七年停業，原址建築全數拆除。後興建大樓，接手經營者依序為北屋百貨、龍心百貨、誠品商場龍心店。

醉月樓、小西湖（已不存）　醉月樓、小西湖皆為台灣料理屋，是日治時代台中台灣料理店的代表店家。醉月樓位於台中車站前方綠川河畔，小西湖位於柳川河畔。所存文獻資料甚少，曾見相關文字載於林獻堂的夫人楊水心日記。

雪花齋　雪花齋即為今人所稱「老雪花齋」，創立於一九〇〇年，所發明之冰沙餅、雪花餅於一九二五年「台灣區糕餅展」與日人競逐獎項，獲銅牌獎。一九五九年，創辦人呂水的長子、次子在原址「雪花齋」（台中市豐原區中正路二〇〇號）自立門戶，呂水攜三子、五子、六子搬遷至今日現址（台中市豐原區中正路二一二巷一號），更名「老雪花齋」。

國家圖書館出版品預行編目（CIP）資料

花開時節 / 楊双子著 . -- 初版 . -- 臺北市：奇異果文創，2022.03
384 面；14.8×21 公分 . --（說故事；8）
ISBN 978-626-95360-3-0（平裝）

857.7

說故事 008

花開時節（新裝版）

作　　者　楊双子

封面設計　朱疋
美術設計　Benben
總 編 輯　廖之韻
創意總監　劉定綱
執行編輯　錢怡廷

法律顧問　林傳哲律師　昱昌律師事務所

出　　版　奇異果文創事業有限公司
地　　址　臺北市大安區羅斯福路三段 193 號 7 樓
電　　話　(02) 23684068
傳　　眞　(02) 23685303
網　　址　https://www.facebook.com/kiwifruitstudio
電子信箱　yun2305@ms61.hinet.net

總 經 銷　紅螞蟻圖書有限公司
地　　址　臺北市內湖區舊宗路二段 121 巷 19 號
電　　話　(02) 27953656
傳　　眞　(02) 27954100
網　　址　http://www.e-redant.com

印　　刷　永光彩色印刷股份有限公司
地　　址　新北市中和區建三路 9 號
電　　話　(02) 22237072

初　　版　2017 年 10 月 4 日
再版（新裝版）　2022 年 3 月 29 日
I S B N　978-626-95360-3-0
定　　價　新臺幣 420 元

本作品由財團法人國家文化藝術基金會贊助創作

國家文化藝術基金會
National Culture and Arts Foundation
NCAF